毛 卓◎著

底线之上

中国长安出版传媒有限公司
中国长安出版社

图书在版编目（CIP）数据

底线之上 / 毛卓著 . — 北京：
中国长安出版传媒有限公司，2023.3
ISBN 978-7-5107-1094-0

Ⅰ.①底… Ⅱ.①毛… Ⅲ.①长篇小说－中国－当代
Ⅳ.① I247.5

中国版本图书馆 CIP 数据核字（2022）第 152131 号

底线之上

毛　卓◎著

出版发行	中国长安出版传媒有限公司 中国长安出版社
社　　址	北京市东城区北池子大街 14 号（100006）
网　　址	http://www.ccapress.com
邮　　箱	capress@163.com
责任编辑	李　涛
电　　话	（010）66529988-1323
印　　刷	北京博海升彩色印刷有限公司
开　　本	710 毫米 × 1000 毫米　1/16
印　　张	18.25
字　　数	200 千字
版　　次	2023 年 3 月第 1 版
印　　次	2023 年 3 月第 1 次印刷

书　　号	ISBN 978-7-5107-1094-0
定　　价	86.00 元

主要人物

梁剑——滨江市公安局刑侦支队支队长，因掌握大量敏感性案子，被"拆除式提拔"为副局长。酷爱刑侦业务，拒绝职务提升。阻止"关键少数"插手案子，经历了罕见的人生磨难。

白尚良——中央指导组组长，洞察滨江百姓对姚氏案的态度，针对"黑大伞小、黑多伞少"问题全面起底案子。

南书成——中央指导组副组长，与纪委监委、巡视组、各专案组负责人沟通，明察秋毫，紧盯整改工作。

梁玉——滨江市人民医院医生，梁剑的妻子。支持丈夫的事业，坚持医德仁心、社会公心。

铁盖王——滨江市一个神秘官员。身份特殊，"天降大任能通天、暴发大事能捂事、同僚犯事能藏事、左右逢源能处事"，手握"生杀权力"，人称铁盖王。

杜欢欢——刑侦支队警察。喜欢攀附，被称为跟错了人、做错了事、走错了路的女人，成为"打伞破网"的重要突破口。

尹爱武——英雄后代，在追捕姚氏"大刀队"中与"刀王"过招，英勇牺牲，被塑为时代楷模。

杨兰兰——与杜欢欢同期分配到刑侦支队，在追捕姚氏"大刀队"中负伤，被塑为时代楷模。

李平——滨江市副市长、公安局局长，与铁盖王联手为黑恶势力"撑伞"，利用案子捞钱，利用权力捞人。

姚世禄——放牛娃出身，喜欢"撑起江湖一片天"，与当地县委、县政府"分庭抗礼"。

杨伯告——连续两次被姚世禄斩断手指，与阳光水泥厂承包商随笑天、南山煤厂厂长赵尔充和同样受到"江湖通缉令"通缉的胡深宙均为上访户。

姚二妹——深陷滨江官场之中。她与公安局局长李平、铁盖王同时玩暧昧，为姚氏家族谋得一时平安、守住既得利益。

赵子腾——滨江市委政法委副书记，屈服于铁盖王的要挟，协调法院、检察院、公安机关，将姚世禄"重罪轻判"。对抗组织调查，装疯卖傻。

陈大善——从县长到县委书记，再到副市长，一路收受姚氏贿赂，最后想以调动的形式摆脱涉黑问题。

罗家成——滨江市人民检察院检察长罗家成与陈大善一道为姚氏"撑伞"，二人互为"攻守同盟"。

唐开心——专偷官员贪腐之财，姚氏案的重要"举证人"，是有争议的"反腐小偷"。

秦天定——滨江市委书记。

阳正——滨江市委政法委书记。

目 录

第一章　神秘老人　　/　001

第二章　江湖捕快　　/　005

第三章　盖事之王　　/　010

第四章　生死大考　　/　019

第五章　堵心时刻　　/　026

第六章　拒绝提拔　　/　036

第七章　破局艰难　　/　044

第八章　挖坑设套　　/　049

第九章　王霸之策　　/　060

第十章　发声有道　　/　069

第十一章　官场暗语　　/　074

第十二章　大嘴说事　　/　078

第十三章　盖事大招　　/　089

第十四章　网上讨伐　　/　094

第十五章　极大讽刺　　/　100

第十六章　当牛为官　/　103

第十七章　千里追逃　/　113

第十八章　连环困局　/　117

第十九章　重新起底　/　135

第二十章　乱心困情　/　144

第二十一章　顶层有话　/　153

第二十二章　开心钥匙　/　162

第二十三章　托人说情　/　169

第二十四章　干岸寻路　/　174

第二十五章　偷腐争论　/　199

第二十六章　箍牢圈子　/　211

第二十七章　创造判例　/　219

第二十八章　戏楼故事　/　225

第二十九章　好歹有根　/　243

第三十章　归案有道　/　252

第三十一章　相交经纬　/　262

第三十二章　守住桌牌　/　270

第三十三章　命运失控　/　275

第三十四章　悬壶济世　/　279

第三十五章　尾声悠长　/　280

第一章　神秘老人

　　滨江市悬壶楼茶庄虽然陈旧简陋，却能凭眺八方，水煮三江。披着晨曦而来的，总是些老茶客，他们瞌睡少，生怕新一天的茶楼不是属于他们的。

　　"哎，给你们说个事，那批抓教育整顿的北京人，昨天上山朝拜'英雄墙'。没想到呀，突然风起云涌，大雨倾盆，他们只好在风雨中举着拳头宣誓！不给面子哟！"一位老茶客靠着竹椅，端起茶杯，呷了一口茶。

　　"英雄有泪，后辈有愧！"另一位老茶客用茶盖不紧不慢地在碗中刮了几下，嚓嚓作声。话语中颇有几分无奈，也有几分调侃。

　　"恰恰相反，它正好暗示大家，北京来人有定力，风雨不动。他们才不会点个卯就走的。这一回，注定是浪击滨江市，淘尽三江水！"又有一位茶客接上话茬。

　　"此话怎讲？"一位茶客伸长脖子，瞳孔里像是发出了一串问号。

　　"钦差大臣来，是'揭铁盖、挖幕后'的。你没看见手机播报里啥都出来了？'漏网之鱼'可能都是一些大鱼，甚至是些鳄鱼。那个滨江市有名的'缠访闹访'户叫什么？对，杨伯告，看来这些年这老兄没有白告！"

"听说呀，杨伯告上南山拜神了，在大神庙烧香磕头，正好被那帮北京来人碰见了。人家问他：'怎么少了两根手指呀？'那杨伯告说：'一根手指不白之冤，两根手指千古奇冤！天灵灵，地灵灵，我只求三太子混天绫。'你看看，杨伯告这一装疯，人家会咋想！"

"我说呀，是不见真神乱磕头！"

老茶客们乐此不疲地分享着自己听来的新鲜事。他们为能聚在一起闲聊而感到兴奋。百年老楼，几毁几修。悬壶楼茶客总是把人间万象放进茶水里来聊，好像不这样，就对不起"悬壶济世"这个美丽传说，那茶水也就没了滋味。话题很珍贵，太阳也很珍贵，茶客们会跟着太阳一点一点地挪动屁股下面的竹椅。这个过程中，有争论、有附和，有时即使争得面红耳赤，他们也不会往心里去。

虽说如此，今天的话题还是让一位老茶客上心了，眼里闪烁着隐隐的不安。他早早地起身要走，没从正门离开茶庄，而是背着手从侧门一声不响地走了。步履有些摇晃，像有什么心事。这位老茶客，人们平常叫他"魏老爷子"。老茶客们知道有关他的信息，也就是这么一个尊称。谁也不清楚，官场上的人们都管他的儿子叫铁盖王。有一点可以肯定，铁盖王姓魏不姓铁。此人身份特殊，"天降大任能通天、暴发大事能捂事、同僚犯事能藏事、左右逢源能处事"，是一位在官场上有着"生杀权力"的神秘官员，人称铁盖王。天长日久，上上下下居然都没人把他的姓名、职务记在心上，这无形中给铁盖王增添了几分神秘色彩。魏老爷子的平民做派，谁也没有把他与有着这样身份的人联系起来。能把如此身份背景做到守口如瓶、防意如城也算奇迹。在悬壶楼茶庄，你讲你的八卦，我喝我的清茶。魏老爷子听而不言，言而简略，翻着报纸，打着瞌睡，有时也享受一番采耳技师轻柔细腻的去痒保健，不失老人颐养心态。

魏老爷子走出茶庄，回头望了望悬壶楼两边的楹联："听风听雨听潮声且听且悟，观山观水观人世尽观尽察。"还是那么整齐呼应。与悬壶楼遥遥相对的，是天水桥头那块"虚位以待"的LED显示屏。魏老爷子定睛一看，见那上面有了新说法，仔细瞧瞧，滚动着一排排醒目的红字："刮骨疗伤的自我革命。激浊扬清式的延安整风。"再往下细看，又见："清除害群之马。整治顽瘴痼疾。"

行色匆匆的路人，并不在意屏幕上的这些文字。他们认为都是些口号，跟电视新闻里讲的差不多，无须进入眼里、记在心里。而魏老爷子却要一字一顿把它念出声来，恨不得把标点符号都放进嘴里，嚼烂细品。待有解无惑，方举步离开。突然，他觉得一阵胸闷、憋气，一屁股坐在石阶上。他条件反射地从兜里掏出速效救心丸，急忙含在口中。很快，整个身子就飞了起来。他像驾着筋斗云一般在天上不知游了多久，这才碰到一位银发皓髯的仙人。那仙人说他业力不够，阳寿未尽，无资格来到天界，便将手中的拂尘往他胸口一指，说了一句："你回去吧！"他来不及躲闪此等法器，一脚踩出天门，晃晃悠悠掉了下来。原来竟是大梦一场。他发现自己躺在市医院的病床上，此时的胸口还隐隐有些压迫感呢！

仙界不在,回到现实。他一阵茫然,回忆这两天都发生了什么,却怎么也想不起来。他说,"我的记忆,只怕是被人用橡皮擦给擦掉了,怎么连一点影子都没有了!"

有人告诉他:"你是公安局一位叫梁剑的警察把你背到医院来的,又是他在医院工作的老婆梁玉对你进行抢救的。这两口子,一前一后,全程守护了你的生命!"

魏老爷子感动得两眼发湿:"羊有跪乳之恩,鸦有反哺之义,我得好好报答!"

警察与医生,是两支为生命担当的重要力量。

这是一个靠流量分辨灵魂的社会环境,竟让一个跟流量无关的魏老爷子也感受到了这种力量的存在。

出院时,魏老爷子特意告诉儿子铁盖王:"是公安局的梁剑把我背到医院来的,要感谢他!"

铁盖王淡淡一笑:"施恩好计,利息难算。总是记挂报恩,背着负债的包袱去生活,你不觉得累呀!"

"哼!你心硬如铁,良心已灭——你去吧!"魏老爷子动气了,他收住了脚步。那铁盖王不愿在外人面前丢失孝行,只好掩饰自己的内心世界,补了一句:"好啦,我会一直记着,天天吃你的良心药!"

魏老爷子朝他瞪了一眼。此言虽说不那么中听,却也算是答应了。

父子对话藏着锋芒,注定会刺破彼此灵魂的帷幔!

第二章　江湖捕快

到了家，父子俩不但没有停住拌嘴，争吵的分贝反而高到极限。这场高分贝的斗嘴，很快暴露了他们内心最隐秘的地方。

"你在滨江待了十年，我为你失眠了九年。让我离开这个世界的方式有很多种，可不可以不用这种方式——精神摧残的方式送我进坟墓啊！"魏老爷子的嘴角不停地颤动着，不停地责备着儿子。

"我不踩死人家，人家就会弄死我。我要是不放人一马，人家就会拉我下马。这世界原本就是这样的——做弱者注定不得好活，做强者必然不得好死。一切只能认命从命。要改变也有路数，既不做弱者，也不做强者，那就做一个智者吧。我不算一个智者，但我在积累，也会有超出常人的积累。都说我是一个神秘人物，我不神秘，行吗？我不神秘就会死得更惨！那些事，我原本不让你知道，你自己非要挖空心思变着花样去打听。听到了，悬在胸口，又放心不下！"铁盖王也忍不住了，他只能辩解。

"打听？还需要打听吗？连悬壶楼的普通茶客都知道了，你还给我弄什么玄虚呀？很多年前，我一到这里，你就让人给我上了一课，上了一堂让我至今还在担惊受怕、诚惶诚恐的课——"

　　魏老爷子曾是一家国营麻绳厂的厂长。那些年，自从国家不再对麻绳统购统销后，工厂倒闭，账上没钱。遣散职工时，给每人分了三千条麻绳。麻绳分下去的当晚，魏老爷子家门口就涌动着一大群拖家带口、挈妇将雏的职工。一位叫冯玉辰的员工，用推车推着年迈的父母，扬言要住进魏老爷子的家。他们七嘴八舌，归纳起来就一句话：不要麻绳，只要饭碗！魏老爷子心想：我都把自己的饭碗给砸了，哪还有那么多的饭碗让大家端？但看到这种要闹事的场景，魏老爷子害怕了，只好硬气一回，他对大家讲道："请给我一周时间。一周时间好不好？只要我有一口饭吃，大家就都会有一口！"现场职工见他说得很真诚，就都散了。不服输的魏老爷子急急忙忙跑到香港考察。回来时，他带了几位工艺美术师。他把分给大家的麻绳，又花钱买了回来，说："这算是收购，你们拿着也卖不出去。你们全都回厂吧，重新学习技术！"魏老爷子组织大家把收回来的麻绳再次精加工，全部做成了别致的箱包、提篮、花瓶等工艺品，直销香港乃至外销新加坡。不出三月，麻绳厂职工家家成了万元户。发钱时，魏老爷子一一扶起向他跪谢的老人，说："该下跪的是我，我让你们受穷很久了！"当时，谁也没叫他"魏老爷子"，只因他姓魏名虎，一个老员工取其谐音，在摔了一把眼泪后，直呼一声："福爷！"一人叫，十人跟，全厂员工都这样叫着。这件事让魏老爷子深切感到，民心大于天。伤了民心，必会诛心，最后大家都不会开心。不开心的世界就只能开战！

　　魏老爷子为这个厂操心一辈子，干干净净退休。退休后，儿子铁盖王把他接到滨江市来享福。但是，像铁盖王这种有特殊职位的领导，哪有那么多时间陪老父亲整天闲庭信步？相处三天即生厌，相处下去得习惯。当地有老板姚世禄、姚世福两兄弟，铁盖王与他的同僚们没有少为这兄弟俩撑腰站台、遮风挡雨，帮他们"盖"住了不少事，而今让他们在生活上照顾一下老爷子也算是一种回报！姚世禄有一处私人会所叫"南山会所"。姚世禄亲自登门把魏老爷子接进了会所。姚世禄对铁盖王说："我把他接到南山，让他当回神仙！每天，由服务员伺候着，也算不虚来寒舍一回！"铁盖王说："由你安排吧！"

　　南山会所并不引人注目。背靠青山，俯瞰三江，阶柳庭花，不失为休闲养怡之福地。门口有石狮子守护，帘飞彩凤，珠宝争辉，其余三面，花园环抱，假山掩映，喷泉叮咚，清幽淡雅。从后门出去，虽然也是花园，却有稀稀落落遗留了一些杂物的残房。花园一侧，可以洞见残房的一切。谁想到，残房总是留下残事，残事往往埋着大事。

　　这天，魏老爷子散步时，不小心误入后花园。他听见残房里"啊"的一声惨叫，寻声望去，看见是姚世禄在那里发话："杨伯告呀杨伯告，我看你还告不告！"

　　"不告了，不告了！"

　　杨伯告在一瞬间动摇了，当时只有一个念头：好汉不吃眼前亏！

　　魏老爷子分明见到，姚世禄面前那人正痛苦地满地寻找刚刚掉下来的那根手指。痛苦之状，难以言表。魏老爷子听出来了，斩手指是因为他在姚世禄这里拿了不该拿的东西。最不能容忍的是他还告了状。姚世禄并不是为了这点钱才收拾杨伯告的。他说："在这个地盘上，居然还有这样的人对我如此不恭，这还了得？我要亲自杀杀这股嚣张气焰！"

一年前，姚世禄一辆奔驰车被盗。手下一个"跟班"对姚世禄说："这事，我的朋友杨伯告可以帮你找回来。"并说，杨伯告是老家的一个人物，被誉为"招魂招物"的大仙。他既可以把去世人的灵魂找回来附身与亲人说话，也可以为丢失的东西确定方位，招物归位。此人分明就是传说中的"方士"！

姚世禄虽说将信将疑，但觉得这是一个稀罕人物，便叫来杨伯告。他当时因为有"要人"来访，就在忙乱中给了杨伯告五千元"招物经费"，转身就去接见"要人"了。没想到，杨伯告拿了钱，悄无声息，溜之大吉，再不露面。姚世禄得知被骗，气得两腮不停地颤动，他说："什么鸟人杨伯告，拿了钱就杳无音信，分明就是个'杨白拿'，白拿了老子五千元钱，就跑得找不到影子了！"

随即，姚世禄做了两项决定：第一，立即把引荐杨伯告的那个"跟班"抓起来，关进"残房"。第二，发布"江湖通缉令"，将杨伯告"捉拿归案"！

"江湖通缉令"像神箭一般射出，效力非同一般。大量"江湖捕快"不为领赏，只为讨得入伙"门票"。谁要是在姚世禄这里犯了事，哪怕上天入地，这些"捕快"们都会争先恐后、使出浑身解数将其捉拿归案。几日后，杨伯告被两个"江湖捕快"抓获，推进残房。姚世禄对捕快的奖赏是一人一把"军刀"。

接下来，姚世禄亲自"审讯"杨伯告。"判决词"仅有八个字：加倍还钱，废掉一指。

杨伯告手指被废，朋友亲戚远离了他，无人愿与接近。当地流传说："废手杀盗心，废脚惩逃兵。"与其说受此酷刑让人肉体难以忍受，还不如说受此屈辱让人灵魂无处安放。杨伯告觉得声名俱毁，没法在当地混，便写下一纸诉状，将姚世禄告到公安机关。说姚世禄"私设公堂，残害百姓"，"今日之滨江市，竟是姚家之天下"。谁料这"状纸"在外面"旅行"了一圈，几批几转，传来递去，最后竟落到姚世禄手中。姚世禄拿着"状纸"，在空中轻飘飘地晃了晃，说："这人一点也不懂事，抓回来，再做一次，让他长长记性！"于是，后花园的残房再次"升堂"，还是用断指的形式，对杨伯告进行第二次警告！

断手指这一幕，让魏老爷子无意中瞧见了。

魏老爷子心里非常不爽！晚上一上床，那一声惨叫就直奔他的梦中而来，冥冥中似在地狱中回响。重重叠叠的回声，传播到他的大脑中，驻足下来。从此他噩梦不断，焦虑不安。他怎么也想不通，南山会所竟然是一个法外之地！

他打电话给儿子铁盖王，要求尽快把他接回去。

儿子问他："为啥这么急呀？"

老人痛苦地说："我屁股后面长了大疮，坐不住了呀！"

他的精神受到刺激，只想尽快逃离。

第三章　盖事之王

铁盖王家客厅不算富丽，但却宽敞。

宽敞的地方舞台就大，舞台大的地方就可以尽情表演。

滨江市副市长、公安局局长李平正在铁盖王家的客厅里振振有词，可谓收放自如："我斗胆进言，权力任性，苦了百姓。如果因为阳平县老板姚世禄的问题处理了县委书记陈大善，你能表明市委的头头脑脑都把手中的权力关进了制度的笼子呀？纯属奢望！大家不会这么看的，绝对不会的！你这样做，不仅苦了百姓，也伤害了一大批干部。会把你的根根底底全都'刨'出来。一些事情，老百姓都不发问，你何苦高谈阔论？没有坑，你就别挖坑。谁挖的坑，就把谁推进坑，这岂不顺理成章？人群不怕有码头，过去我们打压码头的办法是停航停运停柴油，人群中的码头是靠打靠断靠引流。姚世禄的问题不能放大。放大姚世禄的问题，就放大了陈大善的问题。我认为，县委书记陈大善不但不能被处理，反而还应提拔重用。一旦他上来了，一些问题他一个人就能兜着，用不着你一个人'盖'着。铁盖王再铁，也要有人分担。问题就像债务，该摊派的也要摊派。谁的头上有一分债务，谁就该有一分担当。再说了，那陈大善也经不住查呀！真要查起来，潘多拉的盒子被揭开，你我这样的天使一下子就会变成魔鬼。一损俱损，一荣俱荣。特别像你这样的人物，最惧曝晒。光线一强，就会爬出一群血吸虫来沐浴阳光。我还要告诉你，我们那里的刑侦支队支队长梁剑是一个火药桶，只要装上'引信'，一点就炸！他呀，知道的东西太多，又不让人插手，侦查破案只会踢正步。要是换种走法，他准会一跳三尺高！对此人，我建议你好好动动心思，大可不必在陈大善发亮的头上找虱子！"

突然有人敲门，是魏老爷子回来了。他离开了令他噩梦不断的南山会所，浑身显得自在多了。铁盖王门口坐着一个工作人员，恭恭敬敬地上前问魏老爷子："老爷子是咋回来的？"魏老爷子瞥了他一眼，说："咋回来的？逃难回来的！"转身就进了房间。

铁盖王见老爷子进了门，起身介绍说："这是公安局局长李平，这是我父亲！"

李平说："久仰前辈！久仰前辈！我听过您的故事，您是一个传奇——告辞了！"

李平点头哈腰离开了。

门一关，魏老爷子立时脸色大变，扯开嗓门，狂风暴雨地对铁盖王吼道："要他公安局干什么？还几千人的队伍，丢人！人家在自家后院里面就把案子审了，该罚款的罚款，该斩手的斩手！没他警察什么事！"

铁盖王一脸惊异："啊，原来老爷子的屁股没长疮呀！是遇到啥事了？"

魏老爷子说："遇到啥事了？不省心的事。你不让共产党省心，你不让老百姓省心，你还不让像我这样的老人省心！你们心里难道就没有一把尺子，应当守护百姓什么样的利益才算'守'得其值？我要告诉你，为违法行为站台，注定自掘坟墓被活埋！我就不信共产党能容下姚世禄这样的人！我也不信老百姓心里不恨这样的人！你跟他都做了些什么？你能不能离他远一点？我还要告诉你，你跟这些人扎堆，迟早会被扎得千疮百孔！"

铁盖王对父亲连珠炮似的质问无可招架。他耷拉起头来，一副认输的脸色。他对父亲的睿智早有领教。他想，既然老爷子知道一些情况，还不如把一些事情向他和盘托出，让他参与进来帮忙支支招，争取更多的办法和对策，即使我从幕后被推向前台，又从"高台"上摔了下来，也不至于摔得鼻青脸肿！

铁盖王很快从现实走进回忆。

他对父亲说："我认识姚世禄，还是阳平县委书记陈大善介绍的。这陈大善以前是县长。他能够当上县委书记，是靠着姚世禄的金钱作铺垫，一包一包层层叠叠给'垫'起来的。而姚世禄在阳平县的地位，却全是靠棍棒大刀给'打'出来的。阳平县委的头头脑脑在姚世禄面前未能过招，只好收招，也羞于言招！现在的情况是，老百姓不敢惹他，那些官员们谁又敢惹他。大家心知肚明，姚世禄一旦出事，他们就惊慌。姚世禄平安了，所有官员就无恙。姚世禄正是看到这样一种现实，才在百姓面前索要尊重、索要面子、索要钱财。那些频繁告状结局很惨的人，不是我们要惩治他们。这种现实也不是我想要看到的，那么多领导干部，比我陷得深的，大有人在！何以避之，无以避之，只有安抚！"

魏老爷子说："离开这里吧！这段时间，我在南山会所的所有开支，我会通过我的养老金来解决。官场是一块清水塘，进了污水，连鱼都活不下来。你如果跟姚世禄有什么经济往来，赶快断了，退还清楚，一定要留下清白！"

铁盖王思了半晌，才嗫嚅地说："我呀，倒是跟他没有任何经济往来。我也想清白，就是，就是……"

魏老爷子瞪大眼睛，眼光有些逼人："就是什么？难道还有猫抓糍粑脱不了手的事情？"

铁盖王面带难色，心神不宁。旋即，巧言机变，改成与己无关的话题，他说："……就是姚氏兄弟的发展，有他的社会基础、历史根源。"

魏老爷子并不清楚，想要铁盖王断掉与姚世禄的关系，哪有那么容易！那是一根无形的链条。断掉它，个中不可言说的隐忧，就是他始终割舍不下的姚二妹！自从来到滨江市，是二妹让他感受到了什么叫诗礼簪缨之簇、温柔富贵之乡。姚二妹是姚世禄亲闺女，也是姚世禄亲手送到铁盖王那个堂子里来的。姚二妹娴熟云雨之事，放得很开。有人说，谁说这个世界上找不出一个铁人来，那姚世禄就是铁人一个。铁盖王跟他的女儿正在里屋巫山云雨，姚世禄却在外面客厅看电视。他的心肠真的比铁人还铁！而今，心有顾忌的铁盖王哪里知道，二妹岂是他一个人独享的二妹，公安局局长李平也许把"二妹"叫得比他还甜、黏得比他还紧。这是后话了。但是，悬壶楼老茶客们那一张张嘴，从未停顿过。他们面对江水，大发感慨，吟下一首"江湖绝唱"：尽道两水汇一江，奔流不息水汪汪，只有黄河决过堤，谁见长江遭过殃——姚家二妹有担当！那些年，魏老爷子还没发现悬壶楼这个谈天说地、享受话聊的好去处。他要是去了，肯定也能听到这些"江湖大调"，并引起高度警觉。

铁盖王给魏老爷子说："姚氏兄弟坐大成势，那是想象不到的！今天，我是多么希望这个组织土崩瓦解、灰飞烟灭。早年，根本就看不出这里官场有那么多人罩着姚氏兄弟！不独我铁盖王一人所'盖'，捂'盖'者层层皆有，加'盖'者处处皆是。过去不在意，现在不省心。过去他算你，现在你防他。谁知结局，何时能了？神仙也难以判定。"

魏老爷子追问："姚氏兄弟是如何坐大成势的？"

铁盖王说："许多人心中都有这个问号。阳平县有一首发了霉的民谣，而今能够记得的已经不多了。它就是为姚氏兄弟唱的，老得有股陈腐味：跟着姚氏兄弟干，亲手摆平杀人案。谁要挡道靠边站，只有疯子才申辩——"

"亲手摆平杀人案"，说的是姚氏组织萌芽期的事情。

姚世禄、姚世福两兄弟，本是"放牛娃"出身。一日，二人上山放牛，暖阳一照，便在山坡上打起瞌睡。一觉醒来，发现少了一头牛。两兄弟沿着牛的桃心脚印，追踪寻去，发现这牛脚印的尽头，竟是村霸的家。这村霸为啥要牵走牛？理由很简单：吃了他家地里的野草。若要想还回牛，除非牛磕头。牛不知错，人磕头！万般无奈，两兄弟的父母亲向村霸下了跪，磕了头，村霸这才还了牛。姚氏兄弟目睹了父母下跪磕头的那一幕，受辱的伤口滴血不止。他们在愤恨社会地位低下的同时，也在心中埋下了向村霸复仇的种子！

有一天，两兄弟闲在家里看香港警匪片。见到香港警察被黑社会老大追赶，逼进池塘，一身污泥，狼狈不堪，二人高兴得手舞足蹈，他们动心了！

"兄弟，要活就要活成香港老大的模样！"姚世禄说。

"这模样，的确神气！"姚世福也很激动。

"香港已经有人当老大了，我们岂敢当老大。在阳平县这个地盘上，只能允许有老二的存在！"姚世禄说。

"你的意思，唯老二称尊。所有的'老大'统统拿下！"

"这里的'老大'是县长陈大善。一直没有书记，他是个'千年老二'！"

"我们先尊他为'老大'，想办法'抬'他做老大。等他真正当了'老大'，直接把他降为'老三'！"

"好，就这么定了！"

姚氏兄弟开设赌场，安排人员抽头渔利，帮忙"维护赌场秩序"，在不知不觉中积累着并不干净的财富。

在阳平县，谁要是不给姚氏兄弟"面子"，他们就会"扫"尽你的面子。两兄弟经常路见不平锄头铲，拳脚相加平道义。一旦有他们出面摆不平的小事，就必然会有人摊上你想象不到的大事！

当地"社会一哥"开枪打死了人。死者一方坚决要求以命抵命，捉拿凶犯绳之以法。姚世禄找到死者家属，摆出了一副"裁判"的派头，他说："人家的枪走了火，不是故意的。对方愿意花钱免灾，这事就到此为止，别揪着不放！"

"说得轻巧，当根灯草！"死者一方也有"社会势力"，不依不饶，口气非常强硬："国法如天，人命关天，法庭是天，我们与杀人犯不共戴天！"

姚世禄听闻此言，一拍桌子："放屁，老子就是天！不给面子，一刀划破你的天！既然都是不共戴天、怒火冲天，老子只好让人尽快为你们全家'送行'——死了的，四脚朝天；没死的，个个喊天！"

姚世禄看到硬招无用，就另换柔招。他邀请死者家属一干人等，大摆酒席，召集手下三十多人掺入其中。他的如意算盘是，如果酒席上谈不妥，就直接动手，用武力让人心服口服，心悦诚服。你不听我的口哨，就得服我的拳头。

姚世禄多少有些文化，他说："大家同饮环山之水，同享大树之荫，这是祖上带给我们的福分！"

刚要举杯，"咣当"一声，一把大刀从姚世禄的一个骨干身上滑落下来。顿时，宴会现场，乱作一团，死者一方见势不妙，扔掉酒杯，弃席而逃，全都化作鸟兽散，留下一地狼藉。

半月后，姚世禄获知对方藏身之地，便安排他的"大刀队"成员，直接枪击、砍杀。随后，又花三十万元找人顶罪，而手下那一干枪手、刀手骨干，全部逍遥法外，一个个活得干干净净、光光鲜鲜，无事一般。这是姚氏兄弟演化为黑社会性质组织的标志性案件。

魏老爷子问儿子铁盖王："枪杀、顶罪，难道无人举报，难道公安不立案？"

铁盖王说："都说天空不缺饥饿的猎鹰——不瞒你说，那天把你送到医院救你一命的梁剑，就紧紧盯上此案不放，有人评价说他的眼睛像鹰眼一样锐利，追问细节。其实，他在那个时候就应当算是一位响当当的破案专家了，案件中的任何猫腻都逃不过他的法眼。遗憾的是，当时不知哪来的一股神秘力量，拒绝让梁剑介入此案。最后，县委竟然禁止县公安局向市局报告，还明确了纪律要求，专门对一些部门打招呼说：'一旦有人问及，统一口径落实"矛盾纠纷不上交"的规定，就地圆满解决！'这些话，是有出处的，是有来头的。这样，用'矛盾纠纷'定性'裁量'了一个犯罪案件，失去了重刑惩处的机会。你说荒唐不荒唐。听说梁剑后来质问过阳平县公安局一位负责人：'"矛盾纠纷"的标准是什么？"立案定罪"的标准又是什么？'这人一时回答不上来。但木已成舟，再问下去也无任何意义！那时公安局听县委的，也不得不听县委的，因为公安的'帽子'和'银子'都是县委、县政府给的，当着人家的官、吃着人家的饭，你还反了不成？而县委没有书记，一直空着。县长陈大善坚持要把这个案子捂着、瞒着。陈大善为什么要这样做？后来才知道，那是因为姚氏兄弟承诺，要为他'买'下县委'老大'的宝座！为铺路者铺路，为护航者护航，只要自己的目的能够实现，啥都可以做。最后，他的这一目的还真的就在姚氏兄弟操纵下实现了。陈大善如愿当上县委书记后，为了稳固彼此关系，姚世禄与他互认了干亲家。"

魏老爷子思忖道："买官鬻爵起于秦朝，难道只能让它终于无朝？纳粟千石，拜爵一级。我现在真正知道了什么叫'民间组织部长'，其实就是'钱部长'。是钱在安排人，人又在安排钱。啥都弄妥了，大致差不多了，这就把风放出去了。一看，跟官方组织部吻合了起来，让人觉得是众心所归。其实，就是'用钱入仕'，是捐官，你说是不是？"

铁盖王大手一挥，说："嗨！是，又不是。明的暗的一调和，就走马上任了。卖官鬻爵，没有我们这些人把它'盖'着，老百姓早就有意见了。一些风放出去，那是一把双刃剑。上面想用的人，老百姓欢迎的人，要找出一个交集点来。哪些老百姓不欢迎，一定要调查出这群老百姓的来头呀。必须看看他们的影响力，用人也要有一个安全系数，不要约等于，而要大于安全系数。否则就要做工作，把系数做大，一直做到连反对群体都服气为止！不服气也行，至少不反对。这些事情，普通老百姓就只能猜测而已！"

第四章　生死大考

在姚氏兄弟中，姚世禄是财神和权力的象征，拥有需要安全的霸业。

姚世福则履行着门神和打手的职责，是霸业安全的屏障。

棒棒军和大刀队都归姚世福指挥和培训。

这两支队伍都是经过严格挑选、过关斩将才来至姚氏门下的，个个身手不凡，谁都可以血溅刀棍。他们属于姚氏身边的保镖兼打手，随时保持一丈距离，被誉为"丈内跟班"。他们虽然隐姓埋名，但是都有江湖名号。从老字开始编号，没有"老大""老二"，只有"老三"到"老九"；十后面是哥字号，从"十哥"到"十九哥"；二十后面是弟字号，"二十弟"到"二九弟"；三十后面是贤字号，"三十贤"到"三九贤"。没有排上字号的，全部由排上字号的带领，他们又是有字号的"跟班"，队伍编制早已过百，威风凛凛，气势不凡。

他们平时训练分两个部分。

第一部分是体能、技能训练。地点选在了虎口岩龙啸潭的一片空旷地。两支队伍，不同技能。一支背对绝壁练棍术，另一支则面对潭水习刀法。每日响声雷动，龙腾虎跃，热火朝天。

第二部分是效命、尽忠训练。凡是进入这两支队伍的棍手、

刀手，都须对姚世禄忠心耿耿，立下誓言，绝不泄露姚世禄的
住处、子女姓名、生意情况、每日活动等信息，发誓用生命捍
卫姚氏的一切。他们还要经过严格考试，淘汰者统统降为姚氏
家中杂役。

　　夜已很深了。虎口岩龙啸潭边，死一般的寂静。站在上面
往下看，潭里全是满天星宿。潭是倒挂的天，天是倒挂的潭。
四周阴森可怕，偶尔有一只寒鸦飞过。离这不远的一段河道绝
壁上，一具具悬棺依稀可见。风打残窗，嚓嚓有声。

　　棒棒军和大刀队的房间，早就响起一片呼噜声。此起彼伏，
跟白天有不一样的热闹。他们像特工一般警惕，睡觉全是同一
个姿势。胸前紧紧抓住被他们视为"第二生命"的武器——不
是棍棒，便是大刀。

　　老六、老七、老八、老九四人同住一个房间。他们都在姚
世禄身边做过"保镖"，属于功臣级别的，大家臭味相投才住
在一起。他们此番培训完全是为了"补课""补考"。他们平
时训练都将彼此当作"假想敌"，来回对打陪练。他们身上的
皮肉从来没有完好过，教练也从不会让其完好。一天训练下来，
让他们非常疲困，一个个沾着枕头就进入了梦乡。他们睡得太
沉，以至于在凌晨两点进去了八个彪形大汉，竟无一人惊醒。

　　这四人同时被人扼住脖子，不给他们喊叫的机会。

　　"不准动！"一个坚定、低沉而又不惊动隔壁睡梦的声音
就在耳边。

　　那四人下意识地抓住胸前的大刀和棒棍，可是已经迟了，

他们的双手已被紧紧套住。

一瞬间，四张刚刚还在打呼噜的嘴被紧紧捂住。每颗脑袋都被装进一只加厚的头套里。现场没有一丝打斗的迹象。人们想象中的反抗、不屈、挣扎，均在悄无声息中进行着，又在不知不觉中消失了！

他们挣扎着被带出房间，显然被彻底驯服了。这个过程，四人各有逃脱、扑身的举动，但毫无作用。此刻，他们成为任人宰割的鱼肉，就连扭身抵抗都觉得多余。这四人何曾想到，跟着姚氏兄弟干竟有这般风险、会遭如此厄运。

推推搡搡来到大门口。几个劫持者才发现，这四人中有两人穿着大裤衩，另两人还全裸着。一个陌生的声音传出："他们又非色鬼，这样带走他们，难免受到阎王爷的责怪，还是给他们穿上裤子！""睡觉不穿裤衩，这就是色鬼，阎王本来就不会饶过他们！"他们经过商量后，由另一人进屋给他们找来了两条裤衩，帮他们穿上。

四人被五花大绑押到虎口岩龙啸潭边。这是一个他们非常熟悉的地方。白天训练的气息还留在这里。

四人不知道会被如何处理，生死难卜。他们中，有人牙齿磕得山响，身上在打战！

不多会，只听到虎口岩悬崖边，有几人正在被严厉喝问。

"告诉你，你们将要死的地方是虎口岩，下面是深不可测的龙啸潭。记住这个地方，不要做了死鬼还不知道自己死在哪里。听好了，你们长期在姚世禄身边，告诉我，他平时的住址，明天将会到哪里，将住什么地方，跟谁谈生意？讲出来，活！

不讲，丢下去，喂鱼！顺便说一下，这龙啸潭，最深的地方是120米，最大的鱼是120斤！"

"别吓唬老子，老子宁死也不讲！"

"是不是不讲？"

"就是不讲！快把老子扔进潭里喂鱼吧！区区120斤小鱼，老子180斤，看谁吃谁！"

接着就是"唔"和"嗯"的两声，嘴里再没了声息。既然捂上嘴了，就只能从别的声音中听到真相。

一阵脚踢和用身子撞击的声响非常强烈。亲临现场的每个人都听得分明、真切——大家遭难了！

这边，被绑架的四人慢慢地听出了来头，更听出了即将扔进潭里喂鱼的就是"老四"。"老四"何以遭此厄运啊，他们中有两人的泪水湿透了头套！

只听得"轰隆"一声，"老四"被投进龙啸潭。

被绑架的四人用脚拼命侧踹，做扫腿动作，显得很不老实。

他们分别挨了两耳光。

旋即，这四人相同的厄运来了。

劫持者推出老六。

他们将老六口中塞的杂物取出来，但不摘那头套。

老六大吼："把头套给我取下来，老子要看一眼是谁打我耳光！就是死，我也要看清是谁把我推下去的！"

"啪啪"又是两耳光。

"说，姚世禄的住址、明天将会到哪里……"相同的问话又复述了一遍。

"赶快把我推下去吧，我不会说的！"

旁边一个劫持者迅速捂住老六的嘴，塞进一团东西。随后，有人将一块大石扔进龙啸潭。"轰隆"一声巨响之后，发出一串气泡声。那气泡声持续了很长时间。让人感觉是被捆绑的活人慢慢沉底了。生命就在这"坚决不讲"中结束了。

紧接着，推出老七、老八进行喝问。如法炮制。相继听到投进潭里的"轰隆"声响。气泡声传递着鲜活生命消失的信息，好不悲壮！

最后推出老九。

前面四人全部喂鱼了。老九浑身发抖。他不想死。参加大刀队无非就是找份工作。平时，用性命向姚世禄表忠心，喊得山响，真的大限将至，却并不情愿。我上有老下有小，我死了，我的老婆那样漂亮，她肯定会嫁人。她要是嫁人，儿子就会跟人家姓——老九想着想着，就瘫在那里，像堆烂泥。

劫持者把老九扶起来，掏出口中之物。

老九能开口说话了，就迫不及待地说："你别问，你别问，我啥都讲，我啥都讲给你们啊！"

这时，劫持者把所有人的头套全部摘了下来。

棍棒刀手们全都呆住了。

不！他们全部都傻眼了。

月光之下，他们看到姚世福就在面前。

这是一道严酷的考题。

这是一场对效命、尽忠能否过关的考试！

　　龙啸潭仍然是倒挂着的天，繁星点点，寒鸦入巢。

　　姚世福说："我要的是一支铁杆的棒棒军和大刀队。因为我们随时会碰到凶悍的对手，而在我这里，我有的是办法检验你们的忠诚情况！"他叹了一口气，"很遗憾，老九考砸了。但没有谁能够救你。你就是有再好的棍术刀法，也只能去干杂役！"

　　老九说："我不干杂役，我再考一次！"

　　姚世福说："没机会了！"

　　这场考试产生了"刀王""棍主"。

　　姚氏兄弟的铁杆"跟班"，就是这样历练出来的。

　　深夜龙啸潭"忠诚"考试的消息，传到姚世禄这里。姚世禄直摇头，他说："这兄弟满腹骚点子，'骚'得出奇！难道我这里的保卫工作就那么重要？又有多少人会害我呀？我才不信这一套。我一个人也能对付三四个人。"

　　姚世禄找来兄弟姚世福，一方面对"刀棍队伍"表示满意，另一方面对这样的忠诚检验也存有质疑。

　　"不怕死的并不一定就忠诚，你非要把人往死里逼呀？"姚世禄说。

　　"但忠诚就必须是不怕死，我不往死里逼就看不到忠诚！"姚世福说。

　　"萨达姆的卫队就是置生死于不顾，但最终还是出卖了萨达姆！这个卫队骨干成员是萨达姆的亲信或者是亲戚，卫队司令是萨达姆的次子库赛，士兵大多来自萨达姆的家乡提克里特，有十二万人。卫队的'王炸'别提有多厉害。最后'王炸'还是变成了'一把烂牌'，被人'炸'得粉碎，好可惜！"

"萨达姆是一个失败的总统。他的精锐卫队从来就被人们质疑。里面的灵魂人物均被美国中情局策反了。最后，整个卫队变得不堪一击。这个队伍缺少忠诚训练，做我们的学生都不够格！老哥，你应当知道，俄罗斯总统上任后，公开报道对总统的追杀已有十多次。经过生死检验后的保镖，每一次都让总统化险为夷。俄罗斯总统的卫队才是我们效法的偶像！"

"看来我们的'刀棍队伍'要有'双头鹰'的影子。"

"你的意思是要以俄罗斯卫队为尊？好啊！那就飞过去请一位洋教头过来。"

"请来了，就是大神。没有什么比安全更重要！"

第五章 堵心时刻

滨江市上访户中流传着几句自嘲：捂得住嘴巴，难道就不吸气了？包得住屁股，难道就不放屁了？拦得住上访，难道就无路了？刚有一个开头，难道就谢幕了？难了，难了，有难何以能了？无难自然就了！

正是这样，以杨伯告为首的一大批受害人，持续频繁举报姚氏兄弟"私设公堂""私了命案""草菅人命"，涉嫌组织领导黑社会问题，也举报这个黑社会组织背后的"保护伞"，指出撑伞人就是县委书记陈大善一干人。而这时的陈大善早已是罩着"优秀县委书记""亲民书记""项目书记""百姓书记"等大量政治光环的人物了。省内主流媒体系统地报道了陈大善的先进事迹。眼下，他是副市长候选人，红人一个。人们猜测，也许陈大善正是一个"优秀人物"，才出于审慎考虑，寄到公安部、公安厅的举报信件全部转到了滨江市公安局，没有作为挂牌案子来处理。他们哪里晓得，案子挂不挂"牌"是一个综合因素，跟你滨江用不用人没有丝毫关系。

这天中午，公安局午休房。李平局长把姚二妹从床上拉起来，打算让司机把她送到阳平老家。没想到，她一直跟着李平到了办公室。李平办公桌上放着举报姚二妹的父亲姚世禄、叔叔姚世福的涉黑信件。姚二妹一眼就瞅见了那几行醒目的标题，脸色立时变成了一张白纸，问："这是怎么回事？"

"这一回呀，可能要让他老人家委屈一下了！"李平试探着说。

"摆不平这事，我就摆平你！"姚二妹冷冷地甩出这句话后，悻悻地离开李平局长办公室。

司机追上去说："姐，车在这边！"

姚二妹遇事稳不住身子。这一点，她有时也自怨自艾。

李平的确怕她，更怕自己胸膛下那颗不老实的心。许多时候，只要瞅上她一眼，心脏就要蹦出来了。也有许多时候，他强迫自己不理她，但又难以做到。

公安机关是半军事化。有人说，半军事化就是马赛克，私密的空间哪怕只剩下一条缝隙，也会被砂浆填满。悬壶楼里有一条经典语录："最怕下级扎堆，最怕上级立碑。逮着机会撩妹，马赛克上抹灰。"有何深意？语录的发明者说："不足为外人道，何必为外人道！"姚二妹是李平局长在落实"万警进万家"活动时偶遇的。当时"局长进千家"是配套活动。公安机关每位局长必须联系帮扶一定数量的困难家庭。这既是规定动作，也是本地拉开"万警进万家"的开场序曲。那日，李平在一贫困户门口开"坝坝会"。刚刚大学毕业的姚二妹没事跑来看热闹。不懂"场景政治"而又特别青涩的她当场就给李平发难："你这进'千家'进的不是滋味，进的全是揭不开锅的人家，没啥意思！你难道没发现这些人家全都是些扶不起来的泥菩萨？你呀，还不如把对穷人的希望寄托在富人身上，也只有富人对穷人才能发挥作用！我看这'坝坝会'也要走进富人的院坝，才能让人找出对策！富人能讲出财富的秘密，那叫有德。穷人能道尽平生的苦水，那叫无志！"李平抬眼一望，见这女子生得仪容不俗，眼球一下就凝固了："嗨，一个与众不同的想法，你说说看？"姚二妹说："国家对汶川大地震灾后重建的办法都是对口援建，一个省对一个县，九牛一毛，太仓一粟，你说是不是呀！这里有不少大款、舵爷，个个富得流油，他们每年从牙缝里掏出来的残渣，也不知可以养活多少人口。我说啊，这个'坝坝会'干脆搬到我家院坝去开！"这女子如此高调。李平也心血来潮，他说："那好啊，就到你家看看！"姚二妹的家不远，是南山会所，走路就过去了。路上，他得知姚二妹是舞蹈系毕业的，就问："公安局要搞一台春晚，你来指导一下如何？"姚二妹答应了下来。"坝坝会"在南山会所结束，姚二妹便在公安局正式登场，很快成为公安午休房里为李平消愁破闷的常客。凡是有不平凡的开头，就有不寻常的结尾。这也许是一个不会游离的定律。

　　李平陷入踌躇不安之中。他把对姚氏兄弟的涉黑举报信攥在手中，转而又放在桌上。如此反复着。他忐忑不安，左右为难。他心中的天平就像他身子一样摇摆着。倘若让刑侦部门来办理，肯定是职责职能所在，常理所使，顺理成章。但那刑侦支队支队长梁剑会按照他设计的"规划图"去施工吗？李平每每想到这里，就大摇其头，他毫无把握。要是让其他部门来抹平举报信中的问题，那绝对名不正、言不顺，是典型的一着蹩脚棋。最后，他所认定的一种做法，实在令人目瞪口呆，让人大跌眼镜。就是他始终认为，当自己举棋不定的时候，最好那"棋"还在手中。李平局长平时跟人下棋时，就常玩此招。把棋子举起，拿一会儿，再放回原地。连续操作数次，使对方心烦。此时，妙棋路子也想出来啦！正是这种思维缓冲，让他在举报姚氏兄弟的信上批了"请刑侦支队办理"一句话后，又打电话叫梁剑来他的办公室。意在多一个"举棋"的动作。考察梁剑的可靠程度。给不给他办，取决于他的表现。他要磨自己，也要想法去磨别人……

梁剑是军人后代。父亲一身正气，多得快要溢出来。

这位老军人告别人世时，向梁剑嘱托了两件事情，要求务必谨记："第一件事情，我的一位战友在牺牲时，留下了一把口琴和一顶军帽，他希望转交他的后人。这位战友讲，孩子就在当月出生，愿这把口琴给他带来快乐，愿这顶军帽为他抵御寒气！几十年了，我没这个能力找到他的后人，你们要帮我完成这个愿望。不然，我到了另一个世界，这位战友会找我算账。我最怕战友'纠缠'。这个账，我欠不起！"

紧接着，老人交代的第二件事，竟令无数人活着的灵魂引起强烈震颤，他说："我没有什么财产留给你们。但我胸口还埋着六块弹片，炉火烧出来后，你们兄妹三人，每人可分得两块。将弹片留给你们，不是做纪念的，而是让你们懂得：共产党人的胸膛，要挡得了子弹，捂得热民心，经得住风雨！无论走到哪里，都要挺着胸膛做人！"现场，梁家所有子孙都默默流下泪来。老人听到了抽泣声，用尽力气吼道："没出息的东西，哭什么！我死了，你们就是我的影子。"他接着讲："视人生处处是战场，你时时就有惊喜。胸膛后面是热血，胸膛前面是拼杀。在战争中学会战争，在战斗中学会战斗，最终你会知足、你会圆满！"

梁剑伫立一旁，默不作声。老人讲完这话就撒手人寰了。

梁剑不失拥有军人血统的血性。那一年，他在一个悬崖绝壁处抓住一个逃犯，哪想这逃犯一个同伙朝他背后砍了一刀。他与逃犯双双坠下十丈悬崖。就在这下坠过程中，梁剑紧紧抓住逃犯，脚蹬岩石，掌控着滚落的方向。幸运的是，他跟逃犯一同掉在了一片打谷场的草垛上。后续追捕力量赶到时，他还死死拧住那名逃犯的衣领。死过一次的梁剑一下子有了传奇色彩。有人说，阎王爷拒绝接收带着逃犯报到的人，所以才又把梁剑放回了人间。也正是这样，他被誉为"带着逃犯闯进阎王殿的人"。事后，上级党委给他记了一等功。他被评为"最美人民警察"。而今，他最不愿意在镜头面前说话。他非常警惕，他说："你以为'围观吃瓜群众'个个都心怀好意呀，非也，他们大量的'围观'，对我们就是一种'围困'，让你做不透案子，打不通堵点，截不住逃犯。还是多长一只眼睛在'后脑勺'吧，盯着会不会有人朝着你的后背来一刀！"

梁剑到了李平这里，一屁股坐在沙发上。面色惨白，两眼充血。他无数次在这样的状态下领受任务，又无数次陷入困境。因为捉鬼放鬼可能是同一人。他不仅仅要对付犯罪嫌疑人。他说："局长，我已经三天没合眼了，叫我来是不是又有新的挂牌案子呀？"

李平的口气总是居高临下。因为他总是觉得，没有这样的口气，就不会让下面服气。有严霜袭来，铁树也会弯腰。

李平慢悠悠站起来，连瞥都不瞥梁剑一眼。他双臂交抱在胸前，晃悠着身子，严肃认真地说："我是职业警察，知道挂牌是怎么回事。挂牌案子要依靠党委政府，不是挂牌案子也要服务党委政府。你没听到官场新流行的四句话吗：摆平用不着公平，无事用不着揽事，搞定用不着审定，看破用不着戳破！当今官场，把这些话奉为神明的都成了贵人，背道而驰的都成了犯人，半信半疑的都成了废人！"

李平一边讲着，一边踱着步，显得高深莫测。他要想办法把梁剑"渡"到他的意识中来。

可梁剑却经不住这种"渡法"。他的心脏突突跳着，他真担心会跳出来。他对李平此番高论，确有"细思极恐"的不安。他甚至产生了一阵心寒的感觉，他说："局长，你的这些话，就当我没听见！因为我怕成为'两面人'。我只知道'为官避事平生耻''一品百姓是做人'。我还只知道，如何通过侦查和抓捕手段把逃犯弄回来——给受害人一个说法，给挂牌案一个回答。我能做的，也就这些！打仗，可以绕过堑壕，但不可以绕过敌人。秦始皇的军队能够胜利，那是因为他们认为伤口在背后是一件可耻的事情！"

"你这是什么话？你这叫政治滑头、回避事实、明哲保身！"李平显然有些恼怒。

岂止是恼怒！梁剑对李平的言论没有顺杆爬，这实在令李平非常尴尬、非常不舒服。这一对话，分明就是一场来自灵魂深处的遭遇战。

李平总算看明白了，梁剑的话进一步让他验证了一个简单的事实，那就是这小子不会按照他标定的"路线图"去行走，去办事，成为不了一路人。既然尿不到一块，就别把方便给对方吧！给得越多，闻得越臭！

李平谈吐机智，巧言令色，他话锋一转，直点穴位。他说："叫你来，只想告诉你，不管'微博大V'，还是'网络红人'，都要有底线。赢得了粉丝，却踩上了钢丝，掉下去，就是一具死尸，那样不划算！我们说，为他人提供信息、意见和评论，这算是一种社会担当，也是一种社会责任，可以算作是助人为乐。但是，对他人施加舆论影响、去获得支持，再引来群体性事件，让我们紧张一阵子，你觉得这样做有意思吗？你爱人在微博里指出：与病人对话才知道，精神病人的求救面临法律空白。又把我们牺牲在武疯子手下的民警刨出来，揭公安伤疤。还有，对精神病人'非法拘禁'，能这样说吗？如果硬说我们不作为，那也跟你我有关系，跟你这些直接办案的是直接关系。但是你看你现在如此疲惫不堪，在外人看来，还以为你不作为。难道这是不作为吗？你有三头六臂，那又如何？你连挂牌的案子都做不完，你没能做到捷报频传，这就是最好的证明！"

梁剑心里很难受。他说："局长，我对刑侦事业充满一腔热血，投入的是一颗真心。凭真对真，凭心对心，要实事求是——不是我做不完，我需要人、我需要技术力量的配合。我已经打过三次要人、要技术的报告！别的公安机关碰到大案要案，把精英拉在一起搞'会战'。而我们呢，资源力量不但不能整合，反而还在我这里抽人干别的事情，形成不了拳头。总是在关键时刻'釜底抽薪'！我分明看到，大量破案能手全在袖手旁观，他们的手'痒'得无处可挠。按照现在最不要脸的说法，他们是闲得蛋疼。他们不属于公安的隐蔽力量，为啥要分散隐藏起来？就算是一支隐蔽力量，也要集中起来在实战中操练！"

李平说："够了！拐弯抹角，含沙射影。讲客观就是违抗命令，找理由就是逃避责任，讲条件就是缺乏能力！依我看，你那一摊子现在压根儿就不是人和技术的问题。我在干刑侦的那阵，人手比你现在少得多，从来不会伸手去求个外援！如果想到要外援，那叫无能。蛋疼不丢人，露腚才丢脸！"

李平停了停，又说："像杜欢欢这样的骨干，为啥子不用？听说你们那里的案卷，人家碰都不敢碰，闲在一边。宁可让人家观战，也不让人参战。这很不正常！过去我们就讲，人才浪费是最大的浪费！现在我们讲，人才浪费也是一种犯罪！"

梁剑不愿与李平辩解。他心里非常清楚,应当向良心问罪！现在的案件存量，早已成几何趋势往上翻着。而在这个过程中，除了李平插手带来许多"冬眠"的案子外，一些"关键少数"也在关键时候让案子"沉睡"着。一方面，案件的处置通道受阻；另一方面，假币、洗钱、金融、财税、涉众、商贸、资本市场、知识产权等经济领域犯罪活动的新案又不断涌入进来。他们面对的不仅仅是案子，是来自民心的压力。至于杜欢欢，凡是她参与的案子，一到收网，煮熟的鸭子必然会飞。梁剑曾经警告过杜欢欢，他说："做鬼很难，因为要跟人混在一起！"杜欢欢知道鬼跟人混在一起，所指什么。她不在意别人对她飞短流长。她也懂得，鬼跟人在一起，做鬼很难，做人的也不会好过！

睡梦最终会被黎明轻轻摇醒。

眼下，梁剑非常敏锐地看出，李平正在逼他离开办案实战部门，只是苦于找不到一个令人信服的理由和恰当的时机。

这天，李平与铁盖王沟通。一来就诉苦："梁剑这片阴云挡住了我们亮丽的天空，是一匹套不上缰绳的野马。"铁盖王对他说："既然梁剑是野马、是烈马，迟早要'坏事'，我们手中有'套马杆'呀——用人主动权还在我们手上嘛，找个绊子，让他失去前蹄再说，行不行呀？他要坏事，你就首先坏了他的事，让他没有机会再去坏了你的事，这不很好啊！"

可是一晃几个月过去，梁剑难以走进铁盖王设计的陷阱。

这天，铁盖王终于在混沌中觅得一线天光。

铁盖王找来李平，显得老谋深算，藏巧于心。他提出了如下观点："干脆把梁剑用起来吧！你没听说时下流行的几句话吗？这些话说起来很难听，甚至有些尖酸刻薄、没有原则、没有底线，但很实用、耐用、受用。你听听，'谄媚式提拔最无耻，带病式提拔最无德，抢救式提拔最无奈，拆除式提拔最安全'。这些做法最有用！我看呀，运用'拆除式提拔'，跟战场上排地雷差不多，大概就是为了化解风险，拆除炮弹'引信'，这就有了安全距离，还用得着担心它会爆炸不成？既封住了嘴，又堵住了事。李局长，你不妨试一试呀！"

铁盖王进一步强调："别把那些位子看得多金贵，让一个风险人物离开我们牵肠挂肚的地方，就是腾出再高的位子来也值得！这样，你也用不着整天提防人家对你搞什么鬼。那梁剑不是办事认真么，好呀，提起来当个副局长，管管党务、管管财务、管管劳务、管管不急之务，就是不让他抓警务，没准呀，还真能人尽其才，这样也可赢得一域之太平、岁月之静好哦！"

李平眼里就像突然出现一道亮光，他非常赞赏这一说道。两掌相击，发出脆响。他说："好得很！拆除式提拔——应该给发明者一个专利奖！"

"是啊，给发明者一个专利奖，给实施者一个'安全奖'！这样做，官员们都安全了。"

李平凝视着举报姚氏兄弟的信，心想，差点"一笔"失误留下大患。他站起来，要送一下梁剑。走出办公室，这才对梁剑讲道："你呀，就应到更高的平台上去换换脑筋！要真正融入组织这个群体。一个人只能唱独角戏。一个人的戏，容易曲高和寡，也很累人。整来整去，容易整成对台戏！你我都不要成为戏里的演员。"

李平重新回到办公室。他把举报姚氏兄弟信件上的"刑侦支队办理"改为"刑侦支队办理挂牌督办案子较多，难以抽出力量，请阳平县公安局阅办"。

这个世界，如果把时间与思虑放进炉膛，即使炼不出仙丹，也会飘出艳丽的霞烟。

李平出了门。望望天，听到一阵雷声。

第六章　拒绝提拔

李平局长一席话，梁剑听得五味杂陈。

"更高的平台"是什么意思？刑侦岗位怎么可以失去？梁剑大学读的是刑事侦查技术，硕士读的是侦破心理学，博士读的是网络侦查。如果不让他去破案，这些年的造化会成为"有用用中无用，无功功里施功"！职位不重要，他更愿守望这道用知识铸造的"刑侦破疑之门"。长期以来，李平局长一动干部，就必然组织一批"看守队"开展工作，要将上告的、不服气的人盯死看牢，不许任何人"兴风作浪""乱发杂音"。这次也不例外，大家已经习惯了。政治部主任何江波就是"看守队"队长，他常常为此苦不堪言。这次要提拔梁剑，李平局长首先找他谈了话。

何江波对梁剑太了解了，他这样对李平讲道："梁剑是个能够自我安享现状的'职位钉子户'，有多少人才研究专家称这类人是'职位钝守性'人群。他梁剑哪里看重什么提升啊！提升这事，对他来讲，等于就是拔钉子。而且，梁剑这颗钉子也不好拔呀，他是一颗壁虎螺栓内爆拉爆的钉子，如果硬要坚持拔掉，就有很大的破坏性！"

"胡扯！谬论！职场上，提升这事，永远是一种诱惑！就是钉子，老是钉在那里也会生锈的。生了锈的钉子，自己也会松动、脱落的。到了那时，想用还派不上用场呢！你还说什么'职位钉子户'，有什么值得称道的？人挪活、树挪死。你要给他讲清楚，不值得老是钉在那里！"李平严肃地说，"就算他梁剑是内爆拉爆的钉子，拔出来，就是具有再大的破坏性，也要看你这个政工专家去做深入细致的工作呀！"

回到家里的何江波心潮难宁。很晚了，他私下找到市委组织部的一位副部长直接诉苦："遇到像梁剑这种坚守事业、执着到顽固的人，别说我江波安抚不了他的心境，就是巨浪也压不住他内心的波澜！奇葩的是，这次组织'看守队'看守的竟然是被提拔的当事人，也只有滨江公安才出这种'人咬狗'的新闻。你应当清楚，在职场上，让提升成为一件堵心的事，大多都是遇上了堵心的人。人之所以不快乐，不是我们拥有的太少，而是我们的心堵得太死。很多人还以为梁剑是一个不追求权力的闲云野鹤，可谁又能探知他追求的价值、内心的那种对事业的依恋！说起来，我都有些感动！"

这位副部长严肃地说："候选人是你们以党委的名义提出的，你自然要维护党委的决定，这是组织原则！会上最怕议而不决，会下最怕决而不行！你呀，也不能有太多异议，还是要维护一级组织的形象！"

何江波听如此说，愁苦难言。他不愿意再说下去，只好静观其变。

事情的发展往往总在人们的意料之中。很快，市委组织部派人到市局考察梁剑。梁剑听说自己被列入副局长考察对象，脸上立时布满了愁云。他哀求考察人员："如果提拔后不再让我抓刑侦，那么就请求组织考虑其他更优秀的同志！"考察人员说："你何以如此谦虚？提拔重用，是组织对你工作的认同和能力水平的肯定！"梁剑说："我是做事的人，不是做官的料！放了我吧，饶了我吧！"

考察人员与李平局长交流意见时，转告了梁剑不愿意离开刑侦的想法。李平一阵惊愕。他的态度非常严肃。他说："不能因为此人热爱刑侦就不关心他的个人职业发展空间。这样的人才，又是这样的表态，我看组织上更应关注，此人更应值得重用。他很有境界嘛！"

也就在这时，省委组织部来人考察阳平县委书记陈大善。他被列为副厅级领导干部人选。不幸的是，陈大善因为被指为姚氏兄弟充当"保护伞"，"考察期"变成了"观察期"，提升暂被搁了下来。此间，他正想尽办法予以澄清，整天写说明材料，情绪低落，觉得自己挨了误伤！

很快，梁剑被任命为滨江市公安局副局长，分管党务、账务、信访。可见，梁剑分管这事，李平最终还是听了铁盖王的意见。水往低处流，人往高处走。梁剑走向了高处，但并非属于自己的向往。他之走向的高处，有种被强行挪位的感觉，浑身很不自在。一时间，一种受骗和愤懑的情绪无处宣泄。

何江波主任再次找到市委组织部那位副部长，沉重地讲道："都在意料之中，我们果真看到梁剑那张提拔后不愉快的脸。岂止是郁郁不乐，完全就失魂落魄、神不守舍。气色都变了，这哪里是提起来当官，分明就是吊起来挨打！"

"我知道了这个情况。梁剑已经给我打过电话，说了他的感受。他说：'舞台再大，不让你表演，你永远都是观众！'可能有些人原本就不适合提拔的。他宁可当个'职位钉子户'，就是'锈'在那里，也甘心情愿！"那位副部长说。

"现在，李平局长竟然说这是'拆除式提拔'的成功运用，显得自鸣得意！"何江波说。

"什么提拔？我怎么不知道？"那位副部长追问。

"我算是孤陋寡闻，也是刚刚听说的——现在社会已经流传很广了，叫'谄媚式提拔最无耻，带病式提拔最无德，抢救式提拔最无奈，拆除式提拔最安全'。他们把梁剑列为'拆除式提拔'对象，大概就是为了化解风险，担心它会爆炸！"何江波作了进一步诠释。

"扯谈！还弄出官场'四最'理论来了。我说呀，有的干部，一天到晚就琢磨这些边缘文化，这很不正常！"对方把电话挂了。

梁剑的副局长任命宣布后，便约了几个发小斗了一天的"地主"，甩了很长时间的牌，却消除不了心中的积闷。牌桌上，有人说他是"稀有动物"，"组织上提错了官、看错了人，不懂得感恩"。他一概没有放在心上。但是，一位发小不经意冒出一句"拆除式甩牌"，竟让梁剑火冒三丈。他愤然将一把牌朝桌上一甩，腾地站了起来，从不爆粗的他破口骂道："拆除式，什么东西！"大家一个个全愣住了。他们哪里清楚，梁剑就是被"拆除式提拔"的。现在，他已看不到想看的东西、抓

不到想抓的工作、所有的案子都无权过问，而一些关心案件的
"关键少数"们便开始在刑侦发挥关键作用了。梁剑的潜能和
价值以"拆除"的这一天为标志，统统将被默默沉埋。剑磨如
雪，奈何归鞘？他的一位同学说："其实，在人们心里，哪个
不是'这山望着那山高'呀？"可到了梁剑这里，却是站在"那
山"愁难消。他是这句话的反叛者！

　　这天，他在做工作交接清单。每登记一桩案件，对他来讲
就是一块血肉的剥离，每一块血肉的剥离意味着这里跟他渐行
渐远，没有任何关系了。杜欢欢跑过来要为他帮忙。梁剑像是
触了电似的，坚决不让杜欢欢碰他的材料。他长叹一口气，告
诉杜欢欢："我马上就要离开这里了，恕我对你直言几句，以
后再也没有资格劝你什么了——都说跟对人、走对路、做对事，
什么叫'对'的人？应当是组织，而不是个人。谁也取代不了
组织！我听说现在刑侦三个副支队长都入不了你的'法眼'。
用赌的代价去跟了一个自以为'对'的人，你会输得精光。做
人能够立起来，靠的是骨头。身体可以跪着，灵魂却要站着。
灵魂一旦跪着，骨头即使立在那里，也是一根贱骨头！"

　　杜欢欢脸色涨得通红。她心想，一个挣扎在山路上的人去
操心别人高速公路上撞不撞车，觉得很别扭、很好笑，但杜欢
欢还是说："梁支队，不，梁副局长，我会权衡，会努力趋利
避害的！"

　　梁剑沉思片刻，说："趋利避害是生物本能。当然，也是
人性本能。但是，人性本能确定了一个人是否高尚、是否纯洁、
是否脱离了低级的生物本能。我无意指责你什么，只是希望你

给几位副支队长多一些尊重，他们非常不易，案子办得很艰难，还要处理艰难的人事关系！"

杜欢欢快快不乐，无趣地走了。她是李平局长的红人。李平到省城开会、外地出差，一般都要带上"三杰"：保镖作用的英雄豪杰、舞文弄墨的人中俊杰、喝酒划拳的女中豪杰。杜欢欢算是最后那一"杰"。这让刑侦支队另一位警花杨兰兰倍感羡慕。她们是同期从警院毕业分配到刑侦支队的。杜欢欢却当上了专案组副组长，而她还是普通科员。刑侦支队副支队长尹爱武是一位"老大哥"级别的人物。从小就未见到亲生父亲的他目睹了继父名下两个女孩是如何因为攀附而犯罪的。他同样担心杨兰兰的生活走偏，对杨兰兰说："仿效于人、取法于人，要看你效法的对象是不是'对'的人，所有不给自己'设限'的人、不给身后留路的人、不为别人让路的人，都不可能是人生的榜样！"

杨兰兰说："我不会跟人。对的人容易失去自我，错的人容易失去灵魂。我对自己做的事情有定力，觉得值得去吃苦奋斗。我只认定，没有等来的辉煌，只有拼来的精彩。这话听来有些高尚，但我就是这样想的！"

都说梁剑有两个家：一个是以家为家，一个是以刑侦支队为家。现在刑侦支队这个家，他必须得让出来了。备勤室有他的大量衣物、生活用品。他让杨兰兰找来几条编织袋，将这些全部家当塞了进去。大包小包，前搭后载，麻绳系捆。二人推着自行车，就那样吃力地往梁剑家搬。此番场景，有种落荒而逃的感觉。

　　杨兰兰第一次到梁剑家，非常好奇。她发现客厅中堂下面摆放了好些宝物，一个玻璃罩里面居然放了一把别致的口琴和一顶陈旧的军帽。她凝视良久，问："哎，梁支队，你是喜欢上淘宝网呢，还是喜欢进博物馆呀？你的这些陈列品很难得哟，不像是'做旧'的，分明就是实物呀！"

　　"哎，你们咋都是用这个口气问我呀！这是战场上带回来的，是我父亲的一位战友牺牲时留下的。货真价实，不是赝品！"

　　杨兰兰心一动："哟，看来有故事。讲一讲？"

　　梁剑卖起了关子："不讲！"

　　杨兰兰说："其实，我们家也有两口人上过战场咧，我们家还有一位烈士。有军人的家庭，味道都不一样！"

　　"什么味道呀？"

　　"壮怀激烈的味道！炮弹壳，火药味。"

　　梁剑一听，感到遇对人了，说："一把口琴、一顶军帽，是一位牺牲烈士的。他叫吴杰承，战地文艺兵。战争间隙，硝烟还没散尽，他就用口琴吹奏'保卫黄河''二月里来'之类的曲子，以消除战场上的疲劳，寄托思乡之情。那时的作战地区是在克节朗——瓦弄区域，地形复杂，作为班长的吴杰承带领我父亲清除敌人暗堡。一开始就很不顺利，要排雷、要躲开敌人火力压制，到了暗堡要用火箭筒炸掉。在这样的情况下，他们二人一共端掉了敌人十四座暗堡。正要继续端前面的暗堡时，吴杰承看到一个暗堡的缝隙里悄悄伸出一杆枪来。枪口就那样直直地对准我父亲。吴杰承一跃而起，将我父亲推开，一梭子弹正好扫在吴杰承腿上，当场倒下。吴杰承咬紧牙关，一把抓下帽子，将口琴压进帽胆里，说：'梁大山，我现在是半条命，留下你整条命，你趴着不要动。这是最后一个暗堡了，由我来解决。你要活着回国！这两样东西，无论如何也要留给我的后人！'吴杰承拼足最后力气，抵近暗堡，将拉燃的手榴弹送了进去。一声巨响，吴杰承光荣牺牲，我父亲胸口也中了十多块弹片。扫清了暗堡后，后续部队顺利向前推进。回国后，我父亲冲动地想完成吴杰承的临终托付，开始找他的后人，可是直到去世也没找到！"

杨兰兰说："哦，果然有故事！你应当找央视大型公益寻人栏目，动员'等着我'的志愿者找他的后人，这样概率很高！"

梁剑说："这个工作做了，没法做 DNA 比对！"

杨兰兰灵机一动，说："难道在帽子里面找不到几根头发来呀？现在跟过去不一样了，头发、指甲、羊水、血液、烟头等，全都可以鉴定，非常精准！"

梁剑眼睛一亮，说："对呀，找一找！"

二人果然在帽子里发现了几根头发。梁剑像发现新大陆一样，一阵狂喜。这是自从他身陷"拆除式提拔"以来，唯一高兴的一刻。

第七章　破局艰难

李平局长签批的那封举报信，第一时间送到阳平县公安局。阳平县公安局党委班子围绕此信开了四次会，次次都开成了"哑巴会"。这在阳平公安史上绝无仅有。参会人员沉默着，只有墙上的挂钟在敲击着这种沉默。

怎能不沉默？这些年来，阳平县公安局一些人早就被突破防线，没了底线，被姚氏兄弟"围猎"。至于如何被"围猎"的，会场上那些沉默的人心知肚明。他们把权力当成是一种商品出售。他们标榜讲人格尊严，奉行拿人钱财、替人消灾，却不敢自诩守住法治底线。纠结和矛盾是两味苦药，吃得太多了，毒性太大了，使他们一个个成为聋哑人。

四天了，如果继续开着"哑巴会"，就将成为笑谈。

市局出题，县局答卷。一份特殊的试卷。做好这个试卷太难了，平时谁也没有做过这方面的作业。公安局谭力局长心想：做好这份考卷难道就不可以作点弊么？或者是请人辅导一下？

谭力拿着举报信，找到县委书记陈大善。无论如何也要请他定个调子、给个方向。之所以这样做，还有一个原因，就是他陈大善是举报信中的重要角色，是"局"中人，把球踢给他，他能否接住，那是他的事。而眼下，副厅级领导干部候选名单上虽然还保留着他的名字，但最终还要看他如何在姚氏兄弟问题上把自己撇得干净。把信给他，也是为他提供把控事态的机会。如果总是捂着不让他知晓此事，出了啥情况，那陈大善定会指责谭力不讲"职场道义"。当然陈大善也非常明白，一旦因为这事把他从候选名单上"划"下来，极有可能把他从座椅上"划"到地板上去，这是注定爬不起来的！即使爬起来了，也只能让他站着说事，那个状态是很难受的。

陈大善书记看完举报信，外表沉静，内心狂乱。他问谭力："知情人有多少？"

谭力说："您恐怕要问我知情的官有多大？"

"那你说说。"陈大善一阵紧张。

谭力讲道："这个案子，市里李局长知道，省厅主要领导知道，不排除驻公安厅纪检组、省纪委的负责人也知道，至于公安部，这份举报是从公安部刑侦局转来的，你想一想来头，就知道了！"

"是部督挂牌案子？"

"目前还不是，将来可能会列入进来！一旦列入进来，就把事情搞大了。"

陈大善舒了一口气，问："杨伯告一干人到底是何方神圣？难道这事就不能私了？两根手指，究竟能值多少钱？不缺胳膊不缺腿，又没要了他的命！"

谭力说："现在的问题，哪里是两根手指的事情那样简单？被叫作受害人的太多太多，都在找他们算账、找他们讨回公道。杨伯告这里我可以调解，这个合法程序可以走一走。但是，这样的事儿怎么可以私了呢？一旦私了，就会出现反复，麻烦更大。私了，正好授人以柄，也会助长姚氏兄弟继续犯事。此案必须公开处理。这样，也好对公安部、省厅、市局各级领导有一个交代。眼下，我们一定让上面的头头脑脑知道，扫黑除恶，咱们阳平县没有闲着，更没有等闲视之，也非等闲之辈。关键一步棋是，我们要想尽办法转移上面领导的关注点，挖掘别的案子，宣传别的案子，用强大的声势把姚氏兄弟的案子给'暗'下去，淹没掉，直到让他们忘了这码事！"

　　陈大善说："'暗'下去，淹没掉——是个好主意。喜鹊都引吭高歌了，谁还去细听虫鸣？我们需要高八度的东西！机会也很好，梁剑被'提拔'了，不让这个怪人插手，算是解除了心腹大患。刑侦部门那种把宣传上的'围观'当'围困'、把'发声'当'发难'来看待的情况，再也不可能有了。其实呀，宣传可以抹平很多事情，用舆论去交账，许多领导都认这个账！他们说，因为老百姓认这个账，向人民报告就是向人民解释清楚，让社会认同度高一些，希望从这个方向突破！"

　　晚上，滨江市委新闻发布：姚世禄因涉嫌组织、领导黑社会性质罪被羁押。

　　这时，谭力约见杨伯告。他的状态大有为民作主、为民除害的味道。其实就是意欲压住杨伯告一干人再去上告。是"为民作主"还是"由民作主"，谭力脑子里也是一笔糊涂账。他们没有想到，自身才是最直接的对立面。他做不了主，也看不到谁是主。这上告的那一干人，只有由沉默到消停，再到接受，工作目的就达到了，滨江的气候就风调雨顺了。但他做不到！

他对杨伯告说："姚世禄被抓，这都是你们的功劳。调查清楚后，就将移交检察院，会尽快判下来！你们应当心安了，找份正事做吧！"

杨伯告说："算是一件开心事！不过，我们举报的其他人难道就不管了，难道他们可以逍遥法外？哎，我就纳闷了，你前半句话还算人话，后半句怎么带一股狗屎味呀？什么才叫正事？我告诉你，他们不受到法律制裁，我们现在做的事就是正事，我们在履行一个公民的法定义务！"

谭局长说："证据不充分。"

杨伯告说："我说呀，你们这是重拳打在棉花上！为黑恶势力站岗放哨的官员不抓，这事就永远没法完！"

杨伯告一甩门，走了。

紧接着，有人通知杨伯告，说县委书记陈大善要见他。

杨伯告回话说："县委书记？我有点受宠若惊。我的面子没有这么大！不过呀，到时我会到监狱去见他！"杨伯告还告诉传话的那人说："陈大善他们不是一伙的，而是一串的。一伙的容易散伙，一串的都固定在了穿心铁签上。跟串串香的烤肉差不多，谁也离不开谁！等吧，等烤熟了，就会成为专案组的一盘菜。"

两个法官见到这一幕，交头接耳。其中一个说："真的不懂事啊！丢了两根手指还那样狂，当初姚世禄太软了，为啥没有想到把他彻底'做了'，那样岂不更干净！"

讲这话的法官用巴掌在自己脖子上划了一下。

另一个法官说："要是那样，姚世禄就不是今天这个结局！

斩草不除根，春风吹又生！"

"'做了'的结局又是什么？"

"官场上懂的人，谁还敢为一个欠命的人撑伞站台！要么绳之以法，要么拒之千里，谁还会跟他打得火热！"

"都不会是省油的灯！"

第八章　挖坑设套

滨江市纪委监委大量的"职务犯罪案件"审查都是在"浪情运动馆"进行的。那里，早已成为当地官员结束政治生命最为标志性的地方。人们对这里总是像秘境一样猜度着，辨析着。一些行人路过这里，都会不由自主地放慢脚步，感受里面可能发生的一切，驻足侧耳，似乎真的能够谛听到点什么。有人还见到，街对面不时有两个老人，各自拿把楠竹躺椅，端着茶壶，整天坐在那里洞悉"浪情运动馆"临街的六扇窗户。二老躺在楠竹椅上，叼着烟斗，吧嗒几下后，就眯上眼睛，似看非看。不过，他们也并非总是盯着窗户看，有时也打开腰间的"随身听"，放几首二十世纪五六十年代的音乐。"戴花要戴大红花，骑马要骑千里马，唱歌要唱心里歌，听话要听党的话！"他们会合上节拍，将烟斗在竹椅上敲出声响，兴奋地哼下去，哼着，哼着，眼里就潮湿了。有人说，这两个老人的心思，根本就不在那几扇窗户上。他们的眼力强大，早就穿透了常年不开、被钢条焊住的窗户。到了日暮，便有两个三轮车接走了老人。两位老人内心隐秘着的世界，常人哪里能猜得一星半点。无人去过问，也就成了未解之谜！

其实，这里封闭、安静，属酒店式管理。恒温池游泳馆虽不算高档，却也非常温馨。铁盖王接待很多朋友，也都在此迎来送往、觥筹交错。有一次，他对纪检监察机关部门的领导说："把这个地方用来审案，简直是一种浪费！应当把它作为一种享受生活的地方！大家都很辛苦，不能没有报酬！"

有了铁盖王这句话，此后的一些案件审理，便以租用宾馆的方式在别的地方进行。"浪情运动馆"接下来成了接待性质的宾馆。而知情的内部人员说："这里哪有什么接待，不过就是'盖王府邸'而已。"他的那一干人享受生活、不受干扰，总得有个地方！再说了，请"问题官员"喝茶，也得选择一个好环境。喝完茶，再到别的地方审理，也很轻松自在。据说姚世禄把女儿姚二妹送到铁盖王的怀中，就在此地。

这天，铁盖王、姚二妹二人在"浪情运动馆"游完泳，上岸后有一番耐人寻味的对话。

铁盖王说："我早就听说陈大善是你干爹。干爹不保，亲爹必倒，现实就这么严峻！保住了干爹就保住了亲爹，环环扣连，把一些人的身家性命都'扣'在一起了。如果干爹一屁股坐在沙土上，你们全家就会陷进泥坑里。他坐不上高台，你们就坐不稳沙发。这个道理虽不那么中听，但它中用。放心，我们会为他搭建高台的！"

姚二妹柔情缱绻，软语温存。她说："我好感动！就靠领导了！"她接着讲道："只有在你这里，才让我感受到了世界上什么叫最温暖、最有力的臂弯，什么叫天下太平！"

游走在权力与权力之间的姚二妹，深谙分寸取舍，轻重拿捏。她在铁盖王、李平这两个男人之间，找到了普通女人难以找到的交叉平衡，而这两个男人彼此间竟毫无察觉，都把她作为自己生活中的一部分，又都在为她出卖着灵魂。最终，这个女人在陈大善这里找到了最现实的利益保护，也让陈大善有了难得的官运。

"哎，处了这么长时间，我还不知道你在大学读的什么专业？"铁盖王问。

"舞蹈系。打小我爸就为我学舞蹈大把大把烧钱，从小学烧到中学，从中学烧到大学，最后才发现只为你一个人'烧钱'！"姚二妹向铁盖王投去谄媚的目光。

"是吗？那你就给我来一段！"铁盖王突然来了兴致。

姚二妹的一段《美人鱼》舞蹈，让铁盖王这块"铁"全部融化了。跳完之后，这条美人鱼哧溜一声，进了水里，让人遐想无限！

这天，铁盖王再次来到"浪情运动馆"。都说"受人之托，终人之事"，但对姚二妹而言，却不仅仅是"受人之托"，更重要的是"让肌肤长久享受，让私密无人打扰"。

铁盖王能够掌控的官员，大多都是当地的"资深官员"。他懂得政法委在公检法中的位置。他认为，这个部门虽不如公检法业务实在，但它是一个政治机关。政法委书记阳正，上任时间不长，不可能过问具体案子。只能让"资深官员"、政法委副书记赵子腾去为姚氏案子在公检法这些部门中去折腾。政法各家，家家烦他，可家家又会讨好他。他不时也会干出"挟"书记以令"诸家"的事来。都说，赵子腾会把事情折腾得天翻地覆！

　　铁盖王在窗前站定，背着手，自言自语："遗憾呀！一个能够天翻地覆的人，哪里知道天高地厚！这人从来不到我这里来挂个号，我要让他病得不轻，也要让他大吃一惊！"

　　他让人通知赵子腾到"浪情运动馆"见他。

　　赵子腾心里非常清楚，凡有铁盖王这样的人物找的，很多人都会心惊肉跳。一般是两个极端：不是好事，就是坏事。也正是这样，他们平时都对铁盖王若即若离，敬而远之。有他在，官员心中总有一道阴影。

　　"浪情运动馆"有好几间非常雅致的茶室。有知情人说："官场上，一些会议桌上决定不了的事情，大多是在这里的茶桌上搞定的。"

　　赵子腾见了铁盖王，开口便问："大哥有啥事吩咐呀？"

　　铁盖王说："能有什么吩咐！这个浪情运动馆，你比我都熟悉，来这个地方的人，大多都重新选择了命运！好日子，坏日子，都是自己找的日子！"

　　"哈哈，我们的日子，不就是大哥给的嘛！大哥这样一说，我今天要趴在这里了！"

　　"是啊，很多人都在这里趴下了。这里是安全屏障，又是要命的地方。我要告诉你，你有'三宗罪'：第一宗罪，是这个浪情运动馆有监控视频，虽然都是你的隐私，但是一经传出去，你的结局你自己最清楚，你是聪明人；第二宗罪，你那兄弟犯事后'人间蒸发'，有人告发是你修改了'上网追逃'的决定，这样大的事虽说只是少数人知道，但毕竟还是有人知道啊；第三宗罪，有人说你有三处房产没有申报，在今天，巨额财产来路不明，这也算是一种罪啊！"

赵子腾扑通一声跪在地上："大哥救我！"

从来趾高气扬、不停靠任何码头的赵子腾，血液中的所有"高贵"特质顿时土崩瓦解。精神垮塌，一败涂地。

接下来，铁盖王又给他打一剂强心针，说："你也别这样，有失体面，快起来。我还没有说三桩喜事呢！我告诉你三桩惊喜：浪情运动馆的监控记录，有人把它捣坏了，工作人员缺少专业培训，总会出现这种情况。你兄弟的事已经有人顶替了，大可不必操心了。有人顶，说明你这小子可交。至于三处房产的事情嘛，你不知道前段时间涨大水了呀，所有资料被洪水淹了，你们的信息都要重新登记！这些事呀，也只有我们这些当大哥的为兄弟们考虑！"

听完这些话，已经站了起来的赵子腾再次扑通一声跪了下来，说："大哥，今生今世我不知道该如何报答你！"

铁盖王说："别说报答的事情，这太难听。好像我要在你这里图什么似的。我们是一块共事的朋友。我只有一事相托，姚氏兄弟的案子，你作为政法委副书记，要全程掌控。现在这个形势，对姚世禄不判刑，已经说不过去了，你们交不了账。可是把人家判得时间太长了，又如何向阳平的经济交账？如何向平静稳定的社会交账？还如何向这背后关联着的组织领导交账？做案子，可以往死里做，也可以往活里掰。做案子的人，假若只有'做'的功夫，没有'掰'的能力，非常可怕。这些年，这方面角色互换的事情，可是频频发生啊。我想，姚世禄即便是罪大恶极，最多也不要判超过两年时间！"

赵子腾说："懂得了，我会找法院、检察院、公安协调好这个事情！"

铁盖王说："不到两年，时间虽不长，但不能让人家在里面太孤独了！太孤独了，同样也是一种影响呀，还要给管理监狱的司法部门说清楚！我知道，现在很多监狱，虽不算富丽堂皇，却也不是让人待着多憋屈的，让这小子去感受一下，也算是一种阅历，他从来没有去过！"

赵子腾说："明白！"

很快，赵子腾找到公安局李平局长。他与李平交往很多，平时三句话不对头就要骂人。赵子腾对李平说："听说公安机关对姚世禄涉嫌故意伤害罪、赌博罪、敲诈勒索罪、寻衅滋事罪、非法持有枪支罪五个罪名立案侦查，你们这样做，这是要置姚世禄于死地呀！姚世禄就是得罪了你八辈祖宗，你们也不能这样做呀！"

李平窃喜，终于有人帮我分担风险和责任了。他说："这事呀，阳平县在办，量刑是有标准的，如果判一两年时间，仅仅赌博罪就足够了！"

赵子腾说："那就反过来做——判多长时间，做多重的罪证。写那么多干啥？尽快按照赌博罪提出起诉意见！"

李平说："反过来做，怕的是又让人给'反过去'了。这一关，公安可以一步步走过去，阳平县的法院、检察院这些地方全是'坎'。能过这些'坎'，除非你到那里放一团烟雾，施一点障眼法！"

赵子腾说："别说得那么好艰难！只要公安按赌博做了案子，剩下的'坎'，我去踏平它！关键在你们这里。李局长啊，上级领导非常重视这个案子，法院、检察、公安一路下去，都要走得顺畅才行。公安一开始就不能把事情做得太大。堵在那里，走不下去，拖到猴年马月呀。再说了，一些证据，你要是什么都去挖，陈谷子烂芝麻一股脑儿全都抖搂出来，你想一想，你这是给别人找事呢，还是给自己找事呀？这样下去，活得累不累？"

李平说："这个案子要想不累，解铃还须系铃人。县委书记陈大善是一位重要的局中人、案中人，阳平县公安局局长谭力一旦把这个案子办不下去，他定然会去找陈大善商量。陈大善除了为自己解套，还要帮别人摆平，他现在是中了十面埋伏啊！如果你再去向阳平县检察长罗家成和法院院长付春生做必要的交代，二人有了'尚方宝剑'，阳平县所有的压力至少会消减一半。这样一来，陈大善也好抽出身来解决自己的问题。要想姚世禄不出事，或者出点小事，领导干部就不能出一丁点事，否则，拔出萝卜带出泥，很多人都没有好日子过。有的领导习惯了见到黄泥就是屎，一旦出现这种情况，后果不堪设想！"

这天，阳平县检察长罗家成和法院院长付春生应邀来到政法委副书记赵子腾家。赵子腾满上酒，说："我告诉你们，原本你们的书记杨大善要来整两口。可他没空。他现在是一尊泥菩萨，当务之急，就是要尽最大努力保证不被推到河里去。泥菩萨不能过河，那就只能过桥。可是他现在过的又是独木桥。相信你们二位已经看到了目前面临的困局。更重要的是，我不出面，谁也破不了这个局。眼下呀，我不入地狱，谁入地狱？所以就请你们二位来了。你们检察院接过姚世禄这个案子，就不要搞补充侦查那一套了，别给公安找麻烦。我想，'三个不诉'的政策要用起来：法定不诉、酌定不诉、存疑不诉。至少'存疑不诉'就可以办结了案子。既然赌博可以坐实，就不要拿其他说不清楚的事情来说事了。法院也要尽快判下来，不就是一个赌博案子嘛，最长不超过两年时间，足矣！干了！"

三人碰杯声在静寂的夜晚发出脆响。

罗家成放下酒杯，也附和讲："姚氏兄弟，干的是品牌经济，在里面待的时间如果过长，不仅企业经营受到影响，阳平县的形象也不光彩！我看呀，一年零八个月，这就差不多了！"

付春生自己满上一杯，有些微醺，但心里清楚，语调不乱。他说："在我这里，一定要让手里的法槌在每一次都敲得问心无愧！法槌只敲一下，不会多敲。那就'敲'个一年零八个月吧。"付春生把满上的酒喝下，接着讲道："喝了这酒，我才给二位领导普及一下，我们的法槌为啥只敲一下？这不是讲迷信，这是严肃性。我国法槌的设计、制作，可是大有讲究的啊。法槌的材质要选用花梨木。花梨木敲击的声音很果断，很清脆，不会拖泥带水。那是由民间雕刻家手工精雕制成的。仅就从这一点来看，每一落槌就代表着民意、每一槌声代表着民声。放进槌盒，留住的就是民心。槌体的上端刻一个'廌'头。'廌'是古代皋陶治狱所用'性知有罪''助狱为验'的神兽。这原本就是一种古老的文化，很有寓意。底部的圆形与方形底座，则暗喻'方圆结合，法律的原则性与灵活性结合'。槌柄刻有麦穗与齿轮，说明'我国是工人阶级领导的，以工农联盟为基础的人民民主专政的社会主义国家'。法槌由主审法官使用，通常只敲一下，一槌定音！你们把上诉状发出来，我们就快审快判，争取一槌下去，坚决果断，清脆悦耳！"

三人再次碰杯，这响声同样清脆悦耳。

赵子腾酒后未能送客，四仰八叉地躺在床上，自言自语道："在这个世上，谁要想独善其身，简直是痴人说梦。"

之后不久，姚二妹真正见证了"保住了干爹就是保住了亲爹"的满意结局：陈大善很快把问题撇得干干净净，被提为滨江市副市长。姚世禄真的只判了一年零八个月。一个作恶多端、为恶一方、多次触犯法律的黑恶势力犯罪团伙首要分子，突破层层执法司法关口，获得从轻处罚，滨江市民眼里充满了问号！

悬壶楼的茶客有些愤愤不平。

"姚世禄，轻描淡写的犯罪事实，这世道，可悲啊！"一位茶客说。

"就杨伯告的脾气，他一定不是一个善罢甘休的主儿，反正他背着缠访闹访的坏名声，他一服输，连一点赔偿都得不到！"另一位茶客接上讲道。

"杨伯告现在喜欢求神拜佛，看神仙能否助他一助！"有的茶客叹气了。

陈大善好不容易通过物证、书证、证人证言等各类证据的"证明"力量,把姚氏兄弟推到与自己毫不相干的千里之外。不久后,他又在一次会上把这两兄弟"拉"了回来,说:"我今天走上副市长的位子,首先要感谢组织的栽培,感谢阳平县的父老乡亲,我更要感谢姚世禄、姚世福等一大批企业家,是他们向世人展示了阳平县的经济能力和经济水平!"

杨伯告异常苦闷,他错判了形势,"站台"官员陈大善不仅还站在台上,反而越站越高了,令他仰而视之。而还在监狱服刑的姚世禄,竟已成为阳平企业家的一张名片!

一年零八个月后,姚世禄突然出现在阳平县街头。与往日不同的是,他屁股后面跟了一大群人。他们衣冠楚楚,游走在每一条街巷。那架势,分明是向世人宣告:"我还是从前那个姚世禄,牢狱让我壮筋骨,我不胜荣光!"

"又回来了"的姚世禄,腰更壮了。因为陈大善这把大伞撑起后,不少小伞也纷纷撑了过来。只要大伞护小伞,小伞何愁没有熊心豹胆!那姚世禄需要什么,是层层有人为他"壮胆"!而今,顺着他的,他一般就说"懂事";跟他横着来的,他就说"不懂事",让你在阳平无立锥之地。

一日,他身旁簇拥着一群彪形大汉,腰间一律挂着"三节棍",走到"不见不散"夜总会门口,问道:"老板呢?"老板出来应道:"恭候姚大哥,我就是,我就是!"接着一捆钱递到姚世禄身后的"跟班"手上,姚世禄说:"懂事,懂事!"接着,他又到"银河电子游戏厅",游戏厅老板又以相同的方式"回敬"了一捆钱，姚世禄丢下同样一句话："懂事懂事！"
又走了。

　　姚世禄这一做派，是要测试一下自己的社会存在感和当地老板对他的认同度。

第九章　王霸之策

"有些人存在职业倦怠，有些人却偏偏痴迷于职业。职业，就是谋生的饭碗，还是生命的形式，这是两种不同的职业态度。"一位心理学教授告诉梁剑的妻子梁玉，"对事业的痴迷需要优质的土壤才能开花结果，否则，就是灾难！"他送给梁玉两则视频资料，是两位事业上的"痴迷者"的尴尬结局，印证这位教授的结论——视频之一：一位八二迫击炮营长拒绝提升当副团长，一纸任命即将宣布，这位准团副竟用八二迫击炮击垮了他亲手经营的那一排排炮阵。他太爱炮了，他那颗高扬得像炮管一样的头颅最终在军事法庭上低了下来。视频之二：一位交响乐指挥家把指挥台作为自己的生命，只有站在那个圈定的指挥小台上才感受到灵魂的存在。二战爆发后，交响乐团成员全部解散去当兵，这名交响乐队指挥家疯了，成天拿着棍子，在剧场里面对空无一人的舞台挥舞着指挥棍，进入了忘我的境界。

处于相同际遇的梁剑跟几位办案的战友说："'拆除式提拔'是对一颗灵魂的肢解！"此言不知为啥传到梁玉的耳里，梁玉联想到那位"迫击炮营准团副"和那位"交响乐团指挥家"的痴迷结局，深感梁剑需要"职业避险"！

用信仰完成一种职业使命，那是一个团队的幸运。但信仰一旦受伤，便是一场心理危机。

梁玉要阻止丈夫陷入这样的危机。

梁剑与梁玉结婚时是在一个遥远的山村派出所。

传说周边有一部分老百姓，便是远古土著民族僰人的后裔，曾与夜郎并称。确切地说，至今也很难考证。讨论起来便也是迷中揭迷、史中问史，跟梦中说梦差不多，均难溯源。不过，我手中的资料中倒是对僰人有些记载，他们以剽悍、骑射、勇武、善战著称。他们的语言简单，高兴了发出"呦呦呦"的叫声，不高兴也是"呦呦呦"，格斗挑衅还是"呦呦呦"。几千年沧桑巨变，不变的依旧是"呦呦呦"的叫声。那晚，梁剑与梁玉这对新人就在这原始的声浪中举行了婚礼。参加婚礼的老百姓，从头至尾都是"呦呦呦"，那声音是从爆满的血管中被挤压出来的。司仪称这对新夫妻为"二梁"，要求二梁要完成"三亮"：一是亮出你的大脚丫，独木桥上走回家。只见小夫妻面对面走过只有巴掌宽的长条板凳，居然顺利通过，现场很快发出"呦呦呦"的吼声。二是亮出你的大门牙，嘴啃苹果手不拿。这对新人不动手居然啃完了一个悬在半空的大苹果，堪称奇迹，山民们又是一阵"呦呦呦"的声音。三是亮出你的大竹筒，喝出一条过江龙。一排竹筒酒挂在柴门上，喝完才能打开门锁进入洞房。只见二人将竹筒喝完一支亮一支，一口气全部喝完，开锁进了柴门洞房。这时，外面"呦呦呦"的声音一浪高过一浪。小夫妻已经入洞房了，山民们便朝天放土炮，"砰砰砰"的声响在大山深处久久回荡，"婚礼战斗"随之进入高潮。院坝里、土台上的山民开始舞蹈，就像锅庄似的跳了起来。

山谷里的风，不仅传递着一阵又一阵的呼喊声，也荡漾着派出所战友们的各种笑声。有用手勾着战友脖子笑的，有蹲下身子笑得站不起来的，有笑出口水流在别人头上的。这对小夫妻也特别开心。"三亮"给他们留下了终身记忆！

梁玉对梁剑说："当年司仪逼我们二梁做'三亮'的事，那时'亮'的都是让人开心的乐呵事。我觉得'亮'心情最重要，把捂得发霉的心事掏出来亮一亮、晒一晒，杀杀菌、消消毒非常必要。你要是不这样做，一些病痛就会'亮'给你看。我是医生，更是心理健康医生，我认为生命中不能承受之轻，天大的事，只要不死，统统都是小事！"

梁剑知道妻子梁玉要讲什么。他说："你是一位母亲，你应当感受到坏人从你怀中抢走婴儿是一种怎样的滋味；你也有过海盗式狼吞虎咽的时候，应当感受到别人夺走你手中饭碗是一种怎样的滋味。我失去的不是一个位置，而是一颗灵魂的寄托。这个一隅之地，最易给公安带来污点，也最易让无数领导不去检点。李平局长不仅不给侦察力量、技术手段，还设绊子，一看就知道是案子触及了他们的某根神经、侵蚀了他们的某种利益。现在，公安局财务状况更令人忧心，这是一个迟早会'爆雷'的地方，我每天签的不是一张张'票据'，分明就是一条条'证据'。我之所以给你讲这些，是我担心哪一天我被'双规了'，落入万劫不复，你不但不同情我，反而会怨恨我！"

梁玉说："放心吧，我向上帝保证，你要是蹲监狱，我会与你一起去！"

梁剑站起来，关上家里所有的窗户。

他接着讲道："'姚氏兄弟'的案子，很多人都被愚弄了，被蒙骗了。现在，这个案子已无任何秘密可言。举报人到处发传单，上千名佯装拾荒的保安大队哪有全部收回传单的能力！既然全市人民都知道了，对你隐瞒也无任何意义！"

梁玉说："你对我'守口如瓶'，我对你'守门如犬'，这才有了家庭的岁月静好，家风不失。如果不违反纪律，相信我，你就讲下去。"

梁剑说："姚氏兄弟的问题牵涉官员一大片。公安只是冰山一角。县里面的法院、检察院、公安局，甚至监狱，一路金钱'催眠'，让所有人都闭上了眼睛。佯装睡着了。姚世禄轻判出狱后，不但不悔罪，反而更加张狂。凡是他看上的东西，给了才算懂事。不给的就让人摊上事。这懂事和不懂事，成了这伙人内心满不满意的口头禅。一大批'不懂事'的人碰得头破血流，还不知道是怎么回事。猜度自己在懂事方面哪一点做得不好，你说可不可笑、滑不滑稽？"

梁剑举例讲道："姚世禄发现'阳光水泥厂'很来钱。遗憾的是，以承包商随笑天为厂长的各家股东竟然没有一个'懂事'的。姚世禄沉着应战，步步为营。他首先精心培养了一个'懂事'的职工。教唆这名职工以讨要工资为由，把六名水泥厂职工打得满地找牙。然后，放言要'废了'水泥厂承包商随笑天的'命根子'。原本床上不如意的随笑天听闻此言语，竟然带着壮阳中药、捂着下身跑到竹海躲了起来。那片竹林也是姚世禄曾经的藏匿之地，随笑天再熟也熟不过姚世禄。姚世禄只身上山，便在茫茫竹海中不用吹灰之力便找到了随笑天。他对随笑天说：'你怕甚？不会是躲我姚某人吧？只要你懂事，就出不了大事，干好了就是喜事，干得不好你就会摊上事！'那随笑天拿出十五万元宁了人、息了事。随笑天并不清楚，他要是不把股份'奉上'，姚世禄就会慢慢蚕食他。不久后，姚世禄发现拉水泥的货车没有给村民留下'买路钱'，他便动员村民堵路，等到'买路钱'到位了，他才打个电话通知放行。之后，姚世禄竟然假惺惺地对随笑天说：'为防止村民闹事，我安排了八个人来保护这个水泥厂。'姚世禄俨然成了别人的'守护神'。这回，随笑天也开始'懂事'了，他把吃'空饷'的那八份工资全部打进姚世禄的银行卡。接下来，姚世禄对一个股东说：我把你'选'为村主任，你把水泥厂的股份让给我。姚世禄如愿成为'阳光水泥厂'的小股东。最后，他干脆找到随笑天，一把撕开自己的衣襟，敞开胸膛，露出一片不停颤动的肉团说：'随笑天，这个厂谁说了算，咱俩一决雌雄！'风都可以吹上天的随笑天，连续在姚世禄面前摔得仰面朝天。他哪里是姚世禄的摔跤对手，只好割肉让出全部股份。人们看到，那随笑天离开水泥厂的时候，是偷偷从后门溜走的。他像逃避瘟疫一样，拿了一条麻布口袋，装了几件衣服小跑了出去，非常凄凉、落魄。"

梁玉说："这是强盗行为！"

梁剑接着讲道："谁说不是？姚世禄获得南山煤厂经营权的手段更加阴险毒辣。为了撵走股东、独霸煤矿，他施诡计、设陷阱，'塑造'煤厂掌门人赵尔充为'黑老大'，然后再通过公安的'扫黑行动'把赵尔充打掉，自己拿下煤厂全部股权。

你说这一招狠不狠、毒不毒？那些年，赵尔充日子也不好过，同样要给人家交'保护费'，否则他的煤炭就出不了山。煤炭出不了山意味着白干。一天晚上，赵尔充召集人手在车站正在给人付保护费，而姚世禄则安排'大刀队''棒棒军'在车站表演了一场惊心动魄的'砍刀术''长棍术'。现场刀光闪烁，棍影四起，枪声大作，百姓喊叫着纷纷奔逃。姚世禄的手下故意将大刀、火药枪留在现场，让公安机关查获。煤厂老板赵尔充因此被刑事拘留。紧接着，姚世禄又安排两个兄弟跑到公安机关'自首'，交代自己有两起聚众斗殴案件都是受赵尔充指使所为。赵尔充在刑拘期满释放时，姚世禄又安排二十余人到看守所门口，手持横幅，放着鞭炮，敲锣打鼓迎接赵尔充。接下来，姚世禄雇用了三百多名网络水军撰写《煤霸传奇赵尔充》在互联网炒作，大肆'塑造'赵尔充'黑社会老大'的假象。为让检察机关尽快逮捕赵尔充，姚世禄从外地聘请两名私家侦探，全面跟踪检察机关办案。在外力推动无果后，姚世禄又通过陌生电话给赵尔充发送威胁短信，安排社会闲杂人员到赵尔充居住小区附近游荡，对赵尔充家人实施'软暴力'，赵尔充被迫举家搬离阳平县。姚世禄最终以巧取豪夺的方式，拿到了整个南山煤矿的股权。当时的县委书记陈大善还为他的行为辩解：什么叫巧取豪夺？他是商人，商战中就是要有'鬼谷子'的头脑，不能强攻，难道就不能智取？凡是败在智者手中的人都应甘拜下风，凡是甘拜下风的人都要以智者为尊。对姚世禄的无耻行为，陈大善满是赞赏！"

梁玉说："这叫'下套子''使绊子'，仗势强占，无法无天！"

梁剑说："惹不起，也躲不过。有一次，姚世禄从'皇家歌城'坐电梯下来，一个服务员的站姿影响了他按电梯的楼层键。他决定对这个服务员以'不懂事'处罚。姚世禄安排骨干到物管查看监控，核实服务员身份。当确认是'皇家歌城'服务员胡深宙时，便对'大刀队'成员说：'弟兄们辛苦了，给你们放三天假，到"皇家歌城"去放开休闲吧！''大刀队'二十一人在歌城尽情消费，花枝招展的服务员只许进不许出，心惊肉跳地为他们服务。三天后，他们扬长而去！'皇家歌城'的胡深宙因此被除名。但他没有就此罢休。他应聘到一家家政服务公司当领班。他是想通过这种渠道打进姚世禄家，然后复仇。姚世禄低估了一个服务员的能力，以为二十一人在人家这里消费三天会让人家一落千丈。胡深宙赢得家政公司信任后，顺利把姚世禄'南山会所'的家政服务揽了过来。胡深宙的爷爷当年是马蜂养殖专业户，专为同仁堂提供蜂蛹和提炼蜂毒。祖上以前在河北安国做过'蜂毒'生意，有过殷实的家境。据说悬壶楼茶庄曾经就是他的祖上财产，他是应了'富不过三代'这一谶语才如此落魄。但胡家仍残留着祖上大量的营生印迹。包括悬壶楼镇楼宝物的玉壶，他们家居然还留存了不少。特别值得一提的是，胡家至今还养殖着像金环、黑尾胡蜂这样的大马蜂，非常珍贵、稀有。这些大马蜂可以随意秒杀蜜蜂，对人的攻击性也很强。也只有胡深宙一家人能够掌控大马蜂的习性，对大马蜂收放自如。这是一个夏天，胡深宙照例带队到'南山会所'做保洁。他发现姚世禄一个人坐在大厅喝茶发呆，便用一只网袋罩住自己的头部，然后将一只装满马蜂的袋子抖落在姚世禄身后。顿时，几百只大马蜂全部爬在姚世禄身上。姚世禄惊恐万状，他的上衣薄如蝉翼，马蜂身上的大戈长矛直接扎入姚世禄的皮层，疼得他在地上打滚。大厅马蜂乱飞，服务员也跟着四处逃散。当即，姚世禄发出'江湖通缉令'，要将胡深宙'捉拿归案'，严惩不贷！"

梁剑进一步讲道："胡深宙早就听说姚世禄的'江湖通缉令'大多判的是'斩指令'。杨伯告就是因为骗了他五千元钱，相继被斩掉了两根手指。胡深宙干下这种事，够斩一千次了。胡深宙连夜奔逃。费尽千辛万苦、踏遍千山万水，找到了执行过'江湖通缉令'的杨伯告。杨伯告在青城山脚下一个叫'听雨茶庄'见了他。胡深宙发现，跟杨伯告一起在青城山'会师'的，还有失去'阳光水泥厂'承包权的随笑天、失去'南山煤厂'股份的赵尔充。他们在这里谋划着择时而动的上访之策。杨伯告对胡深宙说：同是天涯沦落人，三缺一，愁得想到山上捉只猴子充数了！后来，我们才知道，署名'四海为家'的大量举报信，就是这四人集体创作的。他们四人各代表一海。杨伯告叫血海，跟他失去两指相关；随笑天叫雾海，跟生态环境相关；赵尔充叫黑海，跟他做煤炭生意有关；胡深宙叫黄海，跟他养殖的马蜂有关。据说，姚世禄无数次专门派人去过那家茶庄，但一听说胡深宙养的大马蜂攻击性强，一蜇致命，比他的'棒棒军''大刀队'厉害多了，谁也不敢靠近。那些拿着'江湖通缉令'的人，一次次落荒而逃！"

姚氏兄弟有王霸之策，这些小人物也有存亡之术！

　　梁玉说："一些事情自有天意，那些在罪孽的海面上游泳的人，必然在悲剧中沉没！"

　　梁剑说："在比夜更深的地方，一定要有比夜更黑的眼睛！我们应当拥有一双这样的眼睛。"

第十章　发声有道

夜深人不静，漏断心未宁。喧嚣的街道被吃夜宵的食客替代。华灯装饰的电影院通宵开放着，勾肩搭背的青年男女成群结队地跨过那道靠感应转动的玻璃门。高楼窗户的灯光，在夜色中显得格外迷离、温馨。每一个窗户里面都应有一个故事，每一个故事都可能结束在灯光的熄灭之中。

梁剑夫妻二人在外面吃完夜宵，路过滨江市公安局办公大楼，远远望去，李平局长办公室竟然也是灯火通明。这种现象，在过去难得一见。梁剑站定，静静观赏夜幕下的局长办公室。他看到工作人员急匆匆来回奔忙的影子，还看到李平局长用手指着一位工作人员的鼻子，不停地在吼着什么。那剪影，来回移动，就像一部无声电影。

梁剑说："你看吧，他们已经乱套了！"

梁玉说："这种皮影戏，你也看？走，我们回家！"

二人刚欲转身，一场电影结束。从电影院门口出来的青年男女中，传来了杜欢欢的笑声。梁剑循声望去，果然是她。梁剑夫妻为了回避，疾步走到一片树荫下。只见杜欢欢挽着一个男士走了出来，有种小鸟依人之感。二人款款地向一个露天烧烤摊走去。寂静的夜晚，很远的地方都能听到他们的对话。摊主问："二位来点什么？"杜欢欢说："一样来一点！"那男士问杜欢欢："想不想喝两口？"杜欢欢说："那就整两口！"二人坐下。男士一边开啤酒瓶，一边讲道："酒是陈的醇，友是旧的好。这么多年了，我也算是阅人无数了，到头来怎么还是觉得你最好！"杜欢欢说："少来这一套！我只喜欢听我能在这里面拿多少？别的，一概不会听，一概也不愿听！"那男士说："我的欢欢小姐，你大可不必担心，属于你的，谁敢克扣呀！再说了，有老大护着你，你只需努力，还可拿更多！"杜欢欢严肃地讲道："老二，你记着，我能够用我的权力拿，我也会用我的权力绑定拿得的利益，我更会用权力守护我拿的安全！是因为你们那一竿子人太复杂，所以我才跟你走得这么近。当年，我们的地下党为了掩护自己人，还会与不相干的人假扮夫妻呢！"那男士说："你把我整成不相干的人呀？你让我好伤心啊。不过，跟你假扮夫妻，也蛮幸福的！"杜欢欢朝那男士乜了一眼："把你美的！再这样讲，我会直接删除你、拉黑你！"

这时，"不见不散夜总会"老板腋下夹一个小包，大腹便便走了过来。这家伙听到了男士的话尾巴："杜姐在这里呀，删除拉黑，这一招有点狠哟！"

"哟，不见不散，我一直在想，你们夜总会这名字取得有点让人期待啊！这么晚了，要和谁见呀？拉黑删除，就见不到了！"男士调侃道。

"不见不散夜总会"老板说："你真的想知道男人和女人删除拉黑代表什么吗？那我告诉你，男人拉黑女人是因为有了新欢，女人拉黑男人是因为伤得太深；男人删除女人是想撇清关系，而女人删除男人呢，是逼自己放下！"

"我还达不到这个缘起缘灭的境界。听你这么一讲，我宁愿继续做一个剩女，那样自在！但是，剩女删除拉黑别人，可能有这么几种情况：死缠烂打的人删除，恶意伤害的人拉黑！不过，警花除了删除拉黑外，可能还有警棍这些玩意儿！"杜欢欢说。

梁剑悄声对梁玉说："听出来没有，杜欢欢正在跟人谈交易呐，他们还会继续谈下去！"

梁剑不愿再听下去，挽着梁玉往家的方向走去。

进了家门。二人坐定。还有许多话要交流下去。

梁玉说："我问你个问题，历史上老百姓都是在什么情况下揭竿而起的？"

梁剑说："我的回答不一定高明，但可以在我的认知中让你找到新的思考和理解。我认为，无论中国历史还是世界历史，它都是善恶力量的两种平衡。就像岷江的波澜、金沙江的惊涛，无论怎么样最终还是都让长江揽进了胸怀，彼此融入，奔流东去。虽然它们有各自的流动力量，但长江却把持着平衡。难道你没有发现吗？当岷江的洪峰一来，金沙江的水就格外清澈；金沙江的洪峰一来，岷江的水就最透明。不管这两江如何变脸，长江的河道都是有选择地接纳了它们。之所以要有所选择，那是因为不让你太过分，一旦洪峰超出警戒线，它就会被甩出长江河道，成为万众治理的对象。我们都是大禹、李冰的后裔，我们最不怕的就是水患！善恶力量的存在也一样，当恶人把生活糟蹋得不堪忍受的时候，揭竿而起的百姓就会让你失去生存空间，把你甩出河道！有人问可口可乐总裁，'为什么可口可乐长盛不衰？'总裁回答说，'那是因为有百事可乐！'你看，这就是力量的均衡。"

梁玉说："中国历史上有两位同朝同名同廉的人物叫'于成龙'：一位是担任两江总督、被誉为一代廉吏的于成龙；另一位即是负责浑河疏治、巡察的'河长'于成龙。前者依靠龙的智慧清理官场贪腐，后者仗着龙的力量清理河道污泥。他们都跟社会生态息息相关，两个于成龙的为官之道告诉我们，不要让老百姓那颗善良的心过了'水位警戒线'，否则就会泛滥成灾！"

梁剑说："像姚氏兄弟这样的案子，早就过了'水患警戒线'！"

梁玉说："说说我们应该如何走下去？假如选择调离滨江市，自然是眼不见、心不烦。但是这种逃避行为，意味着我们扔掉了初心、失去了定力、过不了逆境，让当初的诺言变成了谎言。离开，就是悲剧性人生！如果选择坚守，那我们就需要一支同盟军，拥有在滨江官场生存的同盟军！"

梁剑："同盟军？我们不是'四海为家'的举报人、上访户。现在的杨伯告那些人都焦头烂额了。而在我们市公安局，到处都是一些揣着'初心'装糊涂的人。形势就是这样的，碰到兔子开枪，见了老虎上香！在这样的生态环境下，全都充满着丛林法则，相当一部分人都是戴着'面具'在生活，用不同方式掩护自己的行为，看透不说透。收起了任性，扔掉了脾气。你没听说时下'官员发声'现象么？他们是这样总结的：在权贵面前说软话，在领导面前说谀话，在群众面前说空话，在下级面前说大话，在妻子面前说假话，只有到了死神面前才会说真话！你说可不可怕？大家心里再堵、日子再难、矛盾再深、处境再难，只要离死神还很远，离真话就不能太近！"

梁玉说："只要离死神还很远，离真话就不能太近。这是何等人生、何种现实。这种现状必须改变！现在，你不觉得我们这样谈开了，心里是不是就好受多了！"

天亮了。二人眺望窗外，久久不言。

江面上，悬浮一层轻雾。

昨晚天色再黑，今天太阳照样升起。

第十一章　官场暗语

梁玉来到医院，见一女孩紧紧拽住一男人的裤带，定格在大门内，一动不动。那情景，显然刚刚挣扎过。现在彼此都失去了力气。

这是一个时尚女孩。一头漂染的金色长发像瀑布一样倾泻下来，不编不夹不束，直达腰际。两眼透着寒光，有一种还将与仇敌决一死战的感觉。那男人脸上毫无表情，面对女孩冷酷的持续僵持，不时投去无奈的一瞥。

突然，那女孩拼命喊叫起来："只想来泡，花钱不报！检察官就不该接受检查了呀？你逃脱不了。除非你飞到天上去。你就是飞到天上去，也会有人把你抓回来！"

"越来越离谱了！"

"我离谱？说好到医院给两万，为啥只给两千？这胎我不打了！我要给你生下来，让你老婆带着！"

男人为控制女孩的情绪，使劲往墙边拉，说："小声点，我的姑奶奶，别撒泼！"

"嫌我撒泼？你以为还在床上！"

那男人面带难色，乖乖耗着。时间过去每一分钟，都是一种煎熬。突然，他记起了什么，掏出手机发了条信息。

过了一会儿，只见一个小伙子跑过来了，气喘吁吁地掏出一个信封说："科长，这是两万！"

这一幕，梁玉看得真切明白。

检察院的干部怎么干出此种肮脏的事情？梁玉内心有种强烈的发声愿望。她认为，在自媒体这个平台上，自己不应缺席，不应关掉微博。她说，网络本身就是老百姓的发声天地，我为何要去隐忍、要去掩饰，要去充耳不闻、熟视无睹？无社会责任感的医者，必然遭到百姓的诟病、社会的毒打。医者仁心，洗涤灵魂污浊与祛除肉体疾病，同等重要。她把博客昵称"微观世界"改为"海晏河清"。这样一来，更加有了鲜明的"开博"取向，她要继续担起一份社会责任。

"官员发声现象"是梁玉新增的栏目。

置顶内容是对梁剑那段话的延伸解读——权贵面前说软话，有利可图；领导面前说谀话，有错能瞒；群众面前说空话，有口无碑；下级面前说大话，有声无实；妻子面前说假话，有家无爱；死神面前说真话，有过难悔！

"做人的虚伪不如做鬼的真实，这也成了职场最大的悲哀！"李平局长看到评论区这些话非常敏感。他给宣传处打电话："你们对'海晏河清'就没招了呀！我反复讲，网络不是法外之地，公安机关'管天管地'，谁说就不能管老百姓张嘴出气，有的百姓放的全是毒气！"

许多局外人也许会奇怪地追问："一局之长的李平为何对梁玉的微博如此紧张？"

也只有一位在网安支队的"经年历事者"道破了天机："梁

玉的微博曾经断过李平局长的财路！"而今，他最担心这个从不让路的梁玉，会不会给他的职场带来绝路。外人的判断，自有一段精辟的说道："假如走自己的路带来他人无路可走，那么这个所谓的'他人'肯定走的是歧路、邪路、夜路，走着走着就迷了路，咋怪人家梁玉不给留条路呢？说不给留条路的人，并不懂得，其实那路不在脚下，而在你的灵魂世界中！"

没想到，梁玉作为一个普通医生，能有如此大的言论影响力。知情人士介绍，梁玉的"外科手术"是滨江最早的那批网红窗口之一。梁玉虽说谈不上是大牌网红，但却有一大批的"围观吃瓜群众"。她的"医患矛盾""黄牛票贩""社会手术刀"等栏目备受社会关注。医院院长沈红彬曾经评价她的微博是"靶向打击的子弹，谜团破解的钥匙"。一天晚上，财政局一位副局长酒后驾车撞伤行人。到了医院后，这位副局长拒绝向交警出示证件和接受酒精检测。医生梁玉正要下晚班，她在一旁录下了这位副局长打电话的全过程。也只有在寂静的深夜，才让一来二去的对白如此清晰，旁若无人。"局长，我酒驾了，被你的人抓了，救救我！""这事不好办哦，消除风险会担更大的风险！""我会买风险金的。十万元风险金如何？我马上让我的儿子买！"停顿了一会，对方又说："那你买了再说，现在就这个价！"耐人寻味的对白，夹金带银，理直气壮。半小时后，这位副局长的对白就上了微博"外科手术刀"，题目是《副局长酒驾电话夹金带银，"风险金"成为官员办事"暗语"》。真相从不沉默。几分钟内，这条微博评论过千，转发过百。网安支队担心引起舆情，第一时间派人到李平家作了报告。那位副局长的儿子买完"风险金"还没离开，见到网安来人也就悄悄躲在了一边。李平看完网安送来的报告，非常气恼。十万元到手还没捂热，只好又退给了人家。李平"捞人"失手，心情沮丧，咬牙切齿地说："'外科手术刀'居然动到我的头上了！"

鸡飞蛋打白干，老天打盹人会算。

李平局长"捞人"走了麦城。他从骨子里生发出一股痛恨网络的情绪。他说："我不是仇视网络，但网络上的'网红'实在太坏、太恶劣！国家用最先进的科技养活了一帮对我们指手画脚的'闲客'，而我们还要低三下四去讨好他们，反复被人绑架，还乐此不疲地'认领'着一根根套向自己的绳索，这就是我们放任网络的结果！"

有了这段往事，李平局长对梁剑就一直没有好感，总感到这一家人绊手绊脚的，随时都会害他，是一块难以医治的心病。可哪里也找不到一粒能让他得以缓解的心药！

第十二章　大嘴说事

滨江的水雾只要环绕到一个地方，它就迟迟不肯散去。

这种雾霭在公安局办公楼旁已经停留好几天了，谁都有一种压抑感。沉闷，往往是暴发的前奏。但是，久久没有任何暴发的迹象，一切还是沉闷。一位干部说："那团水雾，它要是再不走，我就要向上帝呼救了！"

李平局长的司机小赵穿过那片雾，趁走廊无人走动，蹑手蹑脚来到梁剑办公室。有人说，此人就喜欢在那样的环境下行走。无声无息，像幽灵一样游动。有时，他突然出现在你的面前，蓦地会吓你一跳。

这司机见了梁剑，像往常一样照例从口袋中掏出一叠发票，让梁剑签字。他说："这是李平局长的消费！"

梁剑翻看发票，突然双手颤抖起来。脸色发青，双目泛红。他终于忍不住了，大声吼道："几天时间，没有任何公务活动，坐吃十几万，太不像话了！拿走，我不会签！"

梁剑一席话像一枚炸弹，把大楼四周凝固的空气给炸开了。轻雾游动，四散飘升。

原来，那团雾霭在等待梁剑的那一阵雷声。

人们亲眼见到，随着梁剑的吼声，腾腾烟雾直接飘进江里，被浪涛卷走。这种现象被传为神话。而创造这个神话的主人公就是从这一天开始，主动把脖子伸向了意在要命的剃刀边缘上，而不知道内情的人还以为他每天都要例行刮胡须。

不出几日，李平局长悄悄把小赵调到了另一个城市。

临走前，小赵找到梁剑说："梁局长，对不住了，我知道给你惹麻烦了。但我只弄了五十多万，其他的，与我无关！"

梁剑说："你们怎么能干出这样的事？这么多？打算怎么办？"

小赵愣了一下："我会尽快凑钱还上！"

说完，鬼头滑脑地离开了办公室。

梁剑纹丝不动坐在那里，凝视天花板。

办公大楼的空气开始慢慢清新起来。他一点一滴地回忆自己到底为李平签了多少账单。大笔的记得很清楚，小笔的怎么也想不起来。他给装备财务室打电话："请你们的会计、出纳全部都到我办公室来。我接管财务后，凡是我签的单子，也都全部抱过来，一单也不要撂下！"

让数字重现记忆，让扫描还原真相。

梁剑复印了两套他签过的账单。

账单虽是一捆纸，但背在身上却异常沉重。回家路上的每一步，都让他迈得异常艰难。像是要把他浑身的筋骨压垮一般。

一到家，他便对妻子梁玉说："平时，我们总是讲排查隐患，消除风险，预防不测。这些，听起来只能上文件套话，其实都是些大实话。刨出地雷的做法，对于一个脆弱的家庭，是何等的重要！"

梁玉倒是要瞧瞧，老公刨出的是怎样一个地雷？

只见梁剑解开账单胶带，"砰"的一声放在桌上。

莫名的沉重感，一瞬间又转移在梁玉的心里。梁剑说："清单总共是三类，第一类是李平违反'八项规定'公款'吃喝送'总单，平均每月二十七万元。第二类是李平超标准配置5辆豪华专车费用总单，合计九百余万元。第三类是李平每月专车用油总单，最低每月三万余元。这后面是具体的'流水清单'，这些'流水'有真有假、有实有虚。'真实'的部分是违规消费，'虚假'的部分是凭空捏造，全是违反规定的。你一定要熟悉每一张单子的说明文字。如果我有不测，也只能请你帮我鸣冤叫屈了！"

梁玉长舒一口气，心情压抑，一脸无奈。

"从未听过你叹气，给你添堵了！"梁剑非常内疚。

"被逼的一步棋。这样做，我不知道你的未来在哪里！"梁玉说，"你搞了两件事，足以让李平成为不顾一切的'雷神爷'。第一件事是拒绝为司机小赵报账，他会震怒，但还好，人家让小赵消失了，算是抹平了；第二件事是复印这些财务账单，这是最敏感、最要命的事情，他更会震怒，抓住了这些，等于抓住了人家的铁证。我见过愤怒的狮子撬扒石头的情景，这李平肯定会像狮子一样叫跳起来。狮子撬扒石头是一种应激反应，破坏力很大。而人呢，人是另一种破坏力！从今往后，我们只能与李平去斗法了！"

不出所料，李平真的就像狮子撬扒石头搞破坏了。

他得知梁剑复印账单，狂躁不安，也叫来了那帮财会人员。

这些无辜的办事人员竟如此倒霉！只见李平发疯似的把一套刚刚打开的景德镇茶具扔向电视机。一阵狂轰滥炸。碎瓷四溅。在场人员惊恐万状。他骂财会人员是"任人摆布的木偶"，"不讲原则的酒囊饭袋"，"只算经济账不算政治账的蠢猪"。他说："你们被他利用，我的司机被他逼走，我要让他整疯！"

人们都说"政治拳击"是一项新的运动项目。擂台上的激烈对峙，同样让人看得热血沸腾。但梁剑说："我是无可奈何，是李平把我逼上了'拳击台'，我没有任何凶悍的拳击套路，从某种意义上讲，我只是被动迎接，消极应对！"

事实上，公安局其他领导班子成员看似装糊涂，心里却十分透明。他们与梁剑私下沟通时，几乎都说过同一句话："关键时刻，我们会站出来支持你！"这天，政治部主任何江波不仅说了这话，而且还冒着"风险"直奔梁剑的住处。他见梁剑在院子里转圈，何江波也跟着他转了起来。梁剑说："你回去，我是一个独立的圈子，与你无染，你何苦给人提供口实！"何江波说："你还独立个鬼，我早就被你染了！"二人在院子里不知转了多少圈，这才回到梁剑家里。一坐下来，梁剑显得有些呆滞，显然心事未了。何江波则自己拿着杯子接了水，然后对他讲道："我既然冒着枪林弹雨跑来找你，我也不怕挨上误伤，也无须更多的防范。这些年来，遭到误伤的人太多了，习惯了。我加进一个，无非就是多一个政治上的残疾人，怕个啥！"梁剑听如此说，竟然掉下泪来，他说："感谢何主任的理解，但你不能曝光，累及他人的干部绝对不是好干部，我是一直就这样认为的。我的底线就是不想累及他人，不影响别人的成长。

你放心，我将会是一个能扛事的干部，这涉及个人做人，特别是人格问题！"何江波说："那好，这就像打仗一样，你的战斗企图一旦曝光，你就不可能再缩回去，更不必遮遮掩掩、躲躲藏藏，而要大义凛然、勇敢顽强地走向刺刀见血的阵地！如果没有这样的心理素质和精神状态，左躲右闪地去拼杀，你会输得精光。你手中既然对李平的问题有了铁证，那就还需要更多的旁证，这样才能将铁证确认为罪证。你是刑侦专家，这一点比我们更懂。我想要给你说的，就是眼下需要我们做什么，知会一声！我对你表这个态，不是我对这个党委班子有意见，而是对真相被裹挟有意见。这里的生态令人失望，我们期待你的作为！"梁剑说："何主任，希望你学会保护自己，留得青山在！我可渡尽劫波，老兄必须还在，这也算是一种结局。"何江波说："我不希望看到正义被阉割的结局，所以，我希望我能加入进来！"梁剑说："今天到此为止，我不送你！"

一大批领导干部看好梁剑。但也有不看好梁剑的人。

梁剑在文体局工作的老同学巴光远就是其中一位。巴光远一生说准了许多事情，也只有这件事逼着他创造了奇迹。

要说这巴光远倒是一位非常稀缺的人物。

说稀缺，那是因为当地十四个民族虽有巴氏，可在汉族里头唯有川东才有此姓。在梁剑那一届同学心目中，稀缺的巴光远有一张稀缺的"大嘴"。此人什么都敢说，什么都敢做，边做边说，大嘴一个。于是，走得近的人都亲切地叫他一声"大嘴"，一旦惹得不高兴了，就直呼他"大嘴巴"。他们那一届学员同巴光远创造了许多传说，真真假假，神乎其神，越传越神，就像发生在昨天。说他是"大嘴"，并不仅仅因为他的嘴巴大，嘴一咧就猛然露出两排洁白的大门牙，而最主要的原因是他对一些即将发生的事情很敏感，不少时候经过他一番掐指神算，就大致能够说准一些结果来。"大嘴"天生嘴甜，女生们无一不喜欢，闲下来便扎堆围着"巴大嘴"，争着为她们测婚姻、测前程。测得她们想入非非、寝食难安。"巴大嘴"有一句让你强行接受的话，就是在许多场合讲完自己的判断后，总会习惯性地来上一句："你何时见我'巴大嘴'掌过自己的嘴呀，打自己的嘴巴你们也不高兴呀。你就信了吧，你要是不信，你的运就走不远！"不仅噎得人家直瞪眼，还不得不惶惶然地向这"巴大嘴"拱手告辞。不过，此言也泄露了天机，就是这巴光远也很欣赏"巴大嘴"这一雅号，觉得这是一种荣誉，一般人哪有此等殊荣。至少，他自己也承认自己是"大嘴"了。一般意义上讲，定义为"大嘴"，多少都有一些多嘴多舌之嫌。而"巴大嘴"的话再多，也让那届人听不烦、听不厌，乐此不疲。大家有时也感到奇怪，那"巴大嘴"日常那样话多，却也从未因嘴吃过亏呀！仅就这一点，他们学员队副队长文雯就这样下了定论："都说病从口入，祸从口出，那巴光远却没有因嘴带来麻烦，猜测种种，不外乎有人说是因为他出口有喜、出口有福，该出口时就出口，给人带来了乐子。这种理解也是不对的，那是因为你只盯他的嘴了，没有把他那开着双闪的眼睛看透，你要像一只蝴蝶飞进这两个窗户，试试看？你难道就没有见到，他一张嘴，就会死死盯着你，察言观色，鉴貌辨行，那是意在把你的五脏六腑都要看得清清楚楚、明明白白，恨不得给你做一回核磁共振。否则，他大嘴一咧，敢吐一个字来，你就把我的名字倒着喊！"现场便有人把文雯怼了回去："你扯吧，还有这样调侃人的，文雯倒着喊也喊不出另外一个人来。"文雯说："那我顺着说下去——所以说，这巴光远并非真正意义上的'大嘴'，不能说'大嘴'一张能断事，'大嘴'一闭，此兄却在想事啊！再加上巴光远双商俱高，要干什么似乎都能心想事成、如愿以偿，你们说对不对？"文雯这么一番宏论，令在场所有学员目瞪口呆。他们由衷地敬重起这"巴大嘴"。一个女生托腮想了好半天，才讲道："嘴大原来有嘴福，好事！"文雯说："你不要有想法呀！""我哪敢呢，跟副队长抢，那是找死呀！"顿时，那个女生接受了文雯一拳头。快毕业了，大家总是憧憬自己的未来。未来会怎么样，全是谜。"巴大嘴"觉得这是自己的"强项"，他主动帮助别人憧憬起未来。他有一个举动给那一届学员留下了深刻印象。星光之下的校园，仍然充满青春活力。球场上、林荫间、读书亭，均流淌着年轻的血液。美丽的夜色大家无暇观赏，竟留给了巴光远一人去遐想。当大家都捧着"留言簿"到每个宿舍串访请求留言时，这巴光远却在观天象，他遥望星空，摇头晃脑，颔首深悟，给每个人准备了一段"预言"。到最后，大家把留言簿的交叉留言集中展示时，都觉得还是那"巴大嘴"给人的留言最牛皮——吉言良语，祝福未来，很有创意。特别是话中有话，蕴藏着"人生预判"。他预判人家的婚姻，也预判人家的仕途，大家看了高兴！当然，也有人这样讲道："别高兴得太早，《我的未来不是梦》，唱得好听，其实未来它就是一个梦，咋的？眼下哪个说得清楚自己的未来？那巴光远的赠言是夜观天象得来的，要是说准了就是'巴大嘴'，要是说错了就是'大嘴巴'，我还不知道你们那点德行！"那会儿，还有许多同学对巴光远留在纸上的几句话也就笑笑而已，并不在意，不就是祝福之言嘛，何必认真咧！

　　可是五年过去，几个同学在梁剑楼下的餐馆里面小聚。即使在梁剑的眼皮下面，这帮同学也未请人家参加这样的聚会。这帮兄弟伙都懂得，自从梁剑到了刑侦后，既不请吃也不吃请，没必要招惹那样一个敏感岗位的官员。可是酒过三巡，大家还是把好多事情谈开了，家庭、事业全部成了餐桌上的话题。跟哪个妹妹结婚，在哪个旮旯谋生——谈来谈去，谈得大家恍然大悟、大吃一惊："原来我们现在的生活，都是他'巴大嘴'安排的呀！你们难道就没有发现这个秘密？当初的留言告诉了今天的未来。"接着，那位同学更加具体地讲道："你看，有两对师生恋、七对同学恋、六对异地恋，这一切，全都成了，这都是'巴大嘴'说的，可以在留言簿上得到查证。如果说，人家婚事全都说准了是因为他在校时摸清了别人的蛛丝马迹，但也还有不少预判连影子都没有的呀，那就纯粹是遥测了，跟耳朵认字差不多，全都被他大嘴说准了。你比如说，他讲梁剑会找一位医生做贤内，你们说，他说过没有，说过没有——都不吱声呀？"

　　"不记得了。"

　　"好像有这么回事！"

"什么话——不记得，好像。一个个没一点出息，梁剑就在楼上，叫他下来！"

这位同学拨打梁剑的电话："梁兄，如果没有睡觉，就下楼来接见一下我们。大家五年没见了，怪想念的。顺便把当年的留言簿拿下来，那是一份回忆呀！"

梁剑大惊："你们，咋就在楼下聚会呀，我不方便参加你们的饭局，我可以把留言簿拿下来！"

梁剑见了大家，热烈拥抱。然后翻看留言簿。他们发现巴光远当年留下了这样两句话："上医医国，其次疾人。五人为伍，五年掌门。"大家愣住了。现场马上就有人解读："上一句跟医有关，说的是梁剑的老婆梁玉；下一句跟本人有关，这就要请本人才说得清楚……"梁剑说："都是蒙的，这大嘴真叫大嘴，真会蒙——我的确是找了一个'医者'，五年了，现在真的就领着五人在四处奔波！"

大家一听，大吃一惊。现场接着就有人发言了："此种留言不能细品，细品了，'大嘴'就变成'神嘴'了，目前还不能急于让他拥有这个封号，否则这小子会得意忘形，就会上天了！"

此时，梁剑来了兴致，他说："赶快把'大嘴'叫过来，他家就住在江边！"

"大嘴"毕业后跟文雯结了婚。文雯真的就迷上了他的那张大嘴。正是这样，巴光远在文雯这里不受任何生活上的管束。大嘴一张，文雯啥都服气。巴光远善于交际，文雯总是陪着。跟着大嘴，就是幸福。有人说，巴光远"十处打锣十一处在，还有一处在装怪"！听说有同学打电话叫他过去，这样的机会，少了他巴大嘴就没有聚会的意义。

说话间，"巴大嘴"踏着滑板，呼呼啦啦带着一路响声就这么过来了。此君一来，就咧开大嘴，发了一通牢骚："搞同学聚会，竟然在半途中通知我，这不明摆着的嘛——不是防备没钱，就是为了避嫌。在下不敢狂言，身上只有两元。你们说说看，可怜不可怜！"果然大嘴就是大嘴，只要一张嘴，大家就乐得合不拢嘴！

巴光远热爱体育，在警院就是一长跑健将。毕业后如意分配到体育局工作。多年后，凭着他一双"飞毛腿"跑出了单位的荣誉，也跑出了周围的口碑。之后又凭着他那张"大嘴"赢得了同事的开心和支持，最后他自觉将一张"大嘴"提档升级，走上了竞选之路，踏上了领导岗位，当上了副局长。巴光远热爱政治，学习政治，也研究政治，很快又被誉为是读懂政治的人，是有名的"官场预言家"。同学们说，而今的"大嘴"再也不是"神侃乱说"的大嘴了，而是一位有"政治头脑"的人物。在一次同学的饭局上，大家问他："今天，我说的是今天——从悬壶楼传过来的信息，想必'大嘴'同学都知道了！对梁剑、李平接下来的命运有些什么悬念，是不是也可以做一下预判呀？"

巴光远直白地说："我又不是姜子牙，也不是神医会看脉象。我只是认为，梁剑的'斗争精神'可嘉，但'政治拳击'未必就是赢家。一般情况下，副职从高台把一个正职推下来，自己不死也会摔成残废！这是一般而言。但发生在梁剑身上，这就未必了。因为相同的事件在一个地方发生，最多不能超过三轮重复，到了第四轮，就会进入一个新的轮回层次。它必须符合一个神奇的数字，这就是裴波拉契数字的规律！"

有人称这番话是卖弄玄虚。不信你听那言辞，看那口气，半真半假，分明是缠住你的兴趣点跟着他走，有种给人"灌迷魂汤"的味道，"巴大嘴"凭的全是嘴上功夫。但大多数同学说："别小看了巴光远，他有一颗哲学的头脑，至于预判的事件能否实现，出了哪种情况都有他解释的理由。他把话说得出来，也能收回去，这就是哲学思维。"

当然，"大嘴"也会用"大话"激将别人。

有一次，梁剑与巴光远同乘一辆敞篷车，飞驰路过长江大桥。抬眼便见绝壁大山，下面是滔滔江水。巴光远一边享受天堑绝妙的风景，一边咧着大嘴对梁剑说："老同学，你要把李平这个腐败官员弄下课，我就从这绝壁上飞过长江！"巴光远曾是全省跳远冠军，多次为本市体育比赛赢得此项殊荣。梁剑当即阻拦，说："老同学，你也是当领导的，对一位干部是否任用，是组织上的事情，跟我没有任何关系。再说了，这不是撑高跳远，岂可拿生命做赌注，你这个玩笑开大了！"巴光远说："我这不是开玩笑，'大嘴'口里无戏言，希望你给我这个机会——一个飞跃长江的机会，让我跟滨江的老百姓一样，大大地开心一回！"

第十三章　盖事大招

被下级"采挖地雷"，李平急得就像热锅上的蚂蚁。

这天，他找到铁盖王说："我们是养痈遗患啊！满以为梁剑一当上副局长，他会感激我们，没想到一上来就搜集我的财务证据，上千万票据啊，要翻天了！"

铁盖王跟人谈话，很少拿正脸对人。一个"盖"字，写就了他平时擅长掩面的行为。无独外人，有时就是跟他的亲爹也是背对着交流。魏老爷子曾责骂他："你还不如一个犹抱琵琶半遮面的商女，人家还能给人半边脸，你却拿后脑勺对人，连起码的尊重都没有。"铁盖王说："当面是朋友，背面是敌人。这世界，朋友太少了，所以只能这样！"这样看来，他用后脑勺与李平对话，表明已经埋下了一种"防意"。

接着，李平只能对着他的后脑勺听完一段高论："自己埋下的地雷被别人采挖，看来是有些不幸啊！但也说明了一个真理，那就是你自己无论到了哪里，都要走得正、行得端，何惧别人挖雷翻了天？再说了，这是养痈遗患吗？人家是一门心思要破大案、干业务，你却非要给人设卡子、使绊子，人家只好抓了一把刀子，破了你的底子。我也没想到呀，帮你想了个'拆除式提拔'，哪料这撤也撤不远、撤不动啊！梁剑不是那种贪图个人得失的人，他才没有把那个位置当成肥缺来看。你要夺人之爱、断人之路，别人咋个又不恨你？你还奢谈什么提拔后的感激、报恩？当然，世风日下，又有几人能做出像梁剑这种价值取向？不愿提升却跑去做业务的也算是另类！梁剑就是杰出代表。"

李平说："尊敬的领导，都说你是'铁盖王'，官场上的'盖事之王'，你想想看，没有我的那些账务，哪能'盖'得住事，地雷早就炸响了！为了'盖住'姚氏兄弟的案子，给一些地方有不少的打点，那时你还称赞我有担当，敢负责任呢。现在怎么就不认账了？谁都清楚，姚氏兄弟的问题一旦被揭开，就是一场地震，天崩地裂！"

铁盖王鼻孔翕张了几下，心想：还天崩地裂，你小子打没打点，鬼才知道！上千万，谁信？

但涉及"姚氏兄弟"的事，触及了铁盖王最敏感的神经，他一时心跳加速。他曾经为姚二妹承过诺，坚决不让已凝固的钢筋水泥发泡、脱层、露筋。一旦出现，就叫豆腐渣工程。他铁盖王开的是钢铁公司，做的都是钢铁工程。一定能守护好"姚氏兄弟"既得利益、现有水平。更重要的是，他铁盖王离不开姚二妹，她是罂粟、大麻和古柯，一碰就上瘾。一个上了瘾的人，他可以丢下世界与人身心交融、恣意欢畅，他可以在一个孤岛与世隔绝，甚至做出极为不智的决策。

但是，铁盖王又如何对梁剑下得了手呢？

就算梁剑是他们二人前进路上的一条"挡道狗"，但至少也是一条对魏老爷子有功的狗呀！他清楚记得，魏老爷子反复强调要好好报答这位警察，没有这位警察把他背到医院，他就将失去最佳救治时间，而没有这位警察妻子的妙手回春，他早就一头倒向另一个世界了。警医联手，前后衔接，这才把魏老爷子从死神手中抢了回来。如果处理了梁剑，铁盖王何以报答梁剑的"救命之恩"？魏老爷子反复告诫的"羊有跪乳之恩，鸦有反哺之义"，言犹在耳，平白无故处理了梁剑，定会让他陷入禽兽不如的骂声之中！

但铁盖王心里更清楚：如果不帮李平处理梁剑，将会把涉及姚氏兄弟的一大批"问题官员"全部暴露无遗。他说，这世上过往人物的成败得失，哪里见有什么良心谴责、什么道德审判？信了这些，等于在真理面前信了谎言！

最终，铁盖王为了个人仕途、为了姚二妹，决定不顾内心的负疚和魏老爷子的感受向梁剑下手。

有一种快感叫权力的宣泄。

铁盖王只要一提出处理人，体内所有的细胞便活跃起来。他脸上的肌肉抽搐着，这种畅快舒服一再地反映在他的讲话声调之中。他说："我安排处理一个干部，就像踩死一只蚂蚁，至于要讲道理，让他喝几天潲水就知道了！"接着他又讲，"李市长啊，这回我帮帮你。但我也要劝劝你，手下的干部要像狗腿子，听话要像乖儿子，否则，你哪里去找舒坦的好日子！"

果然，就在当晚，滨江市纪委监委网站宣布：滨江市公安局党委委员、副局长梁剑涉嫌违纪违法接受组织调查。

门口的监控，记录了梁剑被纪委工作人员带走的过程。

临行前，梁剑的妻子梁玉对纪委的同志说："今天是我公公的忌日，请允许给已故的老人上炷香吧！"

纪委监委的工作人员同意了。

梁玉拉着梁剑来到遗像前。站定，燃香。缕缕青烟，传递着两个世界的对话。梁氏家族祖上为湖广移民，源自孝感。在著名的"二十四孝"中，有"三孝"出自孝感："卖身葬父"的董永、"扇枕温衾"的黄香、"哭竹生笋"的孟宗。梁氏家族为孟宗血脉，习惯把家谱、祖先像、牌位等供于家中上厅，安放供桌，摆好香炉、供品。只因在滨江的孟氏家族有人阻挠朝廷清剿大小金川而被"连带清剿"，余部被迫改为梁姓。姓名可改，但"忠孝节悌礼义廉耻"的家风早已融入血脉，从未更改。

香炉下是一水晶工艺品做的底座。里面两块弹片清晰可见。梁玉像取首饰盒里的金戒指一样将那弹片取了出来，用一方红绸包上，饮泪递给梁剑。她说："这些弹片，在一副不屈的胸膛内埋藏了几十年，永远不要忘记一个男人的胸膛是拿来做什么的。没有骨气，没有灵魂，胸内就容不下这些弹片。我相信你，再大的磨难、再多的打击，怎能跟战场上飞来的炮弹相比！"

梁玉一再强调："我们不能把祖上的'遗产'给弄丢了！"

纪委的工作人员一见要带走两块弹片，属于硬物，既可伤人，又可伤己，拒绝梁剑带着"遗产"接受"双规"。

梁剑被带走。梁玉早就料到有这么一天。但她没有想到这一天来得这么快。

梁剑被带走后，梁玉痴痴地望着丈夫给她留下的那堆票据。看着看着，突然脸色大变，紧张起来："抄家怎么办？这一堆东西必须马上转移！"

梁玉火速带着那些账单，到了医院院长沈红彬家，请求沈院长帮助"留下证据"。

沈院长懂得什么叫窝藏。但她更懂得什么叫人品。她说："这些东西就放在我这里，我不怕！你也别回家了，就住在我这里吧！""不行，我的电话可能有跟踪，我会连累你们的！""你是我的医生，就算你丈夫违了法，要株连九族，难道我也跟着连坐受刑呀？还有没有王法？"

是夜，滨江市纪委果然"抄"了梁剑的家。

梁玉向那堆票据投去一瞥，如释重负。

第十四章　网上讨伐

三江虽然沉静，但它随时可能惊涛拍岸。

一周后，梁玉在微博账号"海晏河清"发表短文："各位好，我是滨江市公安局党委委员、副局长梁剑的妻子梁玉，是滨江市医院一名医生。从今日起，我将在这里实名公开我丈夫的举报材料。向大家抖抖滨江官场生态圈的混乱，揭露我丈夫被'双规'的真相，让事实大白于天下。我丈夫是阻止副市长、公安局局长李平的违规行为才有此遭遇，这是挑战文明秩序、堂而皇之地公权私用和公器私用的无耻行径。今天推出第一部分：李平违反'八项规定'公款吃喝清单。"

这是一个让吃喝者"位下垂"的时代。自从有了"一年吃掉一艘航空母舰"的定论后，只要台海、南海局势紧张，人们就把吃喝拿来说事。忧国忧民者发出危言："再要大肆吃喝，就要亡党亡国！"

不知始于何时，悬壶楼茶庄老茶客们也把吃喝带来的"胃下垂"引到官场上来，让它与"位下垂"相关联。当然，悬壶楼里总能破解一些悬疑，同样也会留下一些悬疑。他们说，官员背后的女人发声，悬疑注定带有颜色。悬壶楼茶庄的茶客们常常以探获"官场内幕"为自豪，知道得越多、越细、越深，分析得越透、越新、越远，这样的老茶客才会被尊为悬壶楼茶庄里的"茶圣"。当然，许多老茶客会用深沉掩饰自己的猜测，也会用谎言埋藏不可言说的真理，他们早就学会了保护自己。不过，他们一旦获得新的消息，还是会眉飞色舞、手舞足蹈地发表高见，各类段子，层出不穷。而此间，一些老茶客最想知道的，还是那个"海晏河清"到底能挖出官场上几个情人、家庭财物、所涉官员幕后的幕后等。在悬壶楼，只要有人开了个话头，其他人都会凑身过来打趣插言，侧耳细听。"海晏河清"再次成为"网红"，吸引粉丝的猛料是公开老公"官场困境"。一些老茶客质疑："这个女人真的能让心术不正的官员走上不归路吗？"他们期待随后出现的一串炸雷能够把全部"问题官员"都给"炸"出来。如果说现在打出的这张牌只是一声霹雳，后面还有没有更大的雷声？都说，女人打出的拳都是粉拳，女人踢出的腿都是绣腿，粉墨登场的女人似乎并无多少强劲的力量。但是，"海晏河清"不负众望，竟连续推出九个部分举报材料，被誉为"九声响雷"。

自媒体就是让平民制造响雷的地方。

被响雷轰击的李平，回击的方式也不同凡响。

虚拟的空间，现实的硝烟。抢夺的是时间，关乎的是"补天"。李平不失时机地发动"水军"对"海晏河清"攻击谩骂。动用警力对评论区粉丝进行调查、封堵。他的水军扛着"网络不是法外之地"的大旗，插向每一个评论区，勒令发言人删除留言、禁止留言。他通过"噤声禁言"落实"净网行动"。疲惫不堪的网安工作人员向他报告："网络是开放性平台，堵不胜堵，按下葫芦浮起瓢！"李平一听，暴跳如雷，瞬间超出了批评的范畴，直接把人推向了伤人的刀口。谩骂他们是"饭桶"和"蠢猪"，是"不讲政治、工作滞后的糊涂虫"！乱刀之下伤无辜。乱刀之下也有英雄！

对抗的两种力量不断升级，将彼此推至峰顶。

此间，政治部主任何江波出来观战判势，他对宣传处的同志发了一通感言："新的问题来了——对'海晏河清'的举报材料，谁去求真证伪、辨明虚实、依法处理？如果没有任何机构和工作人员站出来搜集、查证、分析这些信息，并担负起处理的责任，那么，正义和邪恶的两种力量只能僵持在那里，持续互撕对打，没完没了，两边将永远承受'日升月落事无果'的煎熬！"

一位同志回应说："谁占有舆论和权力资源，谁就有着持续的攻击力量。无论发威，还是示弱，都是一种存在的方式。"

梁玉在微博中写道："我日复一日守着微博，希望能通过这个窗口看到一丝光明，但是在这漫长的黑夜中，没有谁向这个窗口递来一支蜡烛，看不到哪怕一点微弱的光亮！"

"你不是一个人在战斗，你只需昂起高贵的额头。为你呐喊，为你加油！"此间仍有粉丝不断这样留言。李平为此深感头痛。他说："可以不说话，但决不能说错话。"他派网安支队查搜留言地址。结果发现大多都是省外"发言人"。天高皇帝远，如何处置？李平说："这是一种政治责任，只要是在中华人民共和国的土地上，都应当去追踪管理，进行教育、删除留言。"网安民警无可奈何，只好跨省出击，封堵网民的一条条留言，不惜警力成本和经济代价。短期内，民警多批次出省跨域找人训话，要求删除留言区的各种发言。

假以组织的打压，使"海晏河清"孤身难挡，门庭冷落。甚至在那上面浏览过都是一种过错。

顺时而为，大有作为。逆时而动，处处被动。

就在此间，省厅连夜下发"执法规范化建设"大检查通知，要求各地梳理"成绩清单"和"问题清单"。滨江市公安局相关部门仅凭"掐指神算"，就合理想象了一些"神仙数字"来。李平局长一看数字，再次超出了批评的范畴，言出犹刀，说："不讲政治的猪脑袋！我们至少三十三次跨省执法，打击网络谣言，至少删除五百余条'海晏河清'的不良信息，为净化网络环境付出了艰苦努力！这些才算有分量的'成绩清单'，为啥不写呀？网络不良信息，动摇人民信仰，我们打击彻底，这就是执法中最炫目的成绩！"不日，省厅联合检查组来到滨江，对"执法规范化建设"进行检查验收，他们一看"跨省执法封堵网络信息"就大发雷霆："谁给你们这样的权力？执法规范化建设是得民心、赢民心的事情，你们这种做法，是堵了民心、伤了民心、负了民心。不让老百姓发声，这是一种暴力行为！"李平局长得知挨批了，摇身一变，怒气冲冲地指责身边人员："谁让你们这样干的？执法规范化建设有这么一条吗？尽快给厅党委写出深刻检查！"听如此说，身边工作人员苦不堪言。他们说："李平手中的批评武器可以不问青红皂白，刀也可以来回砍！"

有了执法规范化的检查，"海晏河清"评论区开始有了表情图。这类表情图是一种"允许留言"的信号。梁玉的业余时间全部放在自己的网络平台窗口。这是一个希望的空间，也是一个疗伤的空间。海晏河清，朗朗乾坤。一个女人就在这个空间默默守望着她的梦想！梁玉把《命运交响曲》作为平台的背景音乐，循环播放。悲壮的雷吼，可怖的静默。特别是那一声又一声震彻寰宇的震响，反复提醒这个女人：要扼住命运的咽喉，与命运抗争！《命运交响曲》这一人生总谱，不知带领过多少人穿过黑夜迎来曙光。命运如惊涛骇浪，即使一次又一次地想要把船掀翻，但作为一个女人的梁玉，还是那样顽强地在倒下的那一刻，翻身摇桨，稳操船舵！

梁剑被频繁"双规"引起省委高度关注。

省纪委监委安排专人揽起海晏河清的"九声响雷"。书记陈果专门对媒体放风，讲道："网上的大量批评言论也属于正能量。害怕微博、害怕网红，就是害怕群众，不得人心！网络反腐，是新时代的重要反腐利器，是民意表达的重要通道。它对我们的执政、施政行为已经产生了无所不在的监督和约束作用。我们回避了、禁止了、远离了，将非常危险。一些领导听不得网民意见，一触即跳，反复围剿。这很不正常！现在流行一个词儿，叫'闷杀'，就是不问青红皂白统统干掉。再这样下去，我们全部都会被'闷杀'掉。脑袋没有了，到阎罗殿再怎样喊冤，又如何？世界的网络很大，心灵的网络太窄。这就注定会自我毁灭、输得精光。最终逃脱不了遭到'闷杀'的厄运！"省纪委监委安排人员调查"海晏河清"微博的历史，认为这是一个"功臣微博"，应当给予褒奖！但是，梁玉对这一肯定并不知晓，她持续地熬着。

取证难，带来立案难。

时光在一系列"难"字中慢慢溜走了。梁剑两口子只能相视发呆，漠然无言。他们看到线上线下的举报没有一点反应，深感绝望和痛苦。梁剑说："没有任何结论就意味着我这个'问题干部'的帽子将继续戴着，而只要李平还在台上，这个帽子就摘不下来。最糟糕的是，时不时地还要被'双规'一下。"在工作中坚持"下访"的梁剑，这时把心一横，对老婆说："走，我们'上访'去！决不甘心接受'任你抓、任你放'的现实！"

夫妻二人买了进京机票。

就在收拾行礼正要出门的时候，市纪委监委的工作人员突然出现在家门口，宣布："梁剑接受纪委监委调查，立刻，马上！"

"海晏河清"顾不了那么多，第一时间发声："就在刚才，我的丈夫梁剑再次被纪委带走。在这场混乱的整人游戏中，我已经习惯了、看惯了。在我深感对现实失望的同时，难道大家不觉得他们的做法荒谬之极吗！他们为什么怕我们进北京？为什么怕我们到省城？是什么样的铁盖子牢牢盖住了滨江市？"

悬壶楼的老茶客们语气很坚定："只有闹剧才会尴尬收场，好戏还在后面。"

第十五章　极大讽刺

就在同一时间里，滨江市公安局召开干部大会，重复着往日的"统一思想"。因为人心涣散的滨江公安早已习惯了"统一思想"。尤其是眼下遇到跟领导对着干的事情，更要把"统一思想"放在突出位置。其实，滨江干警的思想已经麻木了，你越是"讲统一思想"，他们越是胡思乱想。你讲得对不对，他们同样也会前思后想，甚至生发出各种奇思妙想。这样的"政治课"上多了，"统一思想"也就变成了例行说教！

但此次不同，副市长、公安局局长李平在这个会上讲话严厉。他讲道："非法上访，对抗组织，伪造证据，攻击领导，都没有好下场！我早就讲过，网络不是法外之地，你用微博违法，我就破门执法。上访也一样，你要非法上访，我就合法撒网，你区区细人一个，还逃得过强大的组织？全市公安机关一定要肃清梁剑的余毒影响，坚决做到不听谣、不信谣、不传谣，引以为戒，吸取教训，要……"

就在李平"统一思想"过程中，省纪委监委、省公安厅联合调查组进驻滨江市。接待联合工作组的，是滨江市委政法委书记阳正。事先没有得到通知，阳正只是把滨江政法各单位当前的主要工作简明扼要做了汇报。联合调查组问："公安局今天有什么安排？"阳正说："昨天市府有一个工作日志，他们今天上午是干部大会，他们自己搞了一个教育整顿，正在统一思想！"

联合调查组听如此说，带队的组长讲道："叫他们别散会，我们接着开。我们也需要统一大家的思想！"

听闻如此安排，在座的同志哑然失笑："讽刺，极大的讽刺！"

市纪委监委一位同志火速赶到市公安局会场，口中仍然不停地念叨着"统一思想，讽刺啊"。他心急火燎跑上台去，跟正在慷慨激昂讲话的李平局长耳语了几句，然后就送李平离开会场。那人拉着李平的手，还在不停地念叨："上面来人，是专为统一思想的！"

相差不到一分钟，这边联合工作组就到了会场。工作人员以闪电般的动作，放上了台上各位领导的桌牌。神速，让人来不及反应的神速。联合工作组负责人一上台就宣布："停止滨江市副市长、公安局局长李平职务，公安局工作暂由市委政法委书记阳正主持。"

台下，一片唏嘘。

市委政法委书记阳正说："我代表市委，坚决拥护省委、省纪委监委的决定，全市公安机关务必保持稳定，严守纪律，自觉把思想统一到上级的要求上来，坚决做到不听谣、不信谣、不传谣，团结一心，不忘初心，为不断开创公安事业新局面而努力奋斗！"

台下有人嘀咕："都是相同的话，让人不知道该信谁的！"

另一人回应说："你小子打瞌睡了，相同的话就是怕'谣言'，但核心还是统一思想，就看统一什么样的思想了。这年头，正话、反话都不好理解。相同的话放在不同人的嘴里，性质都变了。不过，我在想一件事，李平脸上的面具也戴得太久了，现在想要揭下来，岂非扒下一层肉来不可！"

"是啊，你难道没有听人说吗，戴着面具说话，说的都是鬼话；闭上眼睛说话，说的都是瞎话；胸无民心说话，说的都是废话；贪官上台说话，说的都是套话！"

周围干部，全都隐隐作笑。

当晚，副市长、公安局局长李平被免职的新闻出来了。

剧情反转。梁剑"双规"被解除。政治部主任何江波带人到一个宾馆接上了梁剑。何江波说："是联合工作组要求我来接的，不存在我需要什么自我保护啊！"梁剑说："我真的怕连累你们！"何江波说："连累？告诉你，这一页翻过去了！"

妻子梁玉守在电脑旁回答留言。她听到外面的敲门声，直觉告诉她，是梁剑"双规"结束了。她打开门，站定，与梁剑相对而视。一瞬间，两口子抱头痛哭！

何江波转身也捂上了脸，逃跑似的离开了。

网友在"海晏河清"微博评论区说："梁剑啊，梁剑，你要以男人的姿态向妻子行大跪之礼！"

第十六章　当牛为官

联合工作组找何江波谈过一次话。中途休息时，一位工作人员与何江波闲聊起对李平将作何处理。何江波说："操的都是闲心。咋愁这些事呀？现在的纪检监察的领导干部，几乎个个都是'园林专业毕业'的，他们不上药物，就上器械！"那人眼睛一下大了起来，问道："这话咋讲？"何江波说："你没看到，现在都时兴对病树挂药袋子，李平这棵病树早已变成了一棵烂树，无药可救。就是浑身挂满注射液，也是一种浪费，难逃'被挖'的命运，这棵树救不活了！"那人又说："树被挖了，又一群可怜的猢狲！"何江波说："那倒不是这样的。现在的职场上，猢狲们已经被折腾得习惯了。他们最不愁的就是可栖之树！当然，你要是问到底哪棵树可靠呀？这就不好猜度了。谁也不是神仙。你没看到，有的树原本就是外强中干，外表看着丰茂，其实已经烂根了。而有的树，看不出能有多少风光，树皮风摧霜蚀、枝丫弯曲下垂，它的下面却是根系庞大，水分吸取坚劲。你要说猢狲栖树没有选择的余地，这话不假。但又何须苦恼？即使你站错了枝头，那又怎样呢？工作就是共事。共事就是相处。相处就是缘分。缘分不到，那就只能擦肩而过！"听到这番高论，在场的人一个个都指着何江波，哈哈大笑起来。

这是一个难得的周末。早上的阳光让滨江江面上翻动着一道道金波。

梁剑正在睡觉。突然电话响了。是文体局副局长巴光远打来的。梁剑心想，这"大嘴"而今被誉为"神嘴"了，给我打电话不知道又要"蒙"出什么大事来。他问道："你又有什么神机妙算呀？"

巴光远说："你扯吧，我又不是算命先生。你糟蹋我，赶快给我道歉！"

"好，对不起，该打该打！我才是一个'大嘴巴'！"梁剑表示歉意。

"你少讽刺人。我只是想给你说，愿赌服输，我甘愿接受惩罚。李平终于倒台了，这算是一大奇迹！我也将为你创造奇迹，以此庆祝你的奇迹——请你前来观赏我们是如何飞过长江的。'大嘴'口中无大话，兑现这一承诺虽是一种风险，但它早就不在话下！"巴光远正式提出邀请。

"我说啊，'大嘴'口中无遮拦！请你不要让我太难堪，更别把我推到舆论的风口浪尖。那李平接受组织处理，完全是组织的力量，他自己的'造化'，这跟我挨不着、连不上。你说是因为我的力量弄倒人家，我的天哪，这只能说你'大嘴'口中真的无遮拦，千万不要再说了，再说下去，就是置我于死地。不过，大嘴啊，我在哪里能观赏你们的奇迹呀？我也好奇啊！"梁剑如此讲道。

"好吧，听你的。请打开你的窗户，午时一点方向，便可见到奇观！"巴光远说。

都说赢在阳光下，处处皆为观众席！

人们见到，蓝天白云之下，长江上空出现了一批飞人，蔚为壮观。巴光远咧着大嘴，带了二十人的滑翔队。队员们像南飞的大雁，把"人"字写在了天上，表达了人民至上的情怀！

滑翔伞上喷写的两句话，格外引人注目——

"我用生命赌正义飞过长江！"

"滑翔伞只为自己打伞，不为邪恶撑腰！"

阳光穿透这些字眼，熠熠生辉。

滨江市民欢呼雀跃。梁剑的妻子梁玉仁立窗口，仰望长空，任泪水奔流。

此时，她见到的蓝天，满是晶莹剔透！

李平从政坛消失后，他身边那"三杰"不是饭碗失守，就是生活失意，要不就是心态失衡。保镖作用的"英雄豪杰"大部分都回家看护二胎娃去了，舞文弄墨的人中俊杰到了政研机构、院校机构。最"受伤"的恐怕还是那个女中豪杰杜欢欢。那些年，一个杜欢欢，欢蹦乱跳，可以超过滨江任何一个"杰出人物"的影响力。她给人想象的空间太大，因为李平带着"三杰"出过市、出过省、出过国。悬壶楼的茶客猜疑说："出过这，出过那，出没出过轨，哪个说得清楚？"但是一路风光走来，你想象是一个什么场景就有可能是个什么场景！有人说，可惜了，杜欢欢这样清纯的女孩子，她是把生命的圣水毫无保留地倒进了龙须沟！但据另外"两杰"告诉外界："别瞎猜！

好像人一倒台，就什么坏事肮事恶心事全都做尽。人家杜欢欢还是个黄花姑娘，局长怜香惜玉，坐怀不乱，兴许是给他儿子留着的！"不管怎么样，杜欢欢是"洗"不干净了。

　　杜欢欢似乎在前世就看过了自己一生的剧本。处于"人脉危机"的她，这时突然发现时下流传的一句话写的就是她："北京就是背景，理想就是离乡，誓言就是失言，缘分就是怨愤，男人就是难人，天线就是专线。"她想起了在燕京市工作的老同学张广友。虽说远一点，但是层面高，要是跟他搭上"天线"，让人知道我杜欢欢还是一个"天子脚下"沾亲带故之人，也不至于让人冥落而被滨江公安边缘化。她的情思慢慢朝张广友萌动起来。她的"人生剧本"的关键词就是背景、离乡、失言、怨愤、难人、专线。他们同为雅城人，让天线成为专线，便是"戏"的高潮。他们高中同班，还同过桌。都说雅城有"三雅"，虽说都是雅城人随口乱编的，但谁也不能否认杜欢欢就是典型的那种"雅女"。今天"三雅"不再为人所提，能够铭刻于心的还是雅城"三不违"，即一不违天，二不违水，三不违心：女娲补天时留下天缝，有下不完的雨水，要不违天；佩剑鱼头一旦出了水，就有耗不尽的锋芒，要不违水；美女不慎撞怀，那是因为有挡不住的轻雾，要不违心。雨水多的地方总是伴有轻纱一样的雾。雅女大撒欢，总是在雾中穿行，人与自然相融，虚无缥缈。留心的人会发现，早年雅城许多房顶上都辟有歌厅舞场之类的，有条件的家庭还专门为女孩子置有练功房。杜欢欢也不例外，她算得上是一位灵魂舞者，从骨子里就散发着动人的魄力。那些年就在房顶上把那张广友弄得魂不守舍。杜欢欢考上警察学院后，张广友却在复读。杜欢欢觉得张广友是溪边小虾小鱼，成不了蛟龙，就主动失去了联系。没想到复读后的张广友考上了政法大学，而且留在了燕京。多少年后，杜欢欢要接上张广友这根"天线"的念头，在脑海里出现过无数次，最终不仅冲动败给了距离，期待也葬送给了距离，"天线"也只是一个梦！

有人对梁剑讲："蝉经过三年煎熬，才能在酷暑中放歌一曲。"梁剑却说："人要是三年煎熬，那就是一曲悲歌！"

梁剑撞大运了，一时"身价飞涨"。市委组织部门没有找他谈话，直接任命他为滨江市公安局党委副书记、常务副局长，主持公安局工作。

梁剑听闻此令，大为不快。他说："你们这叫逼着牡牛生子，打着公鸡下蛋。我的话，请你们一定录下备查。你们的任命太突然，我无一点准备。当然，我也不会去做这样的准备，因为我不会接受这一任命。自从我为扫'黑'打'伞'挺身而出，就注定与做官无缘。我并不是不服从组织决定，而是为组织多考虑，觉得还有更多比我优秀的同志胜任这一位置！"

这一拨人刚走，省委组织部派人考察来了。两拨人不期而遇，市委组织部只有一句话告诉省委组织部那位带队的副处长："另外换人吧！"

来人一阵茫然。

省委组织部考察组成员获知可能不是想要的结果，但还是要例行了公事方才走人。现场，那位副处长跟梁剑的谈话算得上滴水不漏，甚至可以说是量身定制，他讲道："省委就是要用有斗争精神、斗争意志、斗争本领的人，这样的干部有担当作为、讲党性原则，把你作为副厅级领导干部考察对象，这是省委组织部、公安厅党委经过慎重考虑研究做出的决定！"

梁剑说："我不想离开滨江市。"

考察人员答道："不会，拟提为本市副市长、公安局局长！"

梁剑反问道："一个稀缺的位置，我怎么变成了稀缺的物种了？"

梁剑一副拒绝的姿态，让那位副处长深为不解。

梁剑说："我有两条理由拒绝组织这样的考虑。第一，我想尽办法把李平这样的腐败代表'推倒下去'，是为了这里的生态能够'挺立起来'，我没有任何谋夺职位的野心和动机，如果硬要把我弄到这个位置上来，老百姓就会断言我是官场斗争的'胜出'者，这问题就非常严重了！还不如把我作为炮弹使用，只要能把一些官员'炸'醒，我甘愿玉石俱焚，不留声名。第二，如果组织上信任我、支持我，那就安排我去抓那些'关键少数'长期插手干预的那一桩桩案子，哪怕再让我做一回刑警也行，我会感恩不尽的！在我们这里，任何一桩案子都比当地任何一个位子重要，沉疴太重了！"

如此真诚，如此坚守，考察组真的被"考"住了。

梁剑不相信来世，但他说："一世当官，九世为牛，我还不如今生今世就当好一头孺子牛！"

这样，梁剑仍然是副局长。但他伸手要了一个官，说："在这里，我觉得如果我不当刑侦支队支队长，这是公安机关的一大损失，我想兼这个职务如何？"

对方回答说："这个职务，你们自己就可以定。"

但是，在梁剑的骨子里，刑警就是公安的"重型武器"。刑警本色，更能体现忠诚底色。即使擢升为副局长，也不能失去操作"重型武器"的权力。

梁剑的换洗衣服、生活用品，又一次让杨兰兰帮忙带进办公室的备勤室。

杨兰兰心烦，生气。

她说："来回折腾。提拔居然还成了苦心事，天下难找！"

这话正好被梁剑听见。

梁剑倒背着手在门口，用机智的目光注视着她，声音极为严肃，说："你啊，妄言天下——不愿为官者，可谓遍布天下！远古的尧并不想把位置传给舜，他选择了一个名叫许由的人来接班。他一见许由，便称赞人家是日月。他说，有日月在空中照亮大地，还用得着我这支火把吗？弄得许由很不自在。许由不愿成为日月，他就说，树林再大，我也只是在树枝上筑巢，大河再宽我也只是喝那么一点水！还是算了吧。尧反复劝许由接班，许由很不耐烦，就跑到河里洗耳朵，觉得尧脏了他的耳朵。尧认为此人不可理喻，只好离开了！"

"这故事——完了？"杨兰兰问。

"完了！"梁剑说。

"我好像记得有一个叫巢父的人牵了一头牛过来，看见许由在洗耳朵，就问是怎么回事。许由就把尧的想法告诉了他。巢父撇嘴一笑，你快别称自己是高士贤人了，你已经闹得满城风雨了，于是就牵着牛往上游走去。他说，别让你洗耳朵的水弄脏了我这头牛的嘴！"

杨兰兰续完故事，梁剑气恼地讲道："哎，杨兰兰，我没得罪你，你居然还绕着弯子骂人呀！"

杨兰兰说："没呀！"

梁剑重回刑警会议室。多少年来，大量的刑侦决策都是在这里形成的。他这样对大家表白："我这一辈子宣过两次誓：一次是入党，一次是入警。用灵魂发过誓的人，肉体就不能背叛。那一堆案子，一头连着党心，一头连着民心！心都是肉长的，我们只有与受害老百姓将心比心、以心换心，才能不负党心、不失民心！从现在开始，我们对任何一起案子，都绝对不能漠不关心、漫不经心，更不能无所用心，一定要对得起天地良心，把卷宗全部摆在桌面上来，一份一份地过！"

不日，省委组织部空降了一位副市长兼公安局局长，他是梁剑在警院的同学章锋。都说只有口口相传才可泄露天机，哪晓得二人只是有了从"姚氏兄弟"案子开刀的这么一个"念头"，姚氏团伙百余名犯罪嫌疑人火速逃出滨江市。有人说，这帮人对"念头"都感知得如此之准，幕后必有高人指点！

还没举枪，一树的鸟儿飞光了。市公安局吹响集结号。

六个破案攻坚小组迅速成立。

市委政法委书记阳正要求检察院和法院提前介入，提高案件质量、提升诉讼效率。

"协调会"上，滨江市检察长罗家成、法院院长陈胜、司法局局长李永亮全部到齐。他们一听说这场战斗是梁剑亲自在指挥，谁也没有怠慢。

现场空气都凝固了。

罗家成悄悄对陈胜说："此人命硬啊！有人跟他打赌，如果把李平弄下课，人家就飞过长江。结果他赢了——听说飞过长江那小子，差点把命都搭上了，你说玄不玄乎！"

"玄是玄啊，但那天飞的不是滑翔伞！"

"飞的是什么？"

"应当是一个人的名节！"

闻听这个答案，罗家成眉心拧得死死的。

罗家成是从阳平县检察长提起来的。他极力掩饰自己熟悉姚氏这帮人。他坚定地表态："梁局长，姚氏兄弟早就是一大'公害'，这一干人就是跑到外星球上去，也要把它抓回来！检察院的'家底'你是知道的，点将点兵随你点！"

法院院长陈胜、司法局局长李永亮正要表态，市委政法委书记阳正、副书记赵子腾到场了。阳正一坐下来，就开讲："今天这个集结号吹得及时！中央教育整顿指导工作组马上就要到了，这是一份献给他们的见面礼，希望是一份厚重的、提气的'见面礼'！既然在座各位都认为姚氏兄弟是'公害'，你们就要把'除害'的职能职责发挥到极致，它考验着我们的忠诚、纯洁、可靠。我还要告诉你们，有多猖狂的黑社会组织，就有多恶劣的保护伞。往后的工作量还很大！时间紧，我只讲这几句话。"

当阳正书记讲"有多猖狂的黑社会组织，就有多恶劣的保护伞"时，他身边低着头的副书记赵子腾浑身颤动了一下，显得很不自在。难道阳正书记掌握了什么情况？

离开会场时，赵子腾有意拍了拍检察长罗家成的肩膀："要有站岗的！"

"我担心我是最后一个站岗的！"

"没有这么悲观。撑住！"

作战地图铺开了。这场战役的"作战半径"，迅速从滨江扩展到全国，甚至延伸到国外。

第十七章　千里追逃

　　滨江市医院专家门诊。候诊区座无虚席。医生梁玉开门朝外喊道："下一位！"

　　杜欢欢进去了。梁玉照例关门。回头一看，不由一怔："啊，是你？"

　　"梁姐，是我，杜欢欢。刚到公安局报到的时候，你跟梁局长还请我们几个吃烧烤呢！嗨，现在你的号真难挂，要提前一个月！"杜欢欢说。

　　"你还在刑侦呀！"梁玉问。

　　杜欢欢高兴地说："是啊，是啊！不过，是又有什么用？我这个专案组副组长从来就不管专案，大家都觉得奇怪，我自己也很奇怪！梁姐，你能不能给你们那位说一下，安排我参加追逃呀？人家杨兰兰都去了！"

　　梁玉早就听说杜欢欢在公安局不靠谱，她见了杜欢欢不免有些警觉。在两人心里，早就都砌了一堵高墙。

　　梁玉说："我不懂你们那些，我说了也不一定管用！"

　　杜欢欢说："你的话肯定管用！梁姐，都说你跟梁局不是两个人，而是一个人，你就帮帮这个忙吧！"她一边说一边拿出手机，翻出一张手镯照片来，"梁姐，这是和田羊脂玉的，我为你保藏了很长时间，没有机会给你带来，你看它的成色，也只有梁姐才是它恰如其分的主人！一份薄礼，请梁姐千万不要嫌轻！万望梁姐为小妹多多美言。晚上，我让'闪送'给你送过来！"

梁玉哈哈一笑："杜欢欢，好厉害的言辞！我佩服你。但是，我想告诉你，我的美女，你小心'闪'了自己的蛮腰、'送'了自己的前程。小丫头不要害了自己。我只要接到这个东西，我会让梁剑在你们刑侦大楼的门口摆上一张桌子，再把你的手镯像圣物一样'贡'在那里，你认为你受得了哇！"

杜欢欢尴尬地走了。

一路上，她有种头撞南墙的刺痛。是自找的？还是别人强加的？她难以说清楚。大凡有动力干某件事，一切皆因欲望，有欲望就会有烦恼。

杜欢欢心中，悲哀如山。她觉得自己是一只无头苍蝇，不遭人待见。

只有在这时，她才如梦初醒：跟错人，连回头的机会都没有！

梁剑心定如磐。他像钉子一样钉在"专案指挥中心"。在这个世界上，说是天网恢恢，但因疏忽而漏掉的却依然历历可数，侥幸逃过"法眼"的也大有人在。绝对不让姚世禄那伙人成为"可数"之列，成为"疏漏"的对象！否则，他梁剑在这场抓捕中就是一位失败的导演。

正是有了如此定力，梁剑每天至少要讲三遍同一句话："谁发现，谁立案，奖励谁！"

这天，一位同事悄悄凑近告诉他："局长，这话今天讲了四遍了！"

梁剑凝视对方，说："嫌我讲得多了？那是我嫌你们做得菜！"他胸膛起伏着，已经按捺不住了，用手敲击桌面："目标是从疑点中发现的，疑点又是海选出来的，海选的信息来自大数据。每一步都在一点点像针挑土似的，谁发现，谁立案，奖励谁！我今天给你们讲第五遍！"

话音戛然而止。

现场一片死寂。

彼此的心跳敲击着每个人的耳鼓。

定位信息指向哪里，追逃人员就奔向哪里。鼠标一点，"点"出的都是队员的千里奔袭，扑向的都是荒舍匪窝。无数次扑空，让追逃人员精疲力竭，苦不堪言，大伤脑筋。姚氏手下的"棒棒军""大刀队"，一个个全是从虎口岩龙啸潭走出来的。他们不是毕业于哪所校场，亦非哪家武馆。他们竟有那样好的功夫，跟正规军一样训练有素。一路上，这两支队伍向追逃民警上演着一幕又一幕的"空城计""土遁术"。而追逃将士像一头头不断被抽打的耕牛，每每赶到一个点位，他们全都喘着粗气，失落的情绪在队伍中蔓延。用踏破铁鞋的方式奔走在鼠标点击的地方，使他们深感情报出了问题，继续打着消耗战，只能空手而归！

梁剑几乎吼了起来："有限的力量，无效的奔波，我们耗不起了！"

"为什么会扑空？"梁剑目光如剑，追问现场每一位同志，"没有扑空的那两次，定位地点居然全在一线人员眼皮下面，这就奇了！是谁告了密？"

梁剑对大家讲道："从视频上可以看出，我们的民警每一次拿出手铐的一瞬，都是凶手以命相搏的疯狂时刻。如果逮捕他们尽在刀锋上行走，那我们就不应该让力量空转在路上，而要给他们腾出更多的时间睡大觉。他们需要睡大觉，他们理应睡大觉！"

是谁让一线的力量在空转？直到这场战斗结束，人们都还在猜测之中。

追逃人员转战一万余公里，走过了一段漫长艰苦的"风雪之旅"。沿着蛛丝马迹，追踪到沈阳、葫芦岛，转而又追到吉林双辽及内蒙古通辽、科尔沁左翼中旗、斜代舒木等地。在中蒙边境，姚氏兄弟的"棒棒军"持械拒捕。这一仗打得痛快淋漓，让这些天来梁剑那张绷紧的脸彻底地舒展了一回。追逃民警用钢叉对短棒、用甩棍对长棍，一阵血拼之后，那伙"棒棒军"不经打，全部躺地上伸出了双手，主动让警绳上身、让手铐上手，认输了。押解途中，也只有那位被称为"棒主"的头儿咬牙不服，他说："你们家也有老小吧，小心有人背后送去一棒，把他们给'做了'！"

第十八章　连环困局

市委政法委书记阳正来到公安局章锋的办公室，问："听说滨江的大刀术写就了一段码头争霸史——我咋没有听说过呀？"章锋说："你到江北岩滩去实地看一看，那里有一大片磨刀石。就着江水磨刀，就着滩头练刀——这是上天赐给刀手们的场地。就在这里，记载了当年码头争霸的传说。都说姚世禄手下的大刀队受到过祖传，恐怕这话也不会假，他们手中掌握的，应当有历史的、也有当下的。所以说，我们的追逃将会遇到很多麻烦，大家都为此而愁苦呢！"阳正说："请讲讲！"章锋说："具体的要请梁剑给你讲。"阳正说："那就请梁剑来给我扫扫盲！"章锋说："我们还是到他那里去吧，这会儿，他正在指挥中心与'大刀队'斗法呢！"

梁剑见了阳正书记，知道来意后，他也的确只能讲些概略情况。他说："向书记报告一下这个'大刀队'的情况。'大刀术'是要讲段位的，可这帮骨干在拼智能运用上，同样也很潮呀。他们熟知反侦查手段，而且运用自如。他们总是在避开电波覆盖的地方寻找生存。我们掌握的情况是，他们所到之处，总是用尽办法测量电信信号，甚至想办法让通信基站停止工作。正是这样，他们的藏匿地点总是真真假假，千变万化，无法锁定！"阳正书记说："如此艰难，大家吃了不少苦哇！"

梁剑怕的不是辛苦。他一旦进入状态，就是一种享受。为锁定大刀队，他要通过大数据去伪存真，用尽排除法、递推法、倒推法、作图法等手段。

这天，梁剑终于将点位明确在一个下水道里。此着让人难以置信！

梁剑认为，此点位可藏，但不经打。一旦围歼，无一能逃。实乃天赐战机。就这个点位，梁剑再也不愿分享给手下任何队员，他要亲自去拉开一场肉搏战。

局长章锋问他："此番带队出征到哪里？"

梁剑诡谲一笑："位置已经锁在了我的记忆里。"

"那好，上锁了，我不会替你再保管一把钥匙！但一定要注意安全。"

"你忘了？'敌人就在身边'，这还是你的研究课题？"

"不错，你最好掌控的是一把智能钥匙！我们相信你。"

梁剑做了一个拱手动作，走了。

梁剑早就料到，一旦遭遇"大刀队"，必有一场血拼。

他到了训练场，见到那帮"狩猎"的弟兄们，一下子兴奋起来。

他与他们一一拥抱，豪情万丈，热血沸腾。

"各位兄弟，请问，你们的对手是谁？"

"大刀队！"

"知道他们手中是什么兵器吗？"

"江湖冷兵器！"

"哼，江湖，还冷兵器？我告诉你们，他们可不是一般的江湖，也不是一般的兵器，他们手中的家伙全都具备劈、砍、斩、扫、撩和刺的功能！这些刀手们平时操练的全是这些功夫。刀术讲段位，我们的功夫跟他们论段位，必以擒住他们论段位。多高的段位在我们这里都不是段位！好，请问你们的口号是什么？"

"迎招破招，见招拆招，精练妙招，闪过大刀！"

"你们是怎么考试的？"

"看视频——这是最基本的缠头刀、裹脑刀刀术，还有更多的梅花刀、八极刀、六合刀、春秋刀和滚手刀技术，都是《辛酉刀法》《阵记》《单刀法选》的秘籍。所有这些，不仅需要肉体的力量，还需要来自灵魂的力量。当年解放军打进这里，也是练的这些刀术，这才解放了滨江大地劳苦百姓！"

"时光不到倒退。好！前面'棒棒军'被全部生擒，对'大刀队'同样也要稳操胜券。我们每出一刀，都应当是最华丽的一刀！你们考试过了关，更要在刀手面前能过关，我会跟你们一道去过这一白刃之关！"

梁剑带队出城。飞机向西，驰进漠地。

刚到指定位置，"大刀队"二十一个嫌疑人很快发现身份败露。嗅觉如此灵敏，不可思议！

梁剑在一户农家的饭桌上铺开地图，正在确定方位，明确任务，感到身后有个冰凉的东西，他敏感地向左边一位兄弟摆摆下巴，"咣当"一声，一把大刀掉在地上。原来他们遭到伏击了。谁也没有想到"大刀队"就在现场，他们全部从下水道钻了出来。梁剑镇定自若，排兵布阵，战斗瞬间打响。所有战斗队员哗啦一下变成了挥刀的疯子。全部都在寒光中舞蹈着，争先恐后，谁不相让。好一场白刃战！二十名刀手很快束手就擒。那个"刀王"级别的刀手却不好对付，没有办法，只能用一排子弹扫过去，"哒哒哒"，让不服气的"刀王"捣蒜般点起头来。在这场肉拼中，尹爱武壮烈牺牲，杨兰兰负伤！

"大刀队"成员被全部拿下后，追逃组锁定重要逃窜人员在缅甸北部的隐匿区域。梁剑又带队亲赴缅甸。缅甸北部长期存在着大量不受缅甸政府管辖的地方武装。他们人数多则三四万，少则六七十，几乎每天都上演着"军阀混战"。梁剑带队在一次混战中，用枪炮声做掩护，直逼姚世禄、姚世福投降。他吼道："听听外面的枪声，不跟我们走，你们就是死路一条！愿意成为别人的炮灰，还是跟我们一道回国，尽快做出选择！"

惶恐中的姚世禄、姚世福绝望了。二人满脸尘土，衣衫破烂，极其狼狈不堪。他们只好跟着梁剑，绕过一栋竹楼，穿过断垣残壁，冒着滚滚浓烟，离开了那片混战之地。在当地警方的接应下，两名主犯被抓获归案！

一个古老的戏台上写着这样一副楹联：君子小人才子佳人出场便见，欢天喜地惊天动地转眼成空。横批是：人生如戏。

姚氏的戏还没有结束。

前方惊心动魄的战事，无时无刻不牵动着后方官员的每一根神经。猜测，忧虑，渴盼，所有表情、全部心态，应有尽有地刻写在每个人的言行之中。也就在这期间，南山大神庙、西山普渡寺，竟然神奇般多了一些香火。人们见到，焚香的烟雾直接让两山得以相连。若隐若现，缥缈虚无，神秘莫测。普渡寺住持行云大师是一位得道高僧。此间他做得最多的事情，就是为一批又一批的信众反复领诵《消灾吉祥经》。阵阵唱词，传递着对平安的期待和寄托。

市委政法委副书记赵子腾不仅关注战况，更关注涉案官员们的命运。这天，他闲适在家，莫名其妙地生出一段新愁与旧憾。他诚惶诚恐地掰着手指，列数滨江官场"问题官员"命运沉浮——当年捂住姚氏案子轻判姚世禄的官员中，公安局局长李平算一个，此人自诩职业警察，他做得最多而又最不成功的事情，就是"统一思想"。李平最大的悲哀是"一世声名"全都淹没在自媒体的声浪之中，泡进了悬壶楼茶客那一碗碗的盖碗茶里。检察长罗家成在系统内快速攀升。此人从未当过副职，现已成为市里的检察长。目前看来好运并不总是眷顾他。都说他是惊弓之鸟，未来仕途如何，其卦不详。县法院院长付春生在判完姚氏案子的次日，阳平发生 4.2 级地震，付春生被山体松动的滚石砸中，瞬间倒向另一个世界。死得悲壮！后被报刊宣传为"为人民起落法槌的人"。县公安局局长谭力，此人虽说八面玲珑，却是八面透风，捂不住事。多次被提名到"主干线"上去交流任职，却因"保姆转正"、后院起火，一次次被前妻指控有"作风问题"，这便堵死了仕途，至今还是局长。他的那把纯牛皮座椅是从省城一家家具店拉来的，十多年了，皮质虽好，却也让他坐出了包浆，但他坚持不肯换掉。当地百姓称他是"被女人拴住前程的人"，是"有女人把守的官场钉子户"。县委书记陈大善，受"神秘官员"铁盖王护佑走上了官场更大的舞台。按照铁盖王的说法，他是一个"双料货"：既属"谄媚式提拔"，也是"带病式提拔"的人物。个中看似无耻，实则无德。但此人毕竟官至副市长之位。在阳平，都说司法局局长卢伟是一个闷声发大财的人，不哼不哈就当上了副县长。但善于观察的人不难发现，当年的卢伟胆子忒大，他给监狱拨了一笔修缮款，悄悄交代用途目的，让人在很短的时间内把姚世禄的监房做了一番装修，想尽办法让姚世禄一年零八个月的监狱生活丰富多彩。还有人瞅见，在姚世禄服刑期间，卢伟曾让人将姚世禄偷偷带进夜总会潇洒，住过宾馆，为他安排小姐。卢伟被江湖上誉为"重道义知人性"的官员。卢伟觉得自己触及"红线"太多，为防秋后算账、回避时运不济，他想了几个晚上，觉得此生做了不少违心事，还是见好就收。官场就是赶场，赶场总得离场。一个"江湖游仙"告诉他："破财化解灾祸，做些慈善活动吧，布施帮助别人，哪里来还给哪里去。"卢伟决定辞职下海。他把辞职信交与同僚，只留下一句"江湖上见"，就搬出了办公室。他跑去注册了一个"阳光律师事务所"，帮人代理起各色各样官司。他凭着拥有的法律知识、熟悉的人脉，很快让律师事务所红火起来，风生水起、远近闻名。此人虽被外人称之为金盆洗手，但却被司法内部人员指为"司法掮客"。仔细想来，在办理姚氏兄弟案子的那批官员中，除了谭力有特殊情况原地不动外，就数赵子腾没什么"长进"了。在寻常人看来，姚氏兄弟的案子担责最大的也是赵子腾，当初说过一句话："我不下地狱谁下地狱。"弄得不好，还真被言中了。而在官场上，越是"长不大"的涉黑官员，要在这个"当官不挣钱、挣钱不当官"的铁规下继续混下去，风险就相当大。陈大善早就"漂白"了自己，也庆幸自己进入了"新生态"。他是姚二妹的干爹，姚世禄的"干亲家"，现在无人提起。事实上，这种"干亲家"只是为了利益，不外乎就是一种挂在口头上的亲热。这种"亲热"不足以成为违法犯罪的依据，如此而已。明眼人一看就知道，那陈大善也绝对不会让自己的儿子去娶姚二妹这样的女子。即使陈公子现在依然是剩男，他也绝对不会产生此种念头。

陈大善的儿子陈天歌大学毕业后，在省城一家石油企业工作。结婚生子，小家安稳。谁料陈天歌也是一个生活上不安分的人，骚动的荷尔蒙总是与跳动的身影结伴而行。因为上辈人的关系，跟市委政法委副书记赵子腾的女儿赵娜颇为熟悉。赵娜在省城读大学，无亲无故，不时受到陈天歌关照。关照多了，日积月累，便成为离不开的人。离不开的人总是做些离不开的事。不久后，二人双进双出一些酒吧、夜总会，做了大量开心的事，成为灵魂伴侣。陈天歌不甘心与老婆睡觉心里还装着别的女人。他觉得灵魂一旦出轨，肉体就是一种难熬的折磨。再与妻子睡在一张床上，觉得不光是不道德，关键是不舒服、很别扭。他很快离了婚，与赵娜相处，在灵魂和肉体上终于同步起来，觉得心满意足。赵子腾得知女儿找了一个有孩子的男人，而且还是"问题官员"陈大善的儿子，气得脖子青筋暴涨，在屋里四处打转，不停捶打自己的胸口，嘭嘭直响，口里不断地直呼："我赵家不幸，赵家不幸啊！"他要立即找到陈大善，无论如何也要讨个说法。

　　此刻，大风吹街柳，暴雨如盆倾，路上视线模糊。赵子腾使劲轰响油门。那车怒吼着向陈大善家奔去。这世上许多事情竟是这么巧，想什么人就会撞上什么人。赵子腾不擅长弯道超车，直接撞在了陈大善车上。一瞬间，保险杠、车灯全部碎落一地。天底下一对做不成的亲家，发展成一对倒霉的冤家。这是冥冥中的事。二人不约而同地从车上下来，彼此相望。两台车的引擎盖就那样敞着，在风雨中蒸腾着青烟，跟这两个喘着粗气的男人一样，全部吞吐着心中的不平。

　　二人都愣住了！

　　"是赵书记呀？"陈大善非常客气。雨太大，他甩出这句话后，转身就进车内拿出一把伞来撑起。

　　"是市长大人呀？"赵子腾说。赵子腾无心回车拿伞。他一直愣在那里，任雨水猛浇着他。一身新装，全部湿透了。

　　陈大善不愿在此久留，高声吼道："赵书记，还站在这干啥？洗露天浴呀？走呀！"

　　"走？你想往哪走？好吧，那就往你家走！"

　　"大路朝天，各走一边——要赖你应去赖保险公司呀，看着我干啥呀！"

　　"看着你？我得到你家去讨个说法！"

　　"没见过像你这样小气的人——走吧！"

　　二人开着肇事的小车，一前一后到了陈大善的家。

　　陈大善泡上茶，对赵子腾讲道："赵子腾，你过分了。说吧，你的车——赔多少钱？"

"我的车不值钱，但我家的千金是一个宝。你是真不知道还是假不知道——你儿子勾引了我女儿，这才是天大的事情。"

"啥呀？赵书记，你这话严重了。我儿子能做出这种龌龊的事呀！"

赵子腾长叹一声，说："都怪我自己！当初只是觉得他们都在省城，彼此认识一下互相有个关照，哪知道他们超出了这种想法，发展成恋人了。我女儿，一个黄花姑娘，就要去做你孙子的后妈了。你我得将心比心，以心换心，就不觉得痛心？我的天呐，摸摸这心，想想都害怕！你得尽快管管你的儿子，阻止他们发展下去，尽快，我的心都快死了！"

"我说赵书记，你冷静一点，冷静一点，好不好？一个月前，我只是听说陈天歌两口子在闹矛盾，没想到这么快就离婚了呀！现在的孩子，只图自己快意，又有几个在考虑父母的感受！"陈大善说。

"阻止他们，阻止他们！悠悠万事，唯此唯大呀！"赵子腾语气一直强硬。

"你稳住，哪能这样躁动？我这样跟你说吧，假如你能拉回你的女儿，我就能阻止我的儿子！你也不想一想，梁山伯与祝英台，变成蝴蝶都要搞到一起。杜丽娘化成鬼魂，都要跟柳梦梅搞到一起。前不久，一对情侣相拥跳河，打捞起来，还抱得死死的，分不开，就一块进了炉膛。这年头，孩子婚姻上的事，你越是反对，他就越觉得神圣。越是觉得神圣，他就越闹腾。这天底下最难割舍的，就是如胶似漆的恋人。你我都年轻过，遇到可心的，魂都没有了。"陈大善变得异常冷静。

"你是啥意思？你到底是啥意思？这样糟糕的事情你难道不管？你要是不管，我就要告你！"赵子腾好像抓住了陈大善什么把柄。

"你告我什么？我犯的什么王法？"陈大善质问。

赵子腾气得咬牙。一甩门，走了。

他给女儿打电话，只讲了一句："如果你要回这个家，就立即跟陈天歌断掉任何往来！"

那陈大善心里同样也矛盾：岁月使人相投，岁月又使人成仇。三人叫众，两人叫从。不是我从你，就是侬相裒。但是，彼此相从有时由神圣变成笑料，有时砸碎枷锁有了自由。上一代二人有恩有怨，下一代二人或情或仇！熟人与路人，总在角色互换，你何苦还在那里狗血淋头！

这天，赵子腾来到副市长陈大善的办公室。

陈大善正在看文件，抬头瞧见赵子腾来了。这回赵子腾没有气，眼里只有怨，眼睑也肿胀了，显然没有睡好觉。陈大善大为不快："赵书记啊，赵书记，我说你有完没完呀？儿女的事情，让你如此失去风度？不像你这级干部的样子，斯文扫尽，不可理喻！"

赵子腾说："斯文扫尽，还不可理喻？我说市长大人，我需要什么样子？你又想要什么样子？我告诉你，还有比儿女的事情更糟糕的事情。我只是想告诉你，这些事情你要是不合作，你这一生都会玩完，你会死无葬身之地。你该知道，姚氏兄弟被弄回来了！"

"弄回来了。嗯，那又怎么样？就要死人了？"陈大善虽然轻描淡写甩出这话来，却掩盖不了他一脸的气恼和内心的后怕。岁月走远了，它可以酿出醇酒，也能酿出苦酒。

"怎么样？我看你是装模作样。"赵子腾非常认真地说。

跨国追逃，陈大善早就得知。对于像他这一级别的副市长，大多还是通过传阅件掌握一些情况。但听说姚氏这帮人回来得这么快，又很快寻思起来——很多人外逃出国，多年抓不回来，抓姚氏咋就如此神速、如此容易。过去，我们的确是小看了梁剑这样的办案人才。那李平当局长，其实就是一个"武大郎开店"。他压制梁剑，分明是嫉贤妒能，是自己有了危机。

"怎么会呀？那条国界线进出那么随便，说出去就出去，说进来就进来。……这哪里像条国界线，就是大街上的斑马线，也可等一阵子红绿灯嘛！"陈大善嘴里面全是怨气。

赵子腾瞅见陈大善一筹莫展的样子，心情沉重而复杂，说："陈市长，你现在还不知道问题的严重性。他们一回来，我们很快就会进入一个连环困局，而官场上很快出现大量残忍的暗斗。如果那一干人一直在境外躲着，不回来，哪怕是我们暗地里资助养着，那也都是一件好事。但是，他们乱脚踩进了污泥，到了那个一个'军阀混战'的地方。我现在都怀疑起他们了，那些家伙到了那样的环境是否也有做一回草头王的想法呀！现在，他们一回到滨江，问题就来了，恐怕一些人就要离开滨江，失去正常人的生活了！你是知道的，在滨江，没有那么多的看守所！条件不达标，出了问题，更要捅出大娄子来！我今天很多话，近似黑话，你自己掂量吧！"

　　陈大善两眼一直怔怔地看着赵子腾。他首先想到的是尽快撇清自己。那伙人一回来，肯定个个像疯狗，到处乱咬，伤及"无辜"。他慢腾腾地说："赵子腾，我懂得你的意思。我也体会你的感受。将心比心。但是，你是知道的，我从阳平县到滨江市工作，从来没有分管过你们政法系统，我也不知道姚氏案子到底是怎么回事。姚氏兄弟罪该万死、罪孽深重、罪不容诛、罪恶滔天，这跟我又有多大关系？当年我虽然是县委书记，但办案都是你们政法口上在做。你们的案卷上，我从来没有签过一丁半字，不信你去查一查……当然，赵书记呀，我不是在这个当口一推六二五，我会关心这个案子的，也会想法为你们化解一些风险。你也用不着太激动！我说呀，遇事太激动，影响你做书记的形象！就像儿女的事情一样，用得着像你那样一跳三尺高呀！一些事情，该来的你挡不住，该走的你留不住，习惯就好了。其实，人生的遭遇也没得那么可怕的，不过就是一个修炼过程。仔细想想，在我们的前路上，诱惑实在太多。一半要争，一半要随。争不着的事情，你难道就不能随它去吗！我没有文化，我是被一些事情熬成这般模样。但我知道，也认定了一种做法，那就是跟着佛走叫随缘，跟着风走叫随风，跟着运走叫随便。我现在，就只能随便。赵子腾，随便吧，兄弟！"

　　赵子腾送了陈大善一个字："油！"

　　显然，陈大善不愿意沾惹姚氏的案子。也不乐意跟他赵子腾交往太深。觉得跟他一道共渡难关，会把自己带进坑里去。而事实上，陈大善一直在修筑自己仕途上的"护城河"。凡是与姚氏有关联的人，他都一律恩断义绝，不再往来。凡是纪委监委、组织部门的来人，他都会主动接触，一律精心搭建"天线"，扩展人缘。他是怕城门失火，殃及池鱼。赵子腾很后悔，当初这个案子要不是受了铁盖王的下套威胁，他也就在仕途路上心无挂碍、无有恐怖、远离颠倒梦想……

　　每当心里有了这种纠结，铁盖王那阴森的背影总会在他的眼前闪过。有人告诉他，是该去找找铁盖王的时候了。而赵子腾仍然坚持自己的判断：他能"盖事"，早就把公安局局长李平给"盖"住了。现在滨江的生态变了，没准被他盖住的那些人到时都会让人撬了锅盖，一个不留地成为别人的盘中菜，而最后呢，铁盖王准会来个金蝉脱壳，换个林子再鸣树梢，连跟往事干杯的心情都不会有一丝存在。赵子腾不会再上当了，他看透了！他清楚地记得，有一次在一个"轻松驿站"轻松时，居然与戴着墨镜的铁盖王不期而遇，真叫山不转水会转。没等赵子腾打招呼，铁盖王用手指竖在自己的嘴上"嘘"了一声，便凑近悄悄对赵子腾说："一些事情，只能把它带到棺材里去，否则，自己连一具棺材都捞不着，抛尸荒野，划不来！"赵子腾说："明白！"从"轻松驿站"出来，赵子腾一点也不轻松，他的背心一阵发凉，差点栽倒在地。

　　而今赵子腾又从陈大善的面部表情中，对他所认识的官场有了新的理解。一首歌唱出了他的这种心境："社会很单纯，复杂的是人。谁把谁当了真，套路玩得深。"他非常失望，他只好相信一句话：江湖险恶！他说："天道如何，却见好人遭殃。魔道如何，只是少了伪装！"赵子腾把自己定位为好人。朋友聚会，他总爱说："不因人情案伤人，不为关系案挡路！"

言下之意，他赵子腾对自己管控有度，适用有道，不越红线，也不触底线。人家问他："那你办不办金钱案呢？"这赵子腾把嘴噘了噘，这般说道："可以办金钱方面的案子，但我会为图金钱感到可耻。别人都说低调做人、高调做事，做人如水、做事如山。要我说呀，我是这样的观点——做人要务虚，做事要务实。调太高了遭人怨，调太低了被小瞧。击鼓鸣金无关分贝，低声诽谤也是噪音。做人，要让别人舒服，这才着调。大环境下讲主旋律，也是着调。你要是跑调了，就不讲政治！"闻听如此论调，他的朋友就鼓掌不断。有人评价说："虽然赵子腾有时公权私用，但身上没有太多的铜锈气！"

赵子腾四处问策，显得非常无助。这天，他找到检察长罗家成，问："接下来的路该如何走？"罗家成说："你紧张啥？扫的是黑，至于打'伞'，那还是应当有选择的！把干部全都弄进去了，市委书记秦天定的脸上有光呀？这年头，如果说你我都成了'伞'了，那也是一把为老百姓遮风挡雨的'伞'，共产党栽培，老百姓拥护，本人问心无愧。我们乐于当这样的'伞'。怕是人都杯弓蛇影、疑神疑鬼！"听了这话，赵子腾心里就好受多了，胸内也松了一口气。赵子腾说："如果真的有选择地打'伞'，那就要好好选择陈大善这样的垃圾官员——怕担责，品质太坏，像他妈个缩头乌龟！"

时至今日，赵子腾仍然没有胆量把自己的行为归咎于受了铁盖王的指使。有人说："那是一片普通人捅不破的天，你赵子腾要是去捅了，你刚刚有这个想法，他就会首先捅死你。"

别看铁盖王"盖"不住事了，就是生锈了又咋样，生锈了也是一块谁也啃不动的铁。没有办法，赵子腾只有寻找"替死鬼"才能为自己解脱。当初的县委书记、现在的副市长陈大善倒是可以作为"替死鬼"，当然，他原本就是一个还没碰到钟馗的"做鬼人"，他也"替"不了谁。赵子腾心想，要是所有的事情都让陈大善一人扛起来，那就很完美了。有他顶在前面，就是一堵挡风的墙，大家肯定都安然无事，不会为陈年旧事而忧心忡忡。但是，他现在这种态度，显然已经不可能了。那么，中央指导组会不会把自己推到前面去堵"机枪眼"？赵子腾决不愿意做这样的牺牲品。他写下了一个"备忘录"。除了记下从未参加姚氏兄弟的吃请、接受姚氏兄弟的礼物外，对当年陈大善提副市长时如何从"考察期"变成"观察期"、如何成为姚氏兄弟案中人，特别是杨伯告这些年来的上访历程等情况，全部形成文字，留给了自己的妻子。只有在这时，他才觉得妻子是这个世界上最可靠之人！

姚氏终究归案，梁剑总算回家。

梁剑的第一件事就是翻箱倒柜，找到同尹爱武的合影。毕竟能够同框录下彼此难忘一瞬已经成为过去。想到一个鲜活的生命永远消失，想到重新焕发生命的精彩已经不可能了，他更像掉了魂似的要去找到过去的影集。家里大大小小的柜子太多，精明的妻子像变幻积木似的摆放着——昨天是金字塔，今天是古长城，明天是大碉楼，不断呈现箱柜新气象。"照片在哪个柜子？钥匙又在哪里？"妻子在电话里告诉了他。可他仍然一头雾水。人在心乱的时候，总有一些不明智的决定。性急之中，他拿着一把榔头，发疯似的把所有箱子上面的铜锁给敲掉，终于在一小箱子里找到了刑侦支队的相册。他发现，在他家里尹爱武的照片虽然不多，却有一张单独的标准照，太神奇了，就像专为他的后事准备似的。

梁剑坐在一个箱子上，四周静得死寂一般。他凝视照片上的尹爱武，视线慢慢地变得模糊起来，战斗血拼的场景再次出现，梁剑的心一下子被揪紧了，他咬住不停颤动的嘴唇，鲜血随之从唇角流出。突然"啊"的一声吼了出来："我们不要英雄——"这一声，这一刻，让整座楼都在震颤！

急急忙忙往家赶的妻子已经在门外了，她把这一幕看得真真切切。她从没见到丈夫如此发疯，心里难受极了！

妻子一进门，就到洗漱间拧了一条毛巾递给梁剑，然后倒上一杯水送到他的手中。梁剑将毛巾摊平，一把捂在自己脸上。他仰面朝天，脖子上的青筋在剧烈抽搐着，喉结也抖个不停，上下滑动着，泪水全部融进毛巾。那一刻，便是男人掩饰悲恸的最大流露。

梁剑开始沉静下来。妻子一声不响地坐在他的对面，一言不发，她不知道丈夫情绪为何一落千丈，她对这头悲痛的雄狮一筹莫展。一辈子了，历经无数湾流、激流、暗流、险流，也都不及如此惊涛拍岸。难得一见的"征夫泪"！

好长时间过去后，梁剑才对妻子说："这一仗，打得好难！都说这是一个教科书式的战例，那又怎么样？在我们会议室，摆放了上万页的案卷、千万字的材料。那里面记载的全是天怒人怨、人神共愤的事情！我们虽做到了案不漏人、人不漏罪、罪不漏证，但谁能保证不漏掉一个'保护伞'？更让人难受的是，在这场战斗中，杨兰兰负伤了，尹爱武永远离开了我们！"

"尹爱武？就是你们那个副支队长？"梁玉眼里进出一串问号。

"是的，就是他！"

"我的天哪，怎么会是他啊！"梁玉哽咽问道，"什么时候接英雄回家？"

"明天，我们会组织所有在岗的民警、辅警迎接他！"梁剑眼睛更加潮湿起来。

"明天，明天我也去！建议通知所有家属，让他们都知道这件事情，愿去的都去！"梁玉讲道，"你啊，你可能有所不知，我一直怀疑他就是你父亲一生都没有找到的那个人！出生年月、家庭背景都在范围之内，性格特征就是你父亲描绘的吴杰承的样子，明天我会去对他取样！"

梁剑一怔，说："天哪，如果是这样，老天爷对这家两代人就太不公平了！这种遗憾，恐怕几代人都无法弥补！"

头发 DNA 结果比对出来了，医学鉴定认定：尹爱武就是吴杰承的后人！

梁剑发誓弥补这父子俩的时空遗憾，通过"年龄渐变软件"绘制了一幅美术作品：一位穿着军装的父亲抱着拿着口琴的儿子，旁边留下一行文字——让爱不再遗憾！

这幅作品放到网上不到三天，就被一位敏锐的画家购得版权。这位画家把这幅电脑图片转换成一幅同名油画作品，并在全国多次参展参赛，获得的最高奖项是联合国和平艺术奖。

不久，全国各大主流媒体刊登通讯《赓续红色基因：英雄之后尹爱武在与逃犯血拼中再现英雄壮举光荣牺牲！》。

第十九章　重新起底

英雄无泪，那是老天留给了送行人。

没有一个送行人不是伤心人。

政法干警牺牲负伤，这给刚刚来到滨江市的中央指导组平添一份沉重。他们在餐厅里吃饭，一个个全埋下头来，极力掩饰内心的伤感。谁能吃得下？这群人面对盘子、拿着筷子，与其说是饮食吞嚼，还不如说是饮泪吞声！

记得上午瞻仰英雄墙，风声、雨声，人却没声。面对先烈，组长白尚良声调低沉，他说："时至今日，为啥还有那么多顽强的生命变成了冰冷的浮雕？为啥英雄墙上的人物还在不断增添新的造型？我们不需要那么长的英雄墙，我们需要活着的英雄！如果有一种力量能够把另一个世界的战友唤醒拉回来，我相信大家都愿意成为这种力量！"

离京时，一位领导告诉白尚良："新中国成立以来，全国公安机关共有一万六千余名民警因公牺牲，三十余万名民警因公负伤。今年上半年，全国又有一百零二名公安民警和五十一名辅警牺牲，其中年龄最小的仅有二十三岁！这才半年呀，仅仅半年时间，就有这么多鲜活的生命轰轰烈烈退出了生命的行列！整队集合，再也点不到他们的名字了！你们抓教育整顿，在大力弘扬英模精神中，更要倡导宣传活着的英模，和平年代，我们不需要有这么多的牺牲！"

就冲着"和平年代，我们不需要有这么多的牺牲"这句话，白尚良叫来了姚氏兄弟"追逃专案组"的同志。同时，他也通知了公安局局长章锋、检察长罗家成、法院院长陈胜、司法局局长李永亮全部到场。白尚良说："让政法各单位负责同志来的目的，就是想让大家真正懂得如何看待流血牺牲？如何评定英雄模范？我们痛失了战友，但不留下任何疑问！"副组长南书成说："说实在的，谁也不愿看到流血牺牲。我们只有对执法活动打问号，才有可能给流血牺牲画句号！如果不能保证给流血牺牲画上句号，那么，我们的执法活动就永远存在问号！"

白尚良与梁剑对坐着，彼此注视着对方。那场景，分明是一场即将交锋的谈话。当地评价中央指导组是"四声指导组"——坐在车里谈笑风生，一到开会正色厉声，实地暗访悄然无声，嘘寒问暖言为心声！

此刻，将发何声？

中央指导组副组长南书成紧挨着梁剑坐着，他生怕白尚良把普通的情况"询问"变成一场对同志的"审问"。

"这场千里追逃，请给我一个必须流血牺牲的理由。"白尚良开场白直得像钢管、冷得似寒冰。

梁剑坐在那里，酷似一尊雕塑。

"尹爱武、杨兰兰现已被宣传为时代楷模，难道还要追查不成，这不是一桩事故。我认为，在这场追逃行动中牺牲负伤的同志，如果不算英勇壮烈，那也算是用生命履行了对忠诚的承诺。他们无愧于英雄称号！"梁剑有点坐不住了。

"不错，他们是英雄，这也不是事故。但是，我相信，而且大家通过思考后肯定也会相信，那就是在每一个英雄的背后常常会刨出几个狗熊来，你信不信？我们要寻找在他们'光荣'的那一瞬，闪现出了多少丑恶灵魂。"

梁剑心想，难道这世界上只有高尚和丑恶两种形态？

白尚良进一步讲道："英雄，为什么就一定要牺牲？为什么只有牺牲了才能成为英雄？指挥人员对可能出现的流血牺牲做过怎样的评估？是如何评估的？你们今天就给大家推演一下尹爱武牺牲的场景，还有杨兰兰，一个女同志，为什么伤得那样重？"

梁剑伤感起来。这场战斗是他策划指挥的，又是他督战的，他也差点被"刀手"撂倒。但是，梁剑从警以来从来就是用行动嘲笑死亡，更嘲笑向死亡屈膝的人！

他铺开一张四开纸，简单画了一下战斗编组和作战队形。见桌上有两盘水果，就顺手撷了几枚葡萄代表"大刀队"刀手的位置，用了几枚杏子代表尹爱武和战友的战斗队形。

梁剑讲道："都认为对方的味道很美，但尝到胜利的滋味总是吝啬到最后一秒钟才来到。应对每一个刀手，我们的队员全部进行了靶向训练。谁盯谁，谁擒谁，都有明确分工，都有伏敌大招。上阵了，几乎就在闪电般的时间内，让普通刀手一下子丢刀就擒，全部戴上了手铐，要不就是被警绳给套上了，唯独这个二百多斤重、一米九高的刀手拼死顽抗。他是大刀队的'刀王'，对于这样级别的人物我们早有准备，多安排了两名战斗员配合作战。尹爱武与他打了很多回合，苦缠苦斗。从这里杀到这里，你看，这是一道矮墙，我们在此设有埋伏。尹爱武也不是孤立无援，侧面还有两名特警在迎候这个'刀王'，防止他跑掉。尹爱武是在对'刀王'锁喉时失手的，他软了一下手，一瞬间就给了'刀王'蹬腿翻身砍杀的机会！这时，一声枪响，'刀王'满脸是血，应声倒下了。"梁剑接着讲："杨兰兰以为'刀王'被击毙，跑去营救尹爱武，哪知'刀王'竟然没有死，只是把耳朵给打掉了。这家伙抡起大刀，砍向了杨兰兰右胳膊，杨兰兰当场昏厥过去。"

白尚良久久沉浸在故事之中，随之缓缓竖起拇指！

"好精彩！是英雄，果然英雄！你们行动周密，没有瑕疵！"

在场很多人感动得掉下泪来。

眼泪，也是一剂清醒剂。

一直打盹的检察长罗家成，这时睁开眼来，揉了揉眼睛，说："做了一个梦，原来还在这里！"他在梦里游得太远了。

大家的眼光诧异地投向罗家成。

中央指导组副组长南书成说："活着的人要为死去的人好好活着，就必须弄清楚他们为什么死去。弄不清楚，活着的人就比死去的人更痛苦！愧对一条条鲜活的生命。崇尚英雄才会产生英雄，争做英雄才能英雄辈出。这是一件严肃的事情，如何为逝去的英雄活着，做一些回顾、反思，甚至还原当时的场景，这是一份对事实的尊重、对生命的尊重、对今天会议的尊重，打瞌睡，这就不是一种尊重！"

罗家成慌张起来："对不起，这几天我一直在熬夜！"

罗家成慌张地掩饰着什么。

很快，中央指导组一行人捧上鲜花，慰问尹爱武家属及还在医院养伤的杨兰兰。

在医院，随行的张广友一见吊着绷带的杨兰兰，浮想联翩，脱口而出："断臂维纳斯！"

组长白尚良说："小心你这话伤了一颗爱美的心。要知道在现实生活中，也只有艺术家们才会接受这种残缺的美！不过，你放心，在现代医学条件下的所有刀伤，只是过往拼杀的记忆而已，不会留下明显的痕迹，更不会给美带来残缺！"

白尚良的慰问词仅有一句话："在今天的滨江市，没有任何人能像尹爱武、杨兰兰那样受人敬重！"

白尚良讲完这话离开后，便有好事者追问此言依据。原来，他是一位坐遍滨江公交的"特殊乘客"。三个月时间，他把滨江市民一生也坐不完的滨江五十条公交运行线路全部坐完。对高客站、南客站、西客站、临港客运站的换乘情况，比许多当地群众还熟悉。他也有过傍晚赶不上末班车"甩火腿"回驻地的尴尬经历。他执意要用交通工具行驶的长度，丈量滨江百姓对政法队伍的温度。他说，现在时兴委托"第三方"调查百姓安全感、满意度，其实我就是典型的"第三方"。白尚良不时与指导组的同志分享他作为一个"乘客观察"者的收获："公交车是个流动的社会。上客下客乘客，都是九流宾客；你说我说他说，尽在道听途说。但在那里面，你能听出老百姓的内心真话。车内是小环境，但谈的都是大环境，是生态！那天，我上了公交车，看到尹爱武、杨兰兰的事迹在车载视频上循环播放，我瞅了瞅乘客，偷偷抹泪的不在少数。现在的老百姓，'泪点'高，能让他们两眼发湿的那叫真感动！可以这样讲，他们在感情上接受了这两位英雄！我问一位老人：'你们认识那里面的警察？'他说：'我们认不认识不重要，重要的是警察要认识我们。'如果警察不认识我们、疏远了我们、忘记了我们，谁会为他们抹眼泪，人都是感情动物！"

　　那天，中央指导组的几位核心人物开始了一场彼有深意的对话，影响了整个局势。

　　"我们为什么要来到滨江？没有选择，就不会来。没人关注，也不会来。没有期待更不会来。就说这一堆材料吧，疑点太多，我们需不需要对案件重新起底？是部分起底，还是全部起底？我们的力量将如何摆布？都说这一'扫黑'行动是教科书式的战例，有种'叹为观止'的味道。那么，打'伞'呢、破'网'呢？上了教书，让后生们学习吗？"白尚良的手反复敲击着桌上姚氏兄弟案的相关材料。他心中压着的不是一大块垒，而是一座泰山！

　　"姚氏兄弟涉黑人员算是抓干净了，可是上百人员涉黑，仅有一个公安局局长李平护着，的确不可信！难道这个公安局局长有一双遮天蔽日的翅膀不成？既然黑大伞小、黑多伞少不可信，我们就应当调整思路，在打'伞'破'网'上布下更多力量，抓干净了，才算得上生态，我们才不虚此行！"南书成一番话引人思考。

“说说你的看法？”白尚良投去征询的目光。

“线索组至少还要增加一倍的力量，才有可能全面铺开。清除害群之马，教育整顿四项任务里把它排在了首位。既然如此，我们就应当咬定‘首位意识’不放，这一点应当成为我们的共识。如果我们这里把‘伞’没有清除干净，那就会让人生疑发问，他们会说：‘你看试点地区怎么也做出“欠账”的事情啊？’今后别的地区不仅会仿效，还会把欠账变成坏账，呆账变成死账，最后，教育整顿老百姓不买账，这教育整顿就是失败的！所以，我们只有把试验田变成责任田，责任田才有可能成为示范田！”

另一位副组长余琴给大家传递调查得来的情况：“对于姚氏案子，有人总结了一句话：‘捍卫结论不能再碰、部位敏感不能再扩、影响经济不能再挖、确保稳定不能再查。队伍经不起折腾。再折腾，正常工作都推不走了！谁杀回马枪，就应当给他一枪。’如果对这个案子重新起底，我们要做好‘挨一枪’的准备啊！”

“我们不怕挨枪！因为我们怕别人杀我们的‘回马枪’，必须把打‘伞’置于突出位置。中央指导组要整合省级、厅级试点指导工作力量，把指导组的盘子做强做大、分工再细再明，重新分配不同方向的工种力量。我们必须尽快开通举报电话；设立专门工作组，直接进驻阳平县，走进举报人的生活、住进举报人的心头；要保护举报人的安全，坚决不让举报人被人半路拦截。省纪委监委、中央巡视工作领导小组由我们组长、副组长直接对接，与他们一道共同破解打‘伞’破‘网’的难点堵点问题！"

　　果然，举报电话一开通，就有一个神秘人物打了进来。他提出只与组长白尚良见面。值班人员不同意，对方却不挂电话。白尚良决定会一会这个咬定见面不松口的举报人。

　　深夜，那人在中央指导组驻地见到了白尚良。

　　一番"反客为主"的对白，让人见证了举报人的机智与胆识、水平与能力。

　　"你是组长？——有证明吗？"

　　"有。这是证件。"

　　"请问，你过去来过滨江吗？"

　　"没来过，也找不到'来'的理由！"

　　"你们一家人在这里有没有亲戚朋友？"

　　"没有。"

　　"你打算在滨江蹲多长时间，中途回不回？"

　　"半年，中途不回。我女儿就在今天结婚，没回！"

　　"刀刃向内清除害群之马，这'刀'是在滨江，还是在北京？"

　　"在党纪国法，在党心民心！"

　　"别玩太极，把我绕不进去！我还不在你的频道上。"

　　"在北京。"

　　"必须是在北京。这'刀'要是在滨江，那就是一把割不出血的钝刀子，我们也不欢迎！"

　　事后，白尚良回忆："一个举报人，为了让举报更具效力，他们那种紧逼追问策略，让我们一些资深庭审法官也怀疑人生！别说我是中央指导组组长，相信组里其他同志也从没碰到过。当然，这样蛮好，横在我们与举报人之间的那道墙，一下子被推倒了！"

接着，那人便进入实质性话题："姚氏那一干人抓得差不多了。过去姚氏'棒棒军''大刀队'残害百姓，现在一些官员也表露出一种受害人的心态，其实他们就是撑'伞'人。有的官员看似非'伞'，但这并不表明他没有为人撑过'伞'！还有，跑掉的漏网之鱼，你们现在还打不打算抓呀？再不抓就会养成大鳄鱼了！他们好些人还在台上，有的刚刚提为局长，这些人一旦坐大，非常可怕！"

这个神秘人物递上一卷检举材料。白尚良这时才看清，来者少了两根手指。他心里一怔，说："我见过你！哦，是在大神庙里！"

"原来那个游客就是你呀！我告诉你，我就是有名的杨伯告，一辈子三求四告，烧香磕头。如果你们能够显灵，你们就是活菩萨，我杨伯告永远不会再上大神庙！"

白尚良说："谁也不会阻拦你上大神庙，那是你的信仰，就像谁也阻拦不了我们的脚步一样。你放心，漏网之鱼是注定变不成大鳄鱼的！"

白尚良与南书成马上分工，一个负责向省纪委监委报告，一个负责向中央巡视组报告。从此，中央指导组开始对姚氏案件涉"伞"问题全面起底，继续调集侦办力量，加大阳平县工作组调查力度，系统清源、根除伞网。

第二十章　乱心困情

这里最无情，这里也最多情。

白尚良把张广友叫到房间讲道："蜀地太大，到了滨江却依然离你家尚有四百余里地。但不管怎样，既然离开燕京，无论如何也要回一趟雅城。都说你们那里有'三雅'啊，应当算是乡愁。只要是乡愁，总是一种念想和回味！"

张广友淡淡一笑，说："嗨，哪有啥子乡愁，'三雅'都是胡诌乱编的，我只是记得'三不违'，不过凡是有点意思的都在梦里。跑到实地一看，很失望，啥都没有了，还不如梦里好，很伤感！"

"我知道你说的'三不违'。等到动员部署一结束，你就回去破一下'违禁'，不然，说我们不近人情，家门口工作的干部入不了家门，这未免有点过分了！但现在不能分心，聚精会神抓动员，下午由副组长南书成带你们到公安局去动员部署！"白尚良进一步指出，"层层动员造势，个个紧盯落实。咱们来了这么长时间，掌握了不少情况。公安机关体量大，不像法院、检察院和司法系统，恐怕光是找人谈话就要花上很长时间！"

"摸准谈透，我们会努力！"

公安局院坝正在列队。黑压压一片队伍，他们喊着震天响的口号，此起彼伏，分批进场。市公安局"金盾大礼堂"召开过各式各样的动员大会，从未一次性容纳过北京、省城、本市各级的不同官员。与其说他们是来参会，还不如说是来参战。大家早就决心把这次教育整顿当成一场战役来打。台下座无虚席，公安局局长章锋一一介绍主席台上的每一位同志。"张广友，中央指导组成员，来自燕京市委政法委，副处长。"

就在张广友站起来向大家行礼的那一刻，台下的杜欢欢也站了起来。那根迫切需要搭建的"天线"、那个在梦中打扰自己的人居然就在台上。这分明是从天而降！杜欢欢不能控制自己，跟旁边一位领导说："我肚子不舒服，去上个洗手间！"杜欢欢离开会场，真的进了洗手间，关上门，任泪水长流……

这泪水饱含着喜悦、激动，深藏着悔恨、愧疚。她有一段真实的内心独白：就算张广友是一根拯救自己的稻草，那也是一根最有希望的稻草。能否从此改变一塌糊涂的人生，在此一举！

按照既定安排，动员部署会议一结束，接下来的"节目"就是找人谈话，掌握公安局顽瘴痼疾、问题线索基础情况。张广友从谈话名单上发现有一个叫杜欢欢的警察，他的胸膛下面狂跳着，显得非常不安分，心里直嘀咕：这里怎么冒出个杜欢欢来？也许这个名字好听，谁都有权利取这个名字！他没再去想它。

谈了几名干部后，轮到杜欢欢了。

"我的天啊，果然是你，刚才我看花名册时就有些纳闷，怎么滨江市冒出个杜欢欢了！"

张广友一见到杜欢欢，惊愕不已！

"我也没想到啊，咋在这里给碰上了！"杜欢欢说。

陪同张广友谈话的陆天喜看呆了："原来你们认识呀！"

张广友说："嗨，岂止认识，她要是不甩了我，现在回家都有小家伙给我递拖鞋了！"

"别说这些，你是单身狗哇？"杜欢欢问。

"你也别说了，都是让人操心的狗，我从来就不是一只开心的狗！"张广友说。

"狗到我这个年龄，早就是一条死狗了！我呀，可能算是一只单身龟吧！"杜欢欢说。

这种情况，显然无法正常进入"动员谈话"模式了。张广友应当申请"回避"才对——陆天喜心里一直这样默念着。

"怎么样，赏个脸，晚上吃'见面红小火锅'？"杜欢欢说。

"不行，有纪律！"张广友说。

"据说工作需要，喝茶还是可以的！"陆天喜说。

"那就喝茶！"喝茶谈话一度是纪委的工作方式，后来变成了富有亲和力的调查常态。中央指导组明确可以沿用这种方式开展工作，但必须是两人以上。张广友"喝茶谈话"的报告到了一位小组长手上，陆天喜正要找这位小组长汇报工作情况，他一眼就看到了张广友的"喝茶"申请，高兴地说："好哇，喝茶，这里是典型的铜壶煮三江，遍地茶馆，只因三江水好！"

这位小组长说："这上面写得很清楚，人家也邀请你参加喔！"

陆天喜说："哎，图个新鲜，不就是换个地方工作嘛！"

"'喝茶''工作'，这两样东西放在一起，它同样也有一个分寸、有一个界限问题。人们都说，茶中有乾坤，茶中有日月，依我看呀，茶中有真情，茶中有端底，酒后吐真言，品茶聊实话！"组长说。

陆天喜说："我懂得的，把严肃的话题放在轻松的环境里，这不是我们的创造，多少年前是巡视组的创造。当然，我会盯着这样的'茶聊'！"

陆天喜口中这么讲，心里却很不自在。这算什么事呢，分明是替人"站岗放哨"。这种事情，当地人都叫"当灯泡"！不过，站岗放哨也好，当个灯泡也罢，中央指导组进驻这里的当天，就申明了这些纪律规定，喝茶也必须两人以上！

茶馆就在"见面红小火锅店"对面，三人坐定。杜欢欢开始介绍工作，讲到自己不被支队领导重视，被边缘化的情况。当然，也讲张广友来了后，好像又找到自己的位置了，重拾了工作的信心。三人一直聊到中午十二点。张广友望了望"见面红小火锅店"，心里发痒、口中生津。明明杜欢欢就在眼前，但为了回避陆天喜，他只好给杜欢欢手机发了条短信："你在见面红等着我。一会见。"杜欢欢见到手机信息，点了点头。张广友才说："我们今天谈话就到这里吧，我跟陆天喜要回宾馆吃饭！"

张广友与陆天喜回到宾馆"小食堂"，与大家一道打菜吃饭。半途中，张广友就悄悄溜了出来，换上衣服，直奔"见面红小火锅店"。

　　这个火锅店里，内设条形长桌，一人一锅。客人相对而坐，相视而餐。两锅紧挨，可感见面热度。这是一份难得的情感熨帖。

　　杜欢欢见酒来兴，照例豪放起来。一看便知没少在场面上展示实力，不失酒中豪杰。她一仰脖，一瓶啤酒下肚，这才开始说话，泪水也出来了。她说："其实，思念也是一个最敏感的器官，也只有这样的器官才容易造成伤口。我知道你的伤口有多深，但我绝对不晓得如何愈合这样的伤口！"

　　张广友也有修复"伤口"的愿望，相视而饮，话题也多了起来："此情可待成追忆，只是当时已惘然。都成往事了，怎么又钩沉起来了。不过呀，最近读国学，才知道圣贤一般不会说错话的。就拿'人不为己，天诛地灭'这句话来说，仔细研究，才让人大彻大悟呀，什么叫'为己'？其实，'为己'就是做好自己，'为'是'做'的意思，做不好自己，那就要天诛地灭！仔细想想，我是没有做好自己呀，修为不够，才让你失望的！"

　　杜欢欢自责："不对，不对，是我让你失望了！"

　　一来二去，这对旧时的情人慢慢死灰复燃。

　　吃"见面红小火锅"的效果就在这里，让人吃进去的是味道，说出来的是检讨，达到了"红红脸""出出汗"的目的！

　　隔了两天，张广友不再打"喝茶谈话"的报告，而是在晚饭期间到"小食堂"点了个"卯"就离开了，直奔与杜欢欢相约的地方。

　　这一次是与杜欢欢吃"勾魂面"。

　　滨江老百姓有个说法："吃了勾魂面，一日一相见。"

言下之意就是离不开、上了瘾，每天不来吃一回就受不了。正是这样，多少饮食男女都喜欢来此"吃面发愿"，跟去庙里求缘差不多。杜欢欢难免其俗。只要是人，粘上了，就想它！当然，这"勾魂面"也有百年历史了，旧称"油条面"，早在光绪年间便有人经营，是滨江传统名小吃。它选用本地优质面条为主料，以芽菜、小磨麻油、鲜板化油、八角、山奈、芝麻、花生、核桃、金条辣椒、上等花椒、味精、香葱、豌豆尖或菠菜叶等为辅料，将面煮熟，捞起甩干，去除碱味，再按传统工艺加油作料即成。吃一回，就让人忘不了，会一直驻扎在味觉记忆中。人可以离开，魂却留下了。杜欢欢哪里会放过"勾魂"这一招。有道是，要想留住男人的心，就必须留住男人的胃。感动了千万人味蕾的地方，同样也会感动张广友。

又隔了两日，张广友与杜欢欢相约吃节节高"竹笋宴"。这里的一片竹海，翠甲天下，竹笋种类繁多，得天独厚。都说"南川竹宴甲天下，滨江竹宴甲南川"，"南川竹宴段段鲜，滨江竹宴节节高"。吃"节节高竹笋宴"颇有喻义，象征着人生攀高。竹子每攀登一步，就做一次小节，把基础弄扎实后，再攀登一节。竹子为啥子要长一个节子？原来就是为了登高呀，有了高度，才能高风亮节！虽已立秋，竹海仍是一片葱茏。吃竹笋宴无须点菜，竹林深处的店家会帮你选择好各类配菜。上的菜有笋饺、炒笋饭、竹笋三江鱼、竹笋罐罐鸡、竹笋老鸭汤、竹笋焖猪手、竹笋毛血旺等。分量是按人头计算的，店家不会浪费。二人坐定后，杜欢欢说："不知道是谁写了几句话，让人顶礼膜拜。一节复一节，千枝赞万叶。我自不开花，免撩蜂与蝶。"张广友说："写这诗的人好像还写过'秋风昨夜渡潇湘，触石穿林惯作狂。唯有竹枝浑不怕，挺然相斗一千场'！"二人相视而笑，这竹笋宴吃出了场面人的各类谈吐、儒雅、气质，但是否吃出了这样的高洁情怀，谁也说不清楚！

虽道是说不清楚，但有一点是肯定的，那就是这二人违背了工作纪律。后来，人们总结张广友，说他三餐吃成了"四步曲"：红脸出汗恨当年，勾魂夺心人缠绵，本想亮节迎高风，一节更比一节难。

吃出了一段感情的张广友，很快尝到了一段苦涩！

就在这期间，线索组的同志不断收到杜欢欢涉黑问题的举报。张广友与杜欢欢三次吃饭的情况被人举报。张广友立即被组长白尚良叫去谈话，只好把死灰复燃的感情情况原原本本做了报告。他说："我不清楚她涉黑，她还有什么情况，我也并不清楚？我违背了工作纪律，甘愿接受处分！"白尚良说："如何处理，要开党支部支委会，你暂时保持冷静！相信组织会有一个合理的处理意见。"

这天，中央指导组临时党支部召开支委会议。

白尚良首先对大家讲道："张广友与杜欢欢过去就是一对恋人，在杜欢欢读大学时，这段感情却无疾而终，如果没有我们在这里抓试点，他们二人无论如何也不可能再次碰到一起，鸯梦重温。男女相恋，这本是正常的事情。但是，不少人认为发生在这样一个非常时期，就不那么正常了。如何处理这事，请在座各位发表意见？"

副书记、副组长南书成提出："与当地政法机关干部吃饭，这本身就是违了纪，而与嫌疑人吃饭则是严重违纪！必须严肃处理！教育整顿的目的是纯洁政法队伍，而我们自己的队伍都不纯洁，何以服人？"

支委委员、副组长余琴提出："按理讲，与当地干部甚至嫌疑人成为恋人，这纯属是个人自由、个人私事，任何个人无权干预、任何组织也无权干涉，只不过是在错误的时间、错误的地方、错误的对象发生了错误的感情，它严重破坏了我们指导组的形象。我想，仅就这一点，至少要警告！他们必须按下暂停键，立即结束这段感情。"

也有支部委员提出："既然杜欢欢的大量材料还没得到印证，需要深挖细查，我看现在就是一个很好的机会，从某种意义上讲，我们特别需要像张广友这样的人去做杜欢欢的工作，在未来的时间里，我不能保证他们二人是不是天赐姻缘，但我可以保证维持他们的恋人关系对于办案来讲是天赐良机！"

白尚良说："我提三点意见：第一，给张广友警告处分，但不做公开处理，针对的错误就是擅自请客吃饭。第二，将张广友作为对杜欢欢取证渠道予以保护。我们要相信同志，战争年代，我们党的地下工作者都采用过这样的措施，我认为现在仍然适用。第三，由我对他进行谈话帮助，安排他的秘密工作任务！"

三点意见，所有支委同志表示同意。

会议结束，白尚良找到张广友，说："首先，在内部对你进行警告处理。在情与法的面前，最能考验一个人的就是忠诚！相比较而言，我相信你的忠诚，然后才相信你们之间的感情。

如果你选择了忠诚，请履行忠诚的义务。对你的处分不公开，也就默认了你们之间的感情。但要利用这个机会深入了解杜欢欢的具体涉黑情况，争取将功补过！如果你同意，请你对组织做一个表态。当然，任何人遇到这种情况，都会有一种来自内心的挣扎、矛盾和痛苦，但共产党人从来就是把信仰放在第一位的！"

张广友眼睛潮湿了，表示坚决服从组织安排。

将张广友列入特殊线索获取渠道，并受到组织保护，白尚良做到了力排众议。因为他只有一个理由：用人不疑！

很多人为张广友捏一把汗。他一下子成了中央指导组和滨江市公安局议论的中心。这种议论，带有猜疑，带有颜色，带有不断演绎的风花雪月。张广友和一个女人的名字被八卦的嘴悄悄传递着，而且这个女人又是涉黑的女人，往往这样的女人又是最有故事的女人，有故事的女人又有了新的故事，这故事定然滋味悠长。

张广友的本意是想找回一段感情，却未能料到找回的是情与法的矛盾纠结。也只有在这个时候，他才感觉到过度的信任与相知也许就是一种错误！

带着工作任务见女友，既需要职业定力，又需要情感认同。

第二十一章　顶层有话

"只要有解不完的扣，就有开不完的会！"白尚良说，"我也不喜欢开会，屁股后面被磨得锃亮。这是一件费裤子的事。但是，不磨不行。磨透了裤子，磨透了事理，更磨出了数据。所有的工作几乎都要靠数据说话。今人对过去的任何追问，都离不开数据的堆积。数据在排列组合中的内在规律，从来都是一门科学。所有科学的印证，都离不开对数据的尊重。请相信，让历史告诉未来，你必然要在数据中寻找破解的密码，你也会在尊重历史中找到真理！"大家在会上听着白尚良的讲话，感受到了为政的学问。接下来，中央指导组这一干人马创造了一连串数据。

他们在滨江、在阳平对数百万字的案卷进行了全面复核。走访了涉案数百余人。确认案件必须深究的疑点有数百余处。疑点涉及党政干部数百余人……什么叫数百？数百就是至少在三百以上。把它放在一个省里面早就稀释得不足挂齿，而把它放在一个小县城里，这便格外引人注目、大有可观。中央指导组叩问着每一组"数百"，寻求它们背后暗藏的玄机，他们有些坐不住了。几天来，指导组主要领导全都在这些数据里跋涉、寻觅、求索、捕捉，一致感受到了一组组数据所透视出的每一个真相，以及背后可能会发泡的问题。同时，这给他们也带来了向中央汇报的冷思考和热冲动！

进京汇报。这一选择有别全国试点的视频调度例会。它更具系统、更全面、更深入和更详尽。更重要的是，它能够得到教育整顿解决具体问题的重要指示。这对于他们来讲，是一种渴求，在起跑的力度、起跳的高度、起底的深度上，都必将让人刮目相看，其做法也必将耳目一新！

参加过试点工作的同志都清楚，全国教育整顿试点单位一路走来，所有的视频例会总是与教育整顿的发展进程紧密呼应，结伴而行。它是扬鞭与奋蹄的关系，是各试点单位亮成果、比做法、找差距、补短板的"黄金三百秒"。我们见到，每走一步的例会——周例会、月例会、季例会，都让密集的视频调度成为学习教育、问题查纠、整改总结创出新高度的加速器。锁定清除害群之马、整治顽瘴痼疾、弘扬英模精神、提升能力素质"四项任务"，不许游离、不打折扣、不降标准。所有这些节点，就像一组齿轮，准确咬合，丝丝入扣，运转流畅。正是这样，每一次例会，都是智慧的呈现、样板的标高、亮点的燃放。"黄金三百秒"交流制度，是会风的转变，是创意的发掘，是精华的追捧，每一次例会都倍受全国政法系统期待。

而今，如果进京汇报，就不是"黄金三百秒"能够打住的。说走就走，组长白尚良带着几位同志上了北京。他们决定将未能在调度例会上系统陈述的情况，向全国教育整顿领导小组一吐为快。他说："如果今天的汇报也规定一个'黄金三百秒'，那么我只会令各位领导失望！"主持会议的领导说："我们惜时如金，你打算要多长时间？"白尚良伸出三个指头，说："黄金三小时！"

　　会上，白尚良说："试点地区有三种倾向已经成为整个教育整顿推进过程中不易打通的堵点：一是许多'保护伞'为寻求自保，只是抛出几个小棋子，以掩人耳目，始终把自己摆不进去，自查从宽，实际上是'自查无关'。'保护伞'好办，'保护伞'受到保护就不好办。保护'保护伞'的情况不但大量存在，而且还很顽固。二是有黑无伞、黑大伞小，解决起来的最大障碍，就是刀刃向外易、刀刃向内难。刮骨疗毒、激浊扬清，并不是一件容易的事。我们如果不尽快向内发力、凝聚内力，社会各界就会质疑中央指导组协调办案的能力。而今老百姓心中有堵、心中存疑、心中积攒了大量忧虑，这就是现实的存在。因为我们画了饼，把大家的眼光吸引了过来，又因为我们的饼填不饱肚子，想要把大家的眼光分散出去，这种做法本身就是笑料加饲料，反正人是不会吃的。三是中央指导组职能单一，需要更多的协同、配合和沟通的政策支持。任何形式的'打太极'，都是对问题'打掩护'。唯有形成合力，才有新的突破！"

　　全国教育整顿领导小组决定炸开堵点、疏通管道，提出了坚持与省纪委监委、省委政法委密切沟通，取得大力支持、形成工作合力的要求；提出了坚持依靠省委纪委监委，不断拓展线索来源的要求；提出了深度起底被各界质疑的案子，既做到把黑打彻底，也把伞清干净的要求。

　　紧接着，全国政法教育整顿领导小组负责人提出查纠问题环节工作要提升"四力"：激发自查自纠的内力，把自查自纠工作谋细抓实；发挥组织查处的威力，做到无禁区、全覆盖、零容忍；提升顽瘴痼疾整治的效力，以铁的决心、铁的措施狠抓整治；强化组织保障的合力，确保试点工作扎实推进、取得实效。很快，"四力"在全国例会中做了深入具体的表述，反响强烈，成为把试点工作向纵深推进的重要引擎力量。

又一次例会，驻滨江的中央指导组在视频调度上传递了聚焦关键案件、重点案件，推行"四查联动"的工作做法：一是"提级评查"。省委政法委成立由常务副书记为组长的案件评查领导小组，全省政法机关抽调一百余名刑事、民事专家和业务骨干，组成若干个案件评查组到滨江开展工作，对中央指导组移交的涉法涉诉案件、省委政法委排查出的重点涉法涉诉案件进行评查，对滨江查出的案件进行复核、评查。二是自主评查。政法单位以案件评查为切口，实行由"案"及"人"、由"条线"及"人"全面排查清理司法过程中存在的顽瘴痼疾。三是专项评查。通过梳理，发现"有案不立、压案不查、有罪不究"的问题线索。四是调卷评查。将积案化解、纠错补瑕、整改提升放在更加突出位置，严格调卷要求，直面问题查纠，确保调卷评查质量。

视频调度会结束后，全国教育整顿领导小组来了电话："你们吊了我们胃口——'四查联动'是滨江的一个大手笔。都说'拳头有多大，心就有多大'。我们想知道联动评查如何触及'保护伞''关系网'。'黄金三百秒'，时间太短，让我们听得还不过瘾。还是进京来一趟吧，满足一下我们的好奇心！"

白尚良求之不得。他再次组队进京汇报。领受新的指示后，一回到滨江，便启动了"万案评查"行动。

一次又一次的北京之行，顶层的设计、顶层的意见，为中央指导组在滨江不断抬升工作标高带来了强劲动力。

这天，副组长南书成拿着记满"疑点"符号的材料跑到省城。省纪委监委书记陈果接待了他。陈果见到一堆夹有各种纸条标记的材料，又闻得一堆旁证数据，越看越沉闷。立即推开其他工作，与南书成沟通起来。南书成称："已多次到北京汇报，一些案子需要起底，还需书记开启各类线索获取手段，否则有罪者逍遥法外、蒙冤者难以昭雪、质疑者不能释然。应民心而为、伴民心而长，民心才是最大的政治！"陈果说："我们共同守护民心、回应民心。你要放心，我们会有首位意识。中央指导组的安排，我们绝对作为第一任务，在第一时间完成好。现在，我们就通知各室，马上召集会议。"陈果语气异常强硬，对各室主要负责人讲道："中央指导组副组长南书成带来的这些数据，填补了我们办案的空白，也说明了我们工作上的短板，非常珍贵，我们要对得起这些数据，必须用来撬开滨江紧闭的铁盖。现在，政法机关的'四查联动'的着力点、聚焦点，已经非常集中地撕开了不少口子，我们更应当借助各类秘密侦察手段，获得更多重要线索，发挥主力军作用。既然我们发誓要把疑案办成铁案，铁案经得住火焰，那就把工作做深、做细、做透，经得起历史的检验！"

都说倡导现场办公的人，大多都是施工队长提拔起来的。

他们最优秀的品质就是"盯事"的毅力、"排堵"的定力，善于用好"交差火力"。现场办公的最大特点是现场落实任务、落实责任、落实时间、落实验收事项。同时，现场开出问题清单、整改清单、销号清单。他们以毛举细务般的作风让粗放的人无可忍受，正是这样，但凡有担当、负责任的领导干部都喜欢现场办公，张扬和显现他们的担当和作为。

南书成就是如此，一旦进入现场办公状态，很多人都会跟不上节奏，踩不到点上。但他能够做到你要是不跟他干你就无事可干、很快被淘汰。

摊开标有各类"疑点"符号的材料，南书成对纪委监委相关部门的同志讲道："凡是'符号'都是问号，凡是'问号'都需'销号'，工作量非常大。建议力量仍然从全省调集，滨江的干部不宜参与办理此案。不是不信任他们，而是因为他们有许多'难处'无从下手，他们更担心用镰刀解决盘根错节的问题会伤到他们自己的手，倒是希望来些专家级别的骨干力量用手术刀来解剖那里的问题。必要的时候，还需要请组织部门'腾笼换鸟'，才能彻底干净。这就像打仗一样，坚决不能让残余力量成为反攻力量。如果反攻，今后大家都很被动，这既是一种政治责任，也是一种历史责任！"

南书成的思路与省委纪委监委不谋而合，很快由省里出面，异地调集纪检骨干力量，对现有一百七十余起案件集中复核。评查出不合格案件十七起，瑕疵案件三十五起。更重要的是，决定对姚氏兄弟案件涉"伞"疑点问题，由省级纪检监察层面启用秘密手段，全面起底、重新复核，进行实质性突破。

紧接着，中央指导组又与省委巡视组对接。请求把起底姚氏案的办理进程纳入巡视视野予以督导，明确工作人员全程跟踪掌控。集中力量打好协同战、攻坚战。突破才是王道！

世事如棋。把眼光仅仅盯住如何扫掉几粒小棋子上，那不是真正的棋手，下不出一盘大棋来。

不日，纪委监委网站新闻出来了。滨江市委政法委副书记赵子腾接受组织调查。有关报道称："这是中央指导组来后帮助挖出的第一块脓疮。"而相关评价却说："刀的起落不在于刀在哪里，而在于魂在哪里！"

知情人说，赵子腾是在"浪情运动馆"被带走的。这类传说越传越带有颜色，说赵子腾是浪漫过后才走的。赵子腾声称自身干净，看来他蒙骗了世人！

但是，赵子腾却不是那么容易审讯的对象。他那些对抗组织的行为，让专案组的同志真的受够了折腾。审讯走不下去。归纳起来是如下情况：

赵子腾一进到里面就疯了。他的很多表现让人感到非常突然。他一会儿唱，一会儿笑，一会儿哭，一会儿闹，甚至吃屎喝尿，脱衣露腚，啥都干。在当地，无任何医学手段辨认他是真疯，还是假疯。专案组的人拿他没办法，只好把他放出来。一回家，这"病"就很快又好了。专案组的同志再次上门，他马上又浑身发抖，嘴唇不停地吧唧，腿也瘸了。医生说："在滨江没办法检查、治疗他的病，大脑功能障碍方面的病症是世界性难题！许多神经错乱，就连核磁、CT都查不出蛛丝马迹来。抑郁症、强迫症、焦虑症、躁狂症、恐惧症等心理疾病，一直以来都是医学和心理学上的世界性难题，医学家们仍在探索之中，鲜有新的攻破！"

赵子腾接受问讯有过这样的片段——

"你是赵子腾？"

"啥子疼？不疼不疼！"

"赵子腾，你装疯？"专案调查人员大吼。

赵子腾最不怕有人说他装疯，但最怕有人吼他。听到吼声，他就缩成一团，头一偏，嘴唇开始拉成斜角度，裂开，流出黏液，非常恶心。就像得了帕金森病，剧烈抖动，不能自控！

一位专案人员说："哈姆雷特没有疯，但他一流的装疯水平，却把好端端的奥菲利娅给逼疯了，最终跳河自尽！"

言下之意，装疯的人具有很大杀伤力！

自从公安局局长李平接受组织调查后，杜欢欢便觉得自己孑然无依，有时甚至失魂落魄。有人奉劝杜欢欢："女孩原本就是弱者的象征，任何人对弱者下手都会遭到耻笑，你又何苦郁郁寡欢！"有了这些安慰，杜欢欢心中开始有了宁静。其实，中央指导组到来之前，公安机关有一些活跃分子每日总是频繁地搞着"餐桌交往"，觥筹交错，推杯换盏，特别是你中有我、我中有你的圈子，全在酒精的麻醉下不断激活、轻浮跃动、肆意张扬。而今，这些人全部按下了"暂停键"，变得鸦雀无声，就连能够"通天"的铁盖王也都闷不作声。不习惯的人感到了窒息，习惯了的却认为生活原本就该这个样。如果生活原本就是这样，这更令不愿安分的杜欢欢惶恐不安。当然，一旦这样的空气一直这样流动下去，一段时间后，大家的呼吸即使不顺畅，也都会顺畅起来，习惯往往就会变成一种自觉。就拿李平与铁盖王来说，杜欢欢深知他们间的交集有多深，多少年来彼此呼应，更唱迭和，属于八拜之交那种，现在连"隔墙喊话"的条件都没有，大家同样也就习惯了。过去跟自己紧密相连，现在跟自己丝毫无关。她早已看出来了，当万箭射出、命运攸关的时候，最原始、最本能、最简单的条件反射依旧是躲避。明哲保身就是最理直气壮的态度，没有什么可耻的！她早已想通了，为什么铁盖王这样的人物"盖"不住李平，那是因为无人能够盖住铁盖王！铁盖王销声匿迹了，他们同样也会习惯。当然，时至今日，操心别人的命运显然都是多余的了，现在，她想得更多的、最让她憧憬的就是这位失而复得的张广友能不能保护自己。很自然，一旦成为"门户人"，便是可靠的"守护神"。因为目前她最纠结的一个问题，就是如果对号入座，我这个小人物算不算"伞"。她不停地问自己，问得自己每天晚上睡不着觉。有黑的地方就有伞——此言撞击的是人们最敏感的神经。当敏感的神经成为琴弦的时候，谁还会关心你这根琴弦绷得紧不紧、痛不痛，普通人只会看你能弹出什么样的音符来，然后才羡慕，进而鄙视，这就是现实！

　　她望着窗外，目光焦虑。夕阳最后一抹余晖消失在苍山灰色的轮廓线下，大地进入沉默。

　　张广友、杜欢欢与大自然一道也走进了沉默。

　　冥冥中的矛盾统一，总是在均衡中发展。

第二十二章　开心钥匙

杜欢欢并不清楚，沉默期往往意味着蜜月期的终结。而蜜月期却在张广友鹰犬般的盯梢、莫名其妙的盘问下一分一秒溜走了。她慢慢看明白了，张广友的两只灼热的眼睛，一半是心动，一半是怀疑。加在一起，让彼此之间的纯洁性大打折扣。眼里可以容下万千景象，就是不能容下一粒沙子，这就是能否相拥、接纳的现实。

但是谁能想到，打破沉默的声音却又以一种特殊的方式刺激着张广友的灵魂——

"你听听，这是录音。尽管来自十多个不同电话号码，仅就完整性而言，即使有许多损耗、失真、断带的情况，但这种口气的讲话就是把它烧成灰，我也听得出这是杜欢欢的声音。也就是这个声音，让'棒棒军''大刀队'这帮凶手，一次又一次从追逃民警眼皮子下面溜走，你说可怕不可怕？"

"现在可以得出一个结论，或者说一种共识，那就是追逃过程的每一次失手，都跟这个声音有关。听听她的这些指令吧，分明就是面对地图在布阵、在做局，在明修栈道、暗度陈仓，在调虎离山、欲擒故纵。哎，你再听听这个片段，居然还是童声，玩的还是反侦查手段，变成这种声调难道就能掩饰它不是从杜欢欢嘴里发出的声音？此等手法，不算高明啊！我真的希望这不是杜欢欢的声音。"

杜欢欢诡谲的"暗语"还在播放着。

张广友自从走进技术分析室那一刻起，就悔恨不已。他挥挥手说："不用再播放了！多少'内鬼'让我们的战友付出了血的代价！"

张广友问公安局副局长梁剑："估计法院会如何对她量刑？"

梁剑说："难说啊！对黑社会性质而言，她应当被作为'保护伞'来处理，也可以往'包庇罪'上面靠；同时，这里面还有职务犯罪、职务违法等情形；如果再轻一点，那就是违反'三个规定'，这要根据今后的调查取证和犯罪性质来综合判定，现在不好说！"

张广友说："在把她带走之前，让我再见她一面如何？"

梁剑说："这当然没问题！但现在不能单独见面了，咱们一块去吧，请你能够理解。把她带走前，你们可以彼此交代一些事情！"

当着同事"拿人"很伤情面。为给杜欢欢留下一点尊严，梁剑决定不从办公室把她带走，而决定在傍晚趁夜暗在杜欢欢的家里进行抓捕。作为同事，梁剑心中多少有些不平静，这种结局他不忍见。

此时，离下班还有三个小时。这三个小时，就像三年一样难熬。梁剑只能在自己的办公室里与张广友谈天说地、海阔天空地"耗"着时间。

张广友问："杜欢欢是你的下级，你应当多少知道她是如何走到这一步的？"

梁剑说："你问到根儿上了，这一点我是有责任的。都怪我没有拦住她！我也悔恨呀！但要想拦住她，我也没有那样大的力气！我虽是她的直接领导，但并不是她能用得着的领导。她有她的处世态度，这一点你应当理解。对于她而言，最有用的就是能够带来利益最大化的李平局长。我管的是她如何在岗位上认真负责，人家管的是她如何获得丰厚回报。我只能抓住她八小时以内的工作，人家却能够影响她全部的灵魂。她的灵魂是什么呢？一颗只跟个人不跟组织、只讲人情不讲案情的灵魂。关系面前找金钱，金钱面前通关系。全是市场化准则、市场化交易，谁也奈何不了她！我们还了解到，'棒棒军''大刀队'专门给她拉出了一个'工作任务清单'，她是要在那里接受各种工作绩效考核考评的呢！诱惑太大，尝到甜头，就一头扎进了蜜罐，没料到那罐子的出口太小，一进去，就拔不出来了！"

杜欢欢何时下班、下班去向，均由专人盯着，布控严密，专案组认定要在家里把她带走，就不会在其他地方动手。每个据点、每个哨位、每个正在游动着的人，普通居民不会有任何察觉。

人们见到，杜欢欢像往常一样，到食堂简单对付一下就回家了，着装打扮、言行举止比以前收敛多了。

虽说如此，她为自己所要上的一些"节目"还是一个不会少。一般情况下，晚饭后，她会到自己的茶室磨咖啡、煮咖啡，独自一人品一会儿咖啡。一个小时后，才去瑜伽馆"折磨"一下自己的身材，定点燃烧个别部位的脂肪。职场丽人，对自己体型线条要求非常苛刻。她很在意自己的品位，她要铸造别人难以拥有、不能保持的魅力！

从异地选调的两名女警来到梁剑办公室，提示说："可以出发了！线路不变。"

梁剑与张广友对视了一下，说："好，跟上去！"

一辆警车将四人拉到杜欢欢家门口。这是一个高档社区，也只有警车才能不作任何登记就长驱直入。不仅如此，很远的地方就打开了大门。稍有常识的人都清楚，那是有兄弟伙早就在此等着了。

一名女警当着杜欢欢的面，宣读了滨江市纪委监委对其进行组织调查的决定。杜欢欢看到张广友也来了，冷静得让人难以置信。她说："我希望，我这位老同学能到我屋里看一眼再走！"杜欢欢带张广友进了房间，另两位女警也悄悄踏进，把几个房间都观赏了一遍，然后又习惯性地坐在茶室。杜欢欢对张广友说："没想到啊，你以这种方式来到我家。往日，要是没有什么变化的话，我会在这时候磨起咖啡了！显然，他们不会给我们这个机会了，我心里很不是滋味。他们要带我走，你怎么也来了呢？"杜欢欢想到这，倒抽了一口凉气，说："我猜测不到，也无法猜测，你张广友早不来晚不来，选择了这个时候来，你这是成心要看我的笑话，还是防我的不测呢？"张广友紧紧盯着杜欢欢，指着自己的鼻尖说："我选择来，是想

'来检验一下我的一颗真实的内心，是来看看你的房间是否烫脚'——我来，不是为了对付你，请你别多虑！完全是考察我自己。"杜欢欢鄙夷不屑地说："是啊，我，已经不重要了！"

杜欢欢的眼泪夺眶而出。

接下来，两名女警紧盯着杜欢欢收拾各类衣服。步步紧随，生怕有丝毫闪失。类似这种行动，杜欢欢曾经多次参与，她也有过这种警惕的眼神、这种严密的举止。现在沦为被"带走"的对象，当然也懂得哪些属于可带的生活用品。她用了一条软袋子，不紧不慢地装着衣物，每一样东西都让旁边的两名女警过目、过手、点头，然后才放进那条软袋子。

这个家，虽说只有她一人，但她实在有些不舍告别。一只波斯猫跟着她寸步不离，不停地嚎着，似乎也感受到了主人的命运。十多年了，这只猫是忠实的陪伴者。此刻，杜欢欢也顾不上它了，只见它爬出阳台，闪电般冲了出去，不知生死。

离开家时，杜欢欢回头再看看家门。她把钥匙直接递给了张广友，说："这扇门，不知道你会不会来打开！"张广友无可名状，无言以对。

杜欢欢扭过头来，大放悲声。

张广友也用手捂住面孔，泪水从指缝中流了出来。

这二人将以什么形式相处下去？

都说错的人迟早都会走散，对的人早晚都会相逢。该你遇到的人你躲不掉，该你经历的事劫你逃不掉。

接下来的人生之戏该如何演下去？

或许等待也是一种爱。或许挥别也是一种情。

张广友的内心就像十字路口上的赫拉克勒斯一样受到折磨。他在人生目标的选择上陷入了无可名状的痛苦和煎熬。世界名画《十字路口的赫拉克勒斯》一直在他的眼前停留，久久挥之不去，又一刻不肯停留的是那方向相反的两个美女。一个气质富贵，一个举止有礼，她们都充满了诱惑，代表着不同的人生。此时此刻，赫拉克勒斯在十字路口上怎么会不犹豫呢！这个世界上，你不可能什么都得到。什么都得到的人，什么都会失去，这也许就是命运！

梁剑邀请张广友到悬壶楼喝茶。他郑重告诉张广友："杜欢欢把自己的家门锁了，钥匙却由你来替她保管，这是一个很有心计的女孩啊！我知道你面临一种两难选择，咱们都是男人，给彼此一个尊严，也是一份责任，否则就活得太虚伪，太没有意思了！"

"不瞒你说，我拿着这把钥匙，内心感到沉甸甸的。当时也是顺势拿着。这哪里是一把钥匙呀，分明就是一份信任，一种义务，一种选择。你应当知道，在那样的情况下，接过钥匙是唯一的选择。"张广友说，"这应当是一个普通人都会去做的善举！之后，我的内心也有过挣扎，像打仗一样，所有的自私、自保、自卫的，不可告人又特别丢人的东西，全都暴露在枪口之下遭到扫射，它们像触电般抽搐着、扭动着被清理出自己的灵魂！今天，我拿着这把钥匙，应当算是一把干干净净的钥匙，我会保管好它！"

"保管一把钥匙很容易，但保管好守法的内心却很难。用钥匙可以轻松打开杜欢欢的房门。是的，一把钥匙开一把锁，这没有任何异议。但是，你不可能拿着它轻松地去打开法律的大门。如果你拿着打开家门的钥匙去打开了牢门，你迟早就会被牢门关进去！这些话很重，但你不去碰它，你一生就会很轻松！"梁剑说。

"是啊，大门可以用多种方式打开，但是钥匙岂能乱用！"

第二十三章　托人说情

据说赵子腾的疯癫病总是反复无常，任何药物都不能让他镇静下来。最近换成吃进口药了。知情人说："他呀，哪里的药都不管用！他需要的不是药。"又有人说："反正这些药也毒不死人，那就吃吧。"都清楚，只有一味药管用，那就是无罪释放。继续被关着，他就会继续装疯，反复折腾，直到专案组放弃为止。

陈大善知道赵子腾是一颗放进嘴里咬不烂的钢豆，心里窃喜："这世上哪里有什么能治装疯的药呀，又哪里还能调查出疯癫病人的种种鸟事。"想到这些，他开始淡忘这桩事。儿子陈天歌听说赵子腾接受调查，而且疯了，他不管是怎么疯的，是真疯还是假疯，觉得接下来将会有许多棘手事要发生。而发生的这些事必将影响到他未来想要干的事。要想省事，不会误事，与赵娜分手便是头等大事。赵娜整日以泪洗面，四处求人帮助，想办法为父亲开脱，忙着准备打官司。她也认识一些办案人员，但"三个规定"把这些办案人员管得死死的，谁也不敢给她透露一丁点儿信息。任何人见了她都唯恐避之不及，担心节外生枝。而这时的陈天歌不仅无事一般，还放言："上辈人胡搅蛮缠，这辈人难成姻缘。拒绝与赵娜相见。谁来劝说，一切免谈！"赵娜走投无路。她也管不了那么多，偏偏要去找"胡搅蛮缠"的上辈。她拨通了副市长陈大善的电话，说自己就在办公大楼下的传达室，想要见他。陈大善犹豫、迟疑了好半天，心里矛盾极了。最后，他还是想到自己在下辈人面前不能失了风度，更不能把上辈人的恩怨传递给下辈人，这就同意了赵娜来到他的办公室一见。"陈叔叔，我跟陈天歌的事情你该是知道的，分手居然是在我家落难的时候，这是不是太不道德了？我知道，这个世界上没有道德法庭。流泪没用，流血就是一种糟蹋。事情都发生了，我能面对，能正视，也能生活。我与陈天歌虽然没有成为夫妻，但也算是大难来时各自飞。飞就飞吧，此情已无追忆价值。现在，对我最大的价值，也就是最让我牵挂的是我的父亲，眼下我特别想知道，我的父亲赵子腾到底会怎么样？他到底触犯了哪一条？你能不能告诉我呀？帮助打听一下、托人开脱一下，行吗？陈叔叔，不管怎么样，你们都是过去的同事，同事之间总得有点怜悯之心吧！"陈大善非常为难，他一边听赵娜的诉说，一边在消毒柜里拿出茶杯，给赵娜沏了一杯茶，然后坐下来，长叹了一口气，很是惭愧地讲道："丫头啊，案子这事，我知道的真的不多呀，尤其涉及领导干部的案子，那是有铁的纪律的，就是知道的那一点点，也不敢给你说，说了我就犯了严重的错误！"说完，陈大善拿出三份文件递给赵娜，郑重地讲道："说得难听一点，这些文件是套在我们头上的'紧箍咒'。'紧箍咒'只有观音菩萨拿得下来，现在我们还找不到观音菩萨，也许只有时间会让'紧箍咒'消失。但那时候，我相信又有新的'紧箍咒'给大家套上了！"赵娜见是红头文件，接过来，看到首页上的标题印着《领导干部干预司法活动、插手具体案件处理的记录、通报和责任追究规定》《司法机关内部人员过问案件的记录和责任追究规定》《关于进一步规范司法人员与当事人、律师、特殊关系人、中介组织接触交往行为的若干规定》。赵娜说："这三个东西，网上都有了。陈叔叔，难道真就不能透一点风、说一点事啊？"陈大善说："不能！现在做官，人人自危。你今天见我还在这里坐着，明天真还指不定这把椅子是谁坐呢！当官不自在，自在不当官。丫头，还是你们自在啊！"赵娜说："我父亲不自在，我哪里能够找到什么自在？我每天的日子都是分分秒秒地熬着过，自在已经成了一种奢望！"赵娜双手捂住脸，哽咽了几声，失望地走了。

非常无奈，陈大善只能目送她的背影，连起身送她到门口的勇气都没有。他觉得对不住这丫头，特别是儿子陈天歌，更对不住她。陈大善转身就给陈天歌打电话，几乎用地动山摇的口气大吼陈天歌："我跟赵子腾可以成为敌人，你也不可以跟赵娜成为路人。你不顾生活信仰，做了一件最不道德、最丧天良的事情，就是与人不能同患难、只能共享乐，见风使舵，如此势利，遭人唾弃，被人瞧不起！"陈天歌如同被人打了一闷棍，他也不示弱，说："如果你骂够了，请允许我讲几句——信仰不值钱就说道德能值钱，那么，道德又能值多少钱呢？在这个世界上，有的人观察别人的时候，总是谴责别人道德败坏，自己却又在败坏道德，这些，我们已经司空见惯了。过去，因为坚守道德底线，让我们失去了许多东西，包括爱情、家庭、物质，被道德绑架得喘不过气来。因为守底线失去老底。因为讲底色失去本色。活得太虚伪，活得太憋屈！"听如此说，陈大善更加气愤，他说："现在，我告诉你，你不帮助赵娜就是不道德、就是没良心，没有什么绑架可言，没有什么虚伪不虚伪、憋屈不憋屈，做人要留后路，把后路堵死了，没了路就只有绳子，你上吊去吧！"

陈大善的"一根绳子"，拴死了陈天歌的所有言论。接下来，他给中央指导组打电话，说赵子腾的女儿赵娜找过他，想打探案件情况，并以党性担保没有向赵娜透露他知道的任何涉案信息。陈大善说："赵子腾上下左右的领导干部很多，在一个地方待久了，下一代的子女们对他们都很熟悉，赵娜既然会来找我，相信也会去找其他同事！"接电话的是指导组副组长余琴，她对陈大善说："谢谢陈市长对工作的支持，案子还在进行中，就该如此，这是一种责任！"指导组经过研究，决定请余琴约赵娜到悬壶楼茶庄谈一次话。赵娜如约而至。余琴对她讲道："之所以让我来约你做一些交流，那是因为你我都是女性，便于沟通。你父亲发生的事情还在调查之中，他本人的身体状况也还在检查之中，所有的一切都不是很明朗，大家都在期待，你现在也打探不出什么情况来。你作为他的女儿，关心他、牵挂他，都是正常的，换了我也会这么做。但是，你也非常清楚，需要家属做哪些配合工作，包括查实情况等，都有专人在通知你们。像你父亲这一级干部，他的领导、他的同事都非常多，作为子女，认识他们、跟他们来往，都没有错。可眼下就不一样了，你父亲有了麻烦，要是你四处找你父亲的领导、同事，你考虑过没有，这样做也给别人造成不便。请托说情，都是违反规定的，又有谁敢顶风帮你呢？再说了，四处'拉关系''走后门''通关节'，实际上就是对办案人员不信任。你要是给大家留下这样一个印象，案子就只能'堵'在哪里，办不下去。案子办不下去，你父亲就会继续糟蹋自己的身体……糟蹋自己的身体是非常不明智的。中医说，要形神一体，形不乱则神不乱，意思是说只要身体好，精神就会好；神不乱则形不乱，讲的是只要精神好，身体也会健壮。你是一个知识分子，相信你懂得这些。许多人都是这样的，遇到突发情况，就屏蔽了自己的常态。于是理性与感性发生了冲突。这种情况的背后，大致跟他平时的认知有关。平时对理性的过度坚守和对感性的过度压抑，都会出现异常情况。我有一个建议，你给你父亲写封信吧，我们负责转进去。你要对你父亲讲明一个观点，那就是装疯是换种形式的对抗组织，对自己的形也好、神也罢，都是无益的，劝你父亲尽快转变态度。如果你的这封信发挥了作用，你父亲就能获得从宽处理的政策！"

赵娜说："感谢余副组长的指点，我会照着做的！"

第二十四章　干岸寻路

自打秦天定在滨江走马上任以来，陈大善就没有睡过一晚放心觉。他总在睡梦中叹息："想成为领导面前的'红人'，我都快累成'铁人'了。再这样下去，亲人都成'路人'了！"一段时间来，陈大善竭力在市委书记秦天定面前挣表现分。但他那疲惫不堪、心力交瘁、鞍马劳倦的样子，根本不可能进入秦天定的视野。秦天定喜欢有想法、有创建、有活力的领导干部。他有自己的说道："有的领导干部，整天被秘书指挥得团团转，矮人看戏，耳软心活，跟供在神位上的雕塑没啥两样。要说建树，不过就是白丁俗客。累吗？当然累。因为你干的不是你想干、愿干的事情，更不是你毕生追求去干的事情。你在工作上找不到乐趣，不能真正投入进来，你不累才怪！还有的人，坐在那里，打着瞌睡，要是没有呼噜声，我真的担心生命体征是否还在。都说我讲的这话很难听，问题是你做的事很难看！"这话，说的就是陈大善。

要说这些年来他陈大善没有主张、没有建树，也不能全怪他本人。让他分管的事务很杂，他顾不过来去抓工作上的创意，只能被人差遣来差遣去的。倒是他对他个人的事却显得特别从容果断，不会拖泥带水，也能够求新求变。比如，他斩断大量潜在的风险源头，让自己活得轻松自在，没有包袱，这就做得相当干净利索。让"后患"真正"退后"，这也是他人生的最大智慧。当然，他也不知道这智慧还能焕发多长时间！

时至今日，在陈大善的心中早就淡化了被姚氏兄弟高高托举的历史。都说资本的原始积累是血淋淋的。陈大善早已攒足了原始积累，他即使带有一丁点儿血气，那也是间接的，或者说离他很远。而今，他更需要自己能够香气飘溢，以让远去的血腥不再为人所记起，甚至成为被戳捅的伤疤。人们都说："陈大善在官场事务中找到了新的支点，正左右逢源地奔波在各种枯燥而又燃烧官场智慧的舞台上。"当然，他长期以来坚持干着讨好上级的事，当着副职、管着几个部门，这已经成为他生活中的一部分，继续讨好上级也就习惯成自然了。要是哪天不去讨好上级，或者说失去讨好上级的机会，他肯定会很快乱了方寸，浑身不会自在！

在他这个位置上，拥有的东西很多。但眼下，他最大的拥有就是疲惫的身体和厌倦的心。他最反感的就是连轴转的会议。他说："早就烦透了——这些会议内容相似、语言相近、彼此相交，有时会议与会议之间的内容相互对立，彼此矛盾。好在一些话只是写在纸上，没有付诸实际，这才给接下来的工作没有带来更多的麻烦！"关键是大量的会议挤压了他的生活空间，就连前列腺的空间都被挤压了。这令他非常不快，进入温柔之乡也会长吁短叹。他对自己的身体状况是这样总结的："拉尿过滴，痰中带血，走路无力，真想永别！"可见，这陈大善走进官场的日子也并不好过。风光归风光，身体遭了殃！

　　顶着副市长的帽子，陈大善分管着城乡建设、城市管理、环境保护、国土和人防等一大堆工作。有工作就有会议。工作多，会议就多。陈大善非常不情愿把自己变成一个十足的"会议贩子"，偏偏他经常在"跑单帮"。他见到一些会议，只"会"不"议"，偏离初心、脱离本意，心里非常不舒服。"会"只是让官员有了存在感，"议"只是让官员发了一顿牢骚话，这又有何用？会上官味很浓、派头十足，"虚光"四射；会后无所适从，不是议论风生，就是议而不决。重"会"轻"议"，"会"多"议"少，使大量工作只好停留在会议上。大好光阴用来如此虚度，这让闲不住的陈大善非常不安。陈大善参加他分管的工作会议，觉得没有任何理由去拒绝，有时他还要组织研究他要开的会议。但他参加的大量会议远远超出了他分管的领域，这就不时地令他丧气、负气，甚至大发怒气。长期以来，他每天不是在开会，就是赶往开会的路上；不在念稿子，便是在听别人念稿子。晚上躺在床上，脑子里还在嗡嗡作响。有一次，他向市委办公厅的同志大发雷霆："每天排得满满的会议，是不是必须都得由我出场去呀？搬不走的'文山'，填不平的'会海'，那秦天定书记呢，秦书记也习惯靠会议把大家团结在一起，他自己为啥不参加这些会呀？你们明明知道我一开会就打呼噜，却还继续让我丢人！滨江市的各级领导都称我是会场上的'哼哈呼噜王'，你们成心让我威信扫地、名声扫地、荣誉扫地，害我不浅！"

　　一阵发泄后，陈大善心里好受多了。

　　但是一旦结束了这些会议，他又很快进入一种孤寂之中。

　　能不孤寂吗？眼下给他送钱送物的人都送成了囚徒。栽培他的人大多都弄栽了。不过，他觉得自己很幸运，到目前为止，自己既跟"黑"无染，也跟"伞"不沾。岁月静好，大多已倒。有人不倒，是非颠倒。他始终认为，滨江是一个险恶之地。他一直在琢磨着如何离开滨江，换个地方从头再来，干一番让上上下下都认同的事业，当一回大家都举双手赞成的官员。他也非常窝气，觉得自己在滨江市委书记秦天定那里的印象糟透了。他清楚地记得，被秦书记骂作"哼哈呼噜王"的还有一位，就是检察长罗家成。跟他一样倒霉，被秦书记揪住就不放。后来陈大善有一个"心得"，说："秦书记口气太冲人、神态太逼人、言辞太伤人，从来没人说话有如此刻薄的，现在一想起来，都令人有吃进苍蝇的感觉！"那么，秦书记在会上到底是如何"刻薄"他们的呢？几个参加过会议的人，你一言我一句地回忆，却只是残言片语、零碎无章，结果让另一个参会的"好事者"做了如下整理，有了一个全貌。秦书记是这样"海骂"的："前面陈大善，后面罗家成，前后呼应，一哼一哈，压倒喇叭，这个会还开不开呀！你们晚上到底加了什么班？'哼哈呼噜王'很光荣呀，很光荣就应该给你们每人发个奖状，在全市予以表彰。我从来就反对文山会海，但完全不发文、不开会，行吗？特别是像今天这样的会议，不开你就要犯政治错误，不开我们就要失去政治方向，你们不怕，我怕，因为我是共产党人。共产党人讲的就是人民至上，你把人民放在心上，呼噜就只会放在晚上！"

　　那会儿的会场，空气都凝固了。好在陈大善、罗家成二人一个在台上，一个在台下，分散了参会人员的目光。要是二人挤在一张桌前，大家的目光准会齐刷刷地投向一处，像聚光灯一样照亮着他们，更会令二人难以忍受。

罗家成加班是自找的。眼下，他还没有走进调查人员的视野，他是"自作多情"。他是加班写自己的"说明材料"。他只是觉得早做准备、找足证据、撇清与姚氏兄弟的关系是当务之急。想得越深透、准备越充分，即使出了什么情况也能接受，不至于太突然。假如真的哪天晴空一声霹雳打了过来，他会受不了。他认为，即使成为罪人，也要慢慢进入角色。他觉得眼下这件事，刻不容缓、事不宜迟。可是他不写则罢，一写反而写出了内心许多纠结和难以逃脱的罪责来了。他认为，这段时间自己写下的那些说明文字，只能"说明"自己灵魂的挣扎和矛盾。自己干过的那些事，特别是那些档案痕迹，那是有年代感的，抹不掉、改不了，历史的记忆渗不进修订的笔墨。有时写着写着，他越写越灰心，既然有人把档案馆洗劫一空也逃不掉罪责，自己何苦还要那样纠结、那样不安干什么，听天由命、放过自己得了。罗家成原本就是阳平县一位普通检察官提起来的，东托关系西找门道、帮助人捂案压案办人情案，后来进入了赵子腾的圈子，是圈子的力量把罗家成从阳平县检察长推到滨江市检察长的位置上。姚氏兄弟这样大的案子，不"过"他的手、没有人情关系在里面，打死也没人相信！为此，他还在赵子腾家喝过酒，这是有证人证言的。即使法院院长付春生牺牲了，成为"为人民起落法槌"的典型，也不能说就"死无对证"。要是赵子腾哪一天不装疯了，专案组问及细节，赵子腾还食言、还赖账，付春生也会缠着他不到马克思那里报到，也会闹到阎王爷面前受审。事情的严重性是酒席上定了的事，赵子腾的话那样直接，言犹在耳。他说："我不入地狱，谁入地狱？"现在，他赵子腾下了"地狱"，却失去了担当的清醒，装疯迟早会暴露，即使坚持这样"装"下去，也未必能保全外面的人不下地狱。罗家成清楚地记得，赵子腾趁着酒劲，还明确了用"赌博罪"来办结姚氏的案子，讲了"三个不诉"，强调了使用"存疑"政策，还商议了一年零八个月的刑期。情景回放，历历在目。不过，即使事情非常明朗，即使责任在赵子腾，我罗家成是具体办事的，要想躲过此劫也并不是一件容易的事。对于罗家成的心路历程，他说过这样一句话："即使躲不过，也不能放弃躲的动作，否则就真的认命了！"他还讲："当今世界，一些国家之所以大批生产拦截导弹，那是因为有来自导弹的威胁，不甘心去'躲'，你不生产，就只能挨打。拦截，这是一种应激反应，仕途路上也一样，都是相同的道理，我不可能连一点反应都没有。应激反应是一种本能的反应，不要以为现在赵子腾装疯就很安全，他总有不疯的那一天！"

两个"哼哈呼噜王"，一个在金钱的大道上蹒跚迈步，一个在人情的大道上一意孤行。你能走多远，看你与谁同行。这就是现实，这也是真理。这二人能够走在一起，别人不一定看好，但他们却非常看好彼此。是秦天定把他们骂成了难兄难弟。这二人中，陈大善总以老大哥自居。因为他相信对各类形势的判断。当初陈大善没有看好赵子腾，这个判断就非常准确，结果赵子腾被弄进去、被逼疯了。眼下，他看好罗家成也同样认为是准确的，他预测罗家成在职场上还有红运，上升空间还没有被堵上。今天，他们见面拱手，走近握手，相互携手，一同进了悬壶楼茶庄的一个包间。不知从哪个古玩市场找来的，也弄不清是哪朝哪代的一副对联挂在进门的两边。书虽简，其意却深。其联曰："远富近贫以礼相交天下有，疏亲谩友因财绝义世间多。"

二人没有寒暄，都觉得到了"眼前无路想回头，急流勇退该缩手"的时候了，很有必要单刀直入，立一个攻守盟约，形成统一战线。即使被旁人戏指狼狈为奸、一丘之貉，也阻止不了他们的步伐。

罗家成开口便道："如今呀，公务员这个四平八稳的职业，咋就成了高危风险职业了？三百六十行，风险轮流转，这个世界变了。扫黑风暴、打伞破网，各类行动，还有就是'网络恐惧症'，个人信息、工作疏漏、稍有违规，一旦曝光丁点蛛丝马迹，都会泛滥成灾，不可收拾，你说险不险恶。仅仅就说现在打'伞'，连无职无权的丫头片子都不放过，屁大点事就抓了。你说那个杜欢欢有啥问题，人家连芝麻官都算不上嘛！还有阳平县检察院、法院几个具体办事的人，统统都弄进去了！这'伞'越打越邪乎了。其实，我们都是被压迫的受害者，如果我们再有问题，那真叫冤得慌，好多事情都是赵子腾、李平叫干的。你说是不是？当初那种形势，不得不干呀。你不干它，他就要干你。他们才是祸根！姚氏多宗罪，却盖着，只把赌博罪拿来说事，好多人都说后悔！"

陈大善说："后悔有鸟用？关键是，他们的背后还有'铁盖王'这个神秘人物，这人我还没有正面瞧着他几回。时下，很多人猜测，认为我是阳平县提上来的，那就应该跟姚氏那帮人有必然联系。这不是瞎扯淡吗？我才跟他们八竿子打不上！如果说是有联系，抬头不见低头见，打个招呼也算问题呀？再说了，当初处理他们这干人，我们又有多大权力呀，上面定了调，下面敢走音？李平狂不狂，明狂；赵子腾狂不狂，暗狂。一明一暗加在一起，像旋风一样扫荡着权力，像旋风一样指挥着下面的人，又像旋风一样卷走你的幻想。有了这二人，我们都是在夹缝中求生存。就是有点权力，他们还不抢过去呀？如果我们都成'伞'了，他们就是飘在天上的'热气球'！"

罗家成说："你怎么可以把李平和赵子腾扯在一起。李平贪欲重，民愤大，像一阵旋风，'明狂'可信。赵子腾虽然干预案子，也不能比喻成旋风，他做的些事情有温度，可感可信，有的是出于责任，有的是受人之托，'暗狂'不实。关键是，赵子腾给人的印象干净，勤洗手，不伸手，属于不拿群众一针一线、一切缴获归了公的那种人。民间'官员黑榜'上，没有他赵子腾的名字，这就是证明。我还是相信赵子腾这种人，他要是做了错事，一定是有人把他压榨得没有办法了，否则都不是他的本意。他要是跳岩，也是鬼推了他一把。评价一个人要客观公正，做人要实诚厚道！……现在，实诚厚道的人真的不多了。我在想一个问题，你我都是在阳平共了事的，而且时间还不短。过去在酒杯中掌控别人，现在别人在酒杯中指骂我们。往后无事则罢，一旦有事，一定要记着你我在悬壶楼这个包间里喝过竹叶青。你看包间外面那副对联写的是什么呀，颇有深意。'远富近贫以礼相交天下有，疏亲谩友因财绝义世间多。'只能以礼相交，决不因财绝义。你看过踢球吧，我偶有一瞥，这一辈子我最反感、也最不愿意看的就是踢球，凭什么拼死拼活表演给台上人看呀。台上相当部分人看的不是比赛，看的是场上活力四射的猴子，他们在玩猴，他们在为猴子欢呼雀跃。你我绝对不能玩给别人看，如果哪一天要我们上场踢球，我们宁可把球踢向高高的看台上，也不能把球踢在彼此的脑袋上！这就是厚道，这就是实诚。如果讲江湖道义，这也算是江湖道义！"

陈大善说："有的领导喜欢玩猴，你我都不会逃脱表演的命运。你讲的这一点我倒是很有同感，人家在玩我们。市委秦书记说你我是前呼后应，一哼一哈。这就有种玩猴的味道，虽说心有不甘，但你能反击吗？他在玩我们！我觉得，一哼一哈，这话要有多难听就有多难听，听了之后你还得闷不作声地把它认了。谁叫你那样表演呢？你没把角色弄清楚，你就在那台上玩不自在。难怪呀，人们都说人生如戏，都是角色。当然，我并不在意书记大人在那样的场合辱没你我的好名声，但你我何不顺势做个兄弟、成就一段情谊呀，日后也好同气相求、风雨同舟、彼此照应才是！没事则罢，真有啥事，咱们那点污水也要讲究泼出去的方向。要知道，他们身上原本就是很脏的，也不在乎你我洒出去的那点水！"

罗家成望着窗外江水，一浪淹没一浪，一浪驱赶一浪，人生沉浮不过如此。他说："人，谁也逃脱不了自然法则，但也有反自然法则的时候。我在琢磨一件事，要是进去的人都这样了！"罗家成比画了一个手枪对准脑袋的动作，一个标准的自杀手势，卖了一下关子，这才讲道："只有这样，那才叫干净呢！恐怕所有人难解的'扣'统统都给解了，大家都会松上一口气！现在，真有一点风声鹤唳的味道。躁动的空气和不安分的人，加在一起，汇成了老百姓不得不观赏的大戏。要是关键人物都消失了，戏也就没有了。"

"我也是这么想的。听说有一个相当级别的人物'双规'后，被关在二十二楼，够高的了。抬头一望，帽子都会掉下来。平时很少有人往那楼顶上张望。自从'双规'了那人后，工作人员每次进出，都要抬头朝那顶上望上一眼。明白人一看就知道，他们在揣测着什么，安排的事项能否达成。后来才知道，他们甘愿承担'工作疏忽'的责任，专门把那个二十二楼房间的窗户全都打开，暗示关在里面的人尽快结束自己，以保全大家。那人虽然看懂了工作人员的心思，却跳不下去。听说那人只是在窗户门前徘徊了一阵子，转身就痛哭起来，最后把知道的所有事情全吐了，不是一条汉子！结果后来一查，上上下下的干部都进了花名册，专案组就像割芦苇一样，让他们一片一片地倒下去，干干净净，非常悲壮！"

"我说呀，活的都是命，为啥他的命就要贱一些，就应当'送'出去呀？用'堵机枪眼'的办法保全后面的人再去冲锋上阵，一往无前，告诉你，对抗组织的时代早就过去了！再说了，那种舍生取义、杀身成仁的做法用在这事上也并不妥！用摆兵布阵的办法去逃脱处罚，没有几个有好结果的。那样只会越整越糟，不可收场，非常不妥！"

"别说这些，不管妥不妥，一命保全十几人甚至上百人，包括自己的家人，这个账还是可以算出来的，应当是非常划算的，也是值得的！读过历史的人都清楚，历史上最牛的做法，就是抓个皇帝来当人质，不仅可保全所有人的性命，还可以保全一个国家不被肢解，得以存续！"

"是有这样的历史啊！……不过，暗示跳楼的做法，兴许能够保全家人老小、保全部属同僚，看似很有江湖义气、家庭责任，不过，这种慷慨赴死的人也难以被人铭记，不算啥英雄豪杰，最多在江湖上、小环境中留下个好名声罢了。请问，这种好名声跟伍子胥用一颗脑袋去换一个忠诚的好名声是不是同出一辙？没有什么两样，要多蠢有多蠢，几年后就被忘记了，成为一段野史，如此而已！江湖英雄豪气，都是一种传说，不是什么人都可以做，什么人都可以做得很有意义、很有价值！"

"但是，做不了硬骨头，至少不要做贱骨头！就像你我，作为兄弟情分，个人可以视死如归，但最好不要拉兄弟同归于尽、玉石俱焚。这样做，会被世人唾弃、耻笑。我想，这也算是江湖道义吧，这也算是一种风骨吧！过去，刘关张桃园三结义，大多数人都记得前面一句'不求同年同月同日生，只愿同年同月同日死'，但后半句却鲜有人知道，那是一种毒誓，你知道不？你难道不知道后半句是什么？"

"不知道，后半句是什么呀？"

"'皇天后土，实鉴此心，背义忘恩，天人共戮。'皇天指天神、老天爷，厚土指地神，如果有悖誓言，那么天神、地神、人神都不会放过你的。我说呀，这既是一句最牛的名言，也是一句最狠的毒誓，说出来，既让人群情激昂，又让人后背发凉！"

"为啥后背发凉？"

"那是因为兑现不了誓言，就会被人戳脊梁！"

"但愿你我都能给大家留下好口碑！"

罗陈二人的攻守同盟，算是取得了重大进展。他们开始越走越近，分别叫乡下远房亲戚送来身份证，到电信办了新的电话卡，相约这个电话号码只用于彼此联系，不作他用。

罗家成拿着刚刚买来的手机，把玩了一下，非常得意。他诡谲地讲道："我的副市长大人，你知道'危中有机、机中有危'的'机'到底指什么'机'呀？……我这就告诉你，它指'手机'。危险中有手机，那是因为这个玩意能救命。可是啊，揣着手机又有危险，那是因为这个玩意会让人丢命。现在我们一事一机，这就绝对保险！"

这么一对惺惺相惜的官员，他们怎么也没有想到会走到这一步。在这二人身上，不该得到的却得到了，得到的却又甩不掉。现在占据他们内心主导地位的，就是把官当得风平浪静、清心耳悦，没有麻烦事。眼下，他们在看待自身问题上，总是对组织有一种抗衡的心态，换句话说，他们得到的所有东西都没有安全可言！

过了几日，二人相约在南山大神公园见面。

晚风清凉，石凳石桌，闲置在那里，仿佛就在等这二人。

而这两个在当地有头有脸的官员却只能附耳低言，鬼鬼祟祟，生怕被人碰见。他们感叹，这个官当得实在有点焦头烂额、狼狈不堪，但又不得不继续当下去，因为只有当下去才能守住既得利益。

进了大神庙，列位神仙在上。天道人事，皆有一示。

陈大善来了兴致，说："到了三太子面前，是不是应当烧点香蜡纸钱啊？"

罗家成不屑一顾，他"哼"了一声，讲道："我才不信这些呢！"

此言一出，天空突然闪过一道亮光，"轰"的一声响雷打了过来。罗家成一趔趄，栽倒在陈大善怀中。神迹之地，似乎真有神灵感应。"我的天啊！"罗家成冒了一句。

陈大善说："赶快给三太子赔不是！"

罗家成"嗵"地一下跪倒，朝着大神庙忙不迭地连续磕了三个响头。额上满是泥土，也无心拂掉。二人一前一后急急忙忙跑到庙子的管理处，请了些香蜡纸钱，就在大小殿里行走，依次跪拜起来。嘴里叽叽咕咕地念叨什么，谁也没有听清楚。但他们的神色告诉人们，那就是他们正在做一件赎罪的事情！

最后到了大神庙主殿，又是一声响雷，陈大善肯定地说："诸神全拜了，这是最后一声雷。不会再有了。它是让你我长长记性啊，在神灵面前就是要顶礼膜拜，怎敢冒犯！千百年来，凡是存在的总有它存在的道理，怎么可能是唬人的呢？那些肩上背着破烂褡裢的信徒，千里迢迢来此求得善缘，都是为了什么呀？都是因为它存在着！"

二人接着来到石凳石桌前。好半天不见雷声，洞口那声响雷果真就是最后一响，是警告的最后一响。罗家成深感神奇，有此经历，他对神灵不仅有了敬畏，更对陈大善也多了几分尊重。惊悸未消，好半天才说："真不可思议！"陈大善说："问世间最难破解的密码是什么？是人神相揖！需要的是畏口慎事。"罗家成说："陈市长，你咋懂这些？""我也不懂，只是一种感觉！当然，我也认识一些大德高僧，这里面学问很深。我没有多少文化，也就知道点皮毛，全是听来的。"

神地所知者，得善之正路。凡夫所知者，失善之邪路。神迹之地讨论官场轨迹，也算是寄托天地鬼神，面对朗朗乾坤掏掏心里话。

接下来言归正传。

陈大善说："兄弟啊，我最近看了许多反腐警示片，还读了省纪委监委印制的系列'忏悔实录'。那里面，要我谈体会，就两句话：滋味有点绵长，嘴快有点舌长。解读这两句话，可以这样说吧，有真忏悔，有假做派，说是大宴，都是小菜。属于要什么给什么那种。镜头之中、谈吐之间，看来都是为了减轻处罚而显得真诚，说到软心之处，还一把鼻涕一把泪呢。但里面讲的东西大多是真的，并不是编造。这些东西，过去组织大家看，只是粗粗地一晃而过，而对里面主角干的那些事，过去从来都没有认真琢磨、深入研究过，现在有空，一边看，一边仔细揣想，这时候才发现，那些从政坛上消失的人物，哪里算得上是什么人物？都是蠢材，都是庸官，不着边际！那些赃款财物岂可放在身边呀，放在老婆孩子名下，一逮一个准，都得乖乖交出来！不用你交出来，那些东西也都摆在那里。"

罗家成不禁哑然一笑，调侃道："那你说说看，不放在他们名下让他们好好保管，难道放在外人手中才特别可靠呀！我告诉你，天底下的任何伪装都是一层纸，一戳就破，见光就死。在今天，就是放在兄弟、姐妹名下，到头来也不一定就是你的。你以为到了那时，人家会认你这个倒霉鬼？金钱物质，没有的时候他们都会掠夺，当他们不用掠夺就轻易到手的时候，他们还会轻易放手还给你吗？放在他们名下，等到风平浪静，你还指望他们如数奉还？尽想好事！在钱财面前，人的真实面目，就是为之倾倒，为之疯狂，为之献身，岂止六亲不认，分明就是六亲捕猎。这些年来我见得多了，多少人为六亲而算计，一个个全不如外人、不如邻居！"

陈大善一本正经地讲："想的也不一定那样严重，无非就是等待离开岗位的时间，打一个'时间差'。可以跟人签个君子协定。什么叫君子协定？双方不经过书面签字，只以口头承诺订立的协定。这个协定的保障就是人格，所以又叫作'绅士协定'，代表着绅士风度。这样，或许可以让钱财进入一种安全的'游离地带'，似管非管，看似'真空期'，跟你既沾边又不沾边，在你平稳着陆后，'绅士'再转给你，让人收一点管理费，也算是一种酬谢人家的方式，这有什么不妥的！"

罗家成反问："多少绅士失风度，多少君子即小人！没球得几个人物是信守承诺可靠的，也没球几个地点是水火不进保险的！现在政策跨度那样长，二十年前的事情都拉回来重新复查，你要是心里存有'用时间换空间'的小九九，那就趁早打消这个念头。再安全的'游离地带'，再有防备的'真空区间'，统统经不住时间的考验。当今政策下的'时间'，只能让一些事情越来越清晰，越来越明白，越来越让人不好扛，也扛不住。再说了，这种'君子协定'不受法律保护。不仅如此，它反而还可能成为一种违纪罪证。仔细想想，人家也知道这不是你的合法所得，那么，你凭什么可以无端得到，我又凭什么得到了可以舍弃？没那个义务、没那个必要把财物再转给你。最好的办法你知道是什么啊——是办两个身份证、两本护照。说得不好听一点，就是做一个多重身份的人。神不知鬼不觉地把钱物转到国外去，这是一个不错的选择。美国、加拿大，有的东南亚国家也都可靠。一旦丢官罢职，来个华丽转身，做一个堂堂正正的异国公民，岂不人财全保，还可养老！无独中国，国外许多国家的元首，早就这样干了，那样大的官员都拿着异国的本本，却又继续当着本国的首脑，这皆为防止不测的无奈之举。狡兔三窟，异国他乡这一窟，不是谁都可以捣毁的石窟，它是国人鞭长莫及、招惹不起、接近不了的魔窟，在那里生存，你会魔力四射，算是真正的自由了。"

陈大善说："都想拥有这么一个魔窟，把钱砸在这上面或许是一种选择。只怕一些物品难以换成钱，成为搬不动的赃物，有的还舍不得把它变成钱，一些官员恐怕也为这事纠结得慌呀！"

罗家成显得非常机智，说："舍得舍得，有舍才有得。赃款赃物多了，最容易形成堰塞湖，只要垮落很不起眼的一点泥沙，顺带下来就会决口，就会引发一场势不可当的山洪，所经之地，卷走一切，泛滥成灾。你知道腐败官员最后咋死的呀？我告诉你，他们都是堰塞湖决口后被淹给死的！那是自找的，不懂得什么叫洪灾！……有些权宜之计还是可以做的，比如防止泥沙垮落最好的办法就是不要形成堰塞湖，学会开漕引流出去，能变卖转移的就坚决不要往家里塞，一天一天地就塞成了'堰塞湖'，这就相当于把一盆水放在了头顶上。你可知道，那顶在头上的不是湖水，而是一把随时可能掉下来的达摩克利斯之剑，你不要侥幸，'咣'的一声真的下来了，那就要了你的命。说一千道一万，就是不能让赃物形成'堰塞湖'！"

大神公园的这次交流沟通，算是一场官员安全转移财物的一次实质性探讨。二人回家，开始引流头顶上的"堰塞湖"。将水引向何处，彼此心中各有路数，尽显神通地避开"洪灾"。

没几日，二人第三次相约在"竹海桃园"。

这是一片仿若作古隔世的野地。电信、移动、联通都放弃在此建基站，因为它人迹罕至，建了也是白建。正是这样，手机一到这里，便成了断线的风筝，不用担心有谁来掌控你的方向。"竹海桃园"这家小店能够生存下来，也就仗着这世外桃源、尘嚣无扰的自然条件和人文风光。它是一些"清闲儒士"逃离凡尘俗事的好去处。其实问问世间，愿意活在从前、找回当年，甚至愿意穴居山野的人，也真的大有人在呢！谁又会否认一个事实，大量怀旧的活法总是带着一种生命的力量存在着，而这种生命的力量随着时间推移，变得历久弥坚、百折不挠，它的存续期难以用时间去丈量，而未来对这一现象的叩问还以为他们迷失了自己！

二人在一张破旧的桌前坐定，可以放开谈了。

"哎，问你个事情，那赵子腾、李平隔窗陋屋的，交代问题时，会不会编一堆谎话给人家听呀？"陈大善问。

"这还用说！嫌疑人想要逃脱罪责，啥话都可以编出来。许多犯罪嫌疑人，天生就是故事大王。我办过好些案子，发现他们一旦'熬'不住了，就真真假假，啥都掺和着说。办案人员最喜欢让你尽情地说，特别喜欢让你说出前后矛盾、说出大量破绽出来，这才是他们最想要的东西。等你说完了、说够了，他们才静下心来，把你说的'矛盾''破绽'一一给'挑'出来，准确地剪段切片。就这样一段一片地摆放在你面前，让你自己去辨认。到了这时候，你自己也觉得讲的东西前后矛盾，互不印证，非常好笑。你会非常难堪，你会求着人家吐真言、说真情，讲清各种因果关系。这个时候，你会招认很多当初你一口否认的罪行，办案人的目的也就达到了。当然，办案人员也会甄别你'招认'的可信度、可用度，不断地去粗取精、去伪存真，由此及彼、由表及里！"罗家成的谈话，用尽了哲学智慧，让陈大善非常佩服。

"你的学识高，经验比我丰富。你说怎么做才叫最高明的转移物件，我现在最关心的就是这个，快把人给愁死了！"陈大善说。

"你看，这就问到要害处了。其实，你我心里都是有事的，都有大量消除不了的事，排解不了、排遣不了、排除不了，都堆在那里呢。说心里话，很多年了，你我都把姚氏作为摇钱树，共同浇水施肥，帮他们避开风雨，精心呵护。有种说法，叫暗地里'结虎狼之属，沽清正之名'，其实，哪有那么高雅的说道。过去只因穷怕了，现在又因富怕了！不管哪一种怕，背地里都需做大量可怕的事，才能安享平静的日子。而今因为富怕了做事，又必将是另一番高明的做法，否则就容易出大事，不可收拾，那就更加让人后怕了。我是这样做的，属于实物部分，大都变成钱，钱又放到国外去。眼下的我，算是裸官一个。暂时来看，算得上是一身轻，没啥负担！"罗家成自认为无身外累及，心无挂碍，忧愁扫空。

　　"我也想裸，可是没法裸！家里有'地球仪'和'中华大笔筒'，都是大型翡翠、羊脂和田玉，算是世上绝无仅有，不可复制的物件。但是，我非常头痛，这些玩意无法变成钱。爱家买不起，藏家又不敢买。我现在拿在手上，基本算是一种负担。时间越长，越觉得会在这些物件上闹出什么幺蛾子来。我有一百多箱茅台，无人接招，贱卖无路，放在家里就像层层叠放的炸药包，整日为它们担惊受怕。送给人家，人家接过去就叫作'窝藏赃物'，那是一种罪名，谁要了谁就自觉地往自己头上贴上了标签。现在呀，都说'买高档酒的不喝酒，喝高档酒的不买酒'，这一点也不假呀！没有办法，今天凌晨，我的那些酒，全部倒进了河水里，送给了龙王爷办大宴、过大节。一瓶瓶酱香美酒，来之于天地精华，付之于惊涛骇浪，虽说是回归自然，但还是好令人心痛啊！"

　　"难怪呀，今天早上开车路过江边，我闻到了酱香的醇美。可惜，太可惜！不过，我见过'地球仪''中华大笔筒'，那是作者打算送到联合国大厅去展示的极品，你可不能乱来。沉也罢，毁也罢，统统都干不得。干了，人类的缪斯就饶不了你。把这两个东西给我吧，我想办法弄出去。弄出去，至少也能让这两件珍品留在这个世界上。只要能够留在这个世界上，也就留给了未来，留给了子孙，能让后代们看到中华文化的力量！这也算是一种积德。面对这些物件，可以给自己定一个最低的底线标准，那就是——我们可以做经济上的囚犯，但绝对不能做文化上的罪人。文化罪人，后人耻笑，千夫所指！"

"你说那么多干啥？我知道缪斯就不可能在官场上受罪，我知道文化是种力量，我就不会蛮干。问题是现在你到底能出多少钱呀？我就看这个！"

"你看你看，还是金钱比兄弟亲！放心，不会亏你，我会找两个评估师，让他们给评评，分钱不会亏你！"

"要是你与评估师勾结成一伙，死缠烂打拼命压我的价，我连屁都放不出来一个！干脆，我也请两个评估师，让他们共同议价，你我都不参与，如此咋样？"

"你啊，还真是块做生意的料，不像官场上的人，更不像是做兄弟的人。好吧，就按照你说的去做！"

欲望总是会分泌出一种冲动来。这天，一种观赏的欲望、一种占有的欲望、一种发财的欲望驱使着罗家成，让他一大早如约跟随陈大善来到一个破旧的楼房顶上。

这是一个非常不起眼的地方。楼下院子里有一排竹笼子，那里面养着鸡、喂着鹅。刚才大家走进院子的时候，那些家禽便争先恐后吵闹着跟人打招呼，热烈欢迎，好不热闹。这哪里是陈大善的住房，分明就是一个标准的贫民窟、城中村，任何开发商都不会把目光投向这里。罗家成说："都讲藏富于民，你是藏宝于贫——看来要想读懂陈大善这本书，还真不容易。我呀，我是最多才刚刚翻到扉页！"

"你这话太难听，我就是一个土包子。我还一本书呢，这一辈子我都没有读完过一本书。这会儿，趁评估师还没到，咱们就先看点别的，都是一些闲情逸致！"

二人进了一个类似蒙古包一样的房子里。一位小工模样的小伙子进来打开灯，只见屋内一片富丽堂皇，四处有种波光潋滟的感觉——这里分明就是一片水族馆，各色鱼种，非常养眼。

罗家成慢慢开始醉心于此："没想到，还有这样一个天地，让人开了眼界，开了眼界。我说陈大市长，你应当卖门票呀，把稀有动物藏在这里不给人看，谁都觉得是一种资源浪费！"

陈大善说："谁稀罕这些！我只是一种爱好。"

陈大善给罗家成介绍水族馆里各类品种的鱼。他津津乐道，如数家珍，得意非常，特别熟稔。他说："这是血红龙，这是日本锦鲤，这是白色金龙鱼。还有这里，红色金龙鱼、黑白满天星、瑞士狐鱼、薄荷仙子，这些小动物运到咱们滨江，对温度、运输工具都很讲究，非常不易，它们都是全世界最名贵的观赏鱼，目前我的这些小动物全部位居前十以内呐！"

话到此处，几位评估师已到楼顶。

陈大善征询地问道："看货？"

罗家成说："看货？货在哪里呢？"

只见陈大善一按电钮，薄荷仙子的鱼缸开始哗哗放水。所有的"仙子"都自动漂游到另一箱空鱼缸里。水放完，升降机自动把两个宝物从鱼缸底层缓缓送了上来，如魔幻一般。

这一套程序的展示，令在场所有观赏者目瞪口呆，惊叹莫名，怎么设计出这样的玄机！

罗家成眼里大放光芒，感叹不已，他说："如此藏宝神器，真叫叹为观止！……陈大市长，我真佩服你了！你呀，没有多高学历，却能研制出如此掩护装置，佩服至极，佩服至极。我真的刮目相看呀！我见到无数登场退场的官员，却没见到像杨大善这样的极品官员——'当官当成演说家，腐败腐成发明家'。我敢说，在省内，至少在滨江这个地盘上，没有第二人。我想不透，你为啥走向官场，你呀，太可惜了！"

"糟蹋我呀？讲得不要那么难听，再这样下去，你是想送我下地狱呀？快来品一品，我真的不懂这些玩意！"陈大善没有因为罗家成的一番感慨乱了方寸，更没有因为有人赞赏他的创意而受宠若惊。他很镇定，一本正经与人谈着交易："这不是一般的材质，也不是一般的匠心……"。

翡翠"地球仪"直径五十五厘米，表面颜色与地球仪色泽别无二致，洋面酞菁、深蓝、浅蓝，通过乳白色，过渡到土黄、藤黄、石黄、赭石、土红，实属天作之成，世上难找。羊脂玉"中华大笔筒"高五十五厘米、直径三十四厘米，易经图案浑然天成，长城图镂空雕刻，老子五千文全部镌刻在上，做工精妙。难怪作者意欲送到联合国去一展技艺，实属神品。尽管如此，几位评估师综合估价是三百七十七万。

其中一位评估师只讲一句话："品相无可挑剔，尺寸黄金分割，图案设计独到，妙！"

　　罗家成说："我们是兄弟，我说个价，二百三十三万！"
陈大善"啪"地一击掌，说："成交！"

　　罗家成接过两件宝物，既喜不自禁，又一筹莫展。拿着就像两砣钢锭，太沉，又不知置于何处，左右为难。他是想通过地下渠道弄出境去，在国外卖个好价钱。眼下，要是放在家里，有污"小生态"，是不廉之物。他突然想起侄儿的汽车美容店有一复式夹层楼，放在那上面，谁也不可能知晓，便安排人搬了过去，用了一些不起眼的饰物包裹严实，放进两只箩筐里，藏在了那夹层楼里。之后，他没事就三天两头去巡查安全问题。巡查次数多了，感受也就多了，安全问题也自然地反映了出来。他发现该店进出人员太杂，外人也在往那夹层放东西，他担心出现手脚不干净之人。于是，又将这两件宝物搬回了他一再向外宣传的"寒舍"床前，不至于睡不上安稳觉。

　　天气转凉了，狐裘难抵滨江寒。从未去过海南的罗家成当了一回"候鸟"。他休假去了。可是一到海南，他做梦都梦到有人在打他那两件宝物的主意。别人的觊觎之心让他在海南难安其心，每晚在床上睡得很不踏实，烙饼烙到天亮。也难怪，他所在的小区是一个老小区。当初他住进来的目的，纯粹是为了标榜清廉干净，不招惹闲话。而今，对外低调谨慎没有"口实"可托了，可小偷却不时在那里高调招摇。跟平安工作相关的政法干部，住进的地方却不那么平安，这本身就是一大讽刺。罗家成无可奈何地接受了这种讽刺。他说，没办法，这也是生存之道。

　　人类永远逃脱不了墨菲定律：愈是担心害怕的事情愈会发生。假期满，候鸟北归。罗家成一回到家，便发现两件宝贝果然被盗。他气得咬牙跺脚，一屁股坐在茶几上。"砰"的一声，茶几玻璃就在一瞬间碎成一张蜘蛛网，他就像一只大蜘蛛，稳稳地坐在中央。他用拳头猛击自己的胸口，就像擂击大鼓，嘭嘭直响，不知如何是好。这叫"两眼一眨、一切白搭"。厄运，从天而至的厄运。泪水也不由自主出来了。一个念头闪现："敢偷检察长家东西的人，都不是一般的小偷！"他怀疑有人早就盯上他了。盯他的人又是谁呢？

　　他极力地让自己镇静下来。他清楚，人在心乱的时候，最容易做出不智的决定。他两眼打转，心想，如果向公安机关报案，这跟腐败官员跑去投案自首没啥区别。如果不报案，财物被盗，又何以咽得下这口气！

　　一时纠结无方。他打电话给陈大善说了此事。陈大善以为罗家成在玩他，电话里气定神闲、心无波澜，故意拖长声调对罗家成说了下面这一番意味深长的话——

　　"兄弟啊，如果你说的是假的，希望你不要讹我这个老实人，我很不容易，胆子也小得可怜，心理更是脆弱。不管你出了哪种情况，我都不会退还你的钱。你我是非常清楚的买卖关系。我呀，一分也不会退还给你。都是有头有脸的人，要讲信用、讲形象、讲道义。如果这事是真的，那就按照真的来处理。假作真时真亦假。真的一定要假做——千万不要张扬出去，更不能报案。你那样聪明的人，应当知道张扬出去的后果。你应当权衡一下，人家是小偷，你可是大偷。记着时下一句话'小偷偷大偷，放手让人溜。一旦抓住了，大偷最堪忧'！"

"我不是大偷，我是买呀！花了两百多万，买了一场空呀！"罗家成语无伦次，双手在空中乱抓着。

"两百万，算个球。两千万，也算个球！你还大叫买了一场空，什么叫一场空？一旦讲出去，你买的就是一桩罪！传到社会上去，你罗家成跟裸奔在大庭广众之下没啥区别，丢人现眼！到那时，你啥都不是，一钱不值，那才叫买了一场空！"陈大善的话咄咄逼人，连珠炮似的打了过去，毫不客气！

痛失宝物的罗家成称病在家。他请了四天病假，搬来一箱茅台，悄悄到路边餐馆买了一大堆卤煮，闷在家里麻醉自己。可是烂醉如泥的罗家成嘴里的醉骂却一点不像醉话，真的叫酒醉心明白，他咬牙切齿："天杀的小偷，下手太狠！"

这一点也恰好证明，再好的酒也无法让一个人摆脱痛苦。

这世上，没有一样东西能渡欲海不归人。

酒也不例外。

第二十五章　偷腐争论

　　"这年头，你要是不看电视，你就不知道地球转到哪里去了，活得连自己的方位都不知道，那还有多少意义？"悬壶楼一位老茶客就这样开了个头。"谁说不是呢？你看旁边的江水，它每天流动的姿态都不一样。总有看不够的江水，说不完的闲话。"白尚良就坐在旁边，他刚刚送走谈话的人。转身回来与一位工作人员接着喝茶，想休息片刻。这位工作人员问白尚良："你认为，刚才老百姓说的，他们都从电视里看到了什么呀？"白尚良说："看到了什么——这是一种嗅觉，敏感的嗅觉！督导马上就要开始了。整顿重塑了教育。督导必然用来升华整顿。教育整顿的督导工作，必然催生队伍建设发展的新模式！"这位工作人员说："督导就是医生查房，病人欢迎！"白尚良说："是这个意思，但你这个比喻让本地官员听了不高兴。他们不觉得自己有病。我们还是说自己的教育整顿试点工作比较好。说自己的问题，没人有意见。我们即将开始的督导工作，就像农民播种之后，要去查看有没有病虫害一样，这个环节需要格外精心。疏忽，就是蝗虫的温床。疏忽，必然带来寅吃卯粮。袁隆平总喜欢盯着试验田，他自己也说，我不在家，就在试验田，不在试验田，就在去试验田的路上。经营教育整顿的'试验田'，要学习袁隆平，否则，怎么实现新的突破，给全国贡献'滨江经验'！"这位工作人员叹了一口长气："现有的好多督导，都是整人督导，弄得鸡飞狗跳的！"白尚良说："有时，弄得鸡飞狗跳的督导也是被逼的。你做好了，何至于鸡飞狗跳！"那位工作人员又问："你搞过这样的督导？"白尚良说："没有搞过，明火执仗，有点动粗的味道。回忆我搞过的督导，大致有四种：一是师徒式督导，在检视中提升业务，让人受益；二是训练式督导，注重学习过程，强化知识掌握的系统性；三是管理式督导，紧盯制度规范的落实和组织发挥作用；四是咨询式督导，帮助破解难题、扫清障碍！这样一些督导，我觉得接地气。"那人又问："好渊博的白组长！下一步，这些方法都会用到吗？"白尚良肯定地说："都会用到！"

　　路过一个包间，白尚良站定。见这包间两边楹联刻着：起诉状答辩状上诉状理直气壮，刑事法民事法行政法违法则罚。悬壶楼茶庄的工作人员告诉白尚良："阳光律师事务所的老板卢伟便是这个包间的常客。"跟随白尚良的那位工作人员说："卢伟当年是阳平县副县长，当过县司法局局长。早就辞职下海了，这人支了一个打官司的摊子，替人'鸣冤叫屈'！"白尚良只说了一句："我不一定认识他，但我一定要想办法认识这人的几个朋友！"

　　此言道破了天机：白尚良在做大蛋糕！

　　这天，刚刚从杜欢欢旋涡中解脱出来的张广友被白尚良叫了去。他理了头发，显得比往日精神了许多。白尚良要安排他带队下去督导工作，帮助打通教育整顿中的各类堵点，为基础较好的单位擦亮品牌，再寻突破。他认为，不这么做就将影响"试验田"的产量，必须风雨无阻。那些有想法、有创意的同志，就该直奔"田间地头"发挥他们的才干。

白尚良与人谈事，喜欢开场把话题扯得很远。他凝视张广友，好半天才讲道："有的人，长得就像二维码，你要是不扫一扫，还真识别不出他那皮层下面隐藏着怎样的真实面貌、藏着一颗怎样的灵魂。这二维码，真的有些神秘莫测啊！刷一刷，想要的都要到了，不想要的也会出现在你眼前，甚至缠住你，就这么怪！"

张广友说："组长，也不见得什么样的二维码都可以扫，很容易招致病毒，尤其是美女伪装的二维码，更具破坏性，容易带来病毒性绯闻。你要是没有警惕性就直接把你拉入泥潭，蹦跶几下，弄得你一身污泥！"

白尚良说："非常时尚的理论，新鲜！情路波折，未成正果。你也无须太多后怕。不管怎么说，这二维码实在很有些用处，不是普通意义上的媒介。再说了，今天许多绯闻流传，表达的都是年轻人的个性，不可能上升为党性，挨也挨不上，不能生拉硬扯，我很反感那种贴标签！更何况，你算哪门子绯闻呀？最多就是生活微澜，波浪不惊的生活微澜。无关品性与党性！当然，这种烦心事要是放在我的头上，心情也不会好到哪里去，甚至会比你更糟糕，可能会压抑得爆表！这世界上，爆表的情绪是无法收拾、无可抗拒的，弄得不好，我也许会动动徇私枉法的心思呢。可是咱们的张广友同志不是这样，不一样就是不一样，你很有定力，你没有丧失品性，没有动摇党性，受到了考验！"

张广友说："你这是安慰我！"

"我无须安慰你。相逢无悔，过往无憾。你应当知道斯德哥尔摩综合征吧——那一天，有两个罪犯试图抢劫斯德哥尔摩一家最大的银行，挟持四名银行职员。和警方僵持了一百三十多个小时后，歹徒不得不投降放了人质。可是几个月后，遭受挟持的四名职员竟然对绑架他们的罪犯显露出无限怜悯的情绪。他们拒绝在法院指控这些歹徒，甚至还为他们筹集法律辩护的资金。他们都表明不痛恨歹徒，因为歹徒并没有伤害他们。反而，他们对警察采取了非常敌对的态度。更为有趣的是，其中一名女职员竟然还爱上了一个劫匪，并与他在服刑期间结了婚。这种屈服于暴虐的现象叫作人质情结。我们生活中，还有许许多多跟犯罪分子有情结，也许生活中存在的就是合理的吧，也许个人隐私就是无可厚非的吧！但是，还有一个故事，不知道你愿不愿意听——有一个女杀人犯在被执行枪决后，追慕她的一名警察来到她的墓地，抚摸她冰冷的墓碑说：'为了你，我差点动了徇私枉法的念头！'他身后突然有一个女性的声音：'如果是这样，躺在这里的还有一位陪伴，那就是你！'这名警察扭头一看，原来是这个死囚的母亲。这位母亲告诉这名警察：'小伙子，我这才发现你铁铸的胸膛下面有一颗棉花般的心，我女儿没有看错你，但我只想告诉你，你不宜在此久待，作为一个罪犯，恐怕她更希望你忘记她！'"

张广友说："忘记？哪有那么容易。但组长你放心，我这里的这一页，翻篇了！"

"翻不翻篇，我无权走入你阅读的世界。人生的阅读，不过就是生活的过往，回顾流连多了，也没有多少好处。所有的阅历，都是经历。生活，总是不断地向我们发来考题，工作也是这样，用什么样的状态去书写，就有什么样的结果。今晚，我们即将书写的这份答卷，愿滨江老百姓给我们打一个高分……"白尚良说。

"请组长明示！"

"告诉你，长江派出所今晚有重大行动。做好了，就是一种品牌，就是一大突破。无人助力，就很可能煮成夹生饭，可惜了上乘的大米！你们这些要去督导的同志，大多办过大案要案，用你们开过战船的手去划动一叶扁舟，对你们来讲，不过是轻舟泛湖，但对一个派出所来讲，却能让他们度过最难熬的时刻。好吧，现在就出发，参加他们的行动——猪八戒掀帘子，你们应该'露一手'了！"

"争取不负所望！"

当晚，张广友带队火速赶到长江派出所。一到门口，便见警灯闪烁，人声嘈杂。原来这个派出所抓获了一个有着特殊背景的入室盗劫团伙。正连夜审讯，拓展战果，深挖，盘问，热火朝天！

长江派出所所长雷正涛说："走吧，我们去看看他们是如何跟那些人磨嘴皮子的！"

"慢工出细活——得把嫌疑人的背景弄清楚，否则案子就做不下去。通则不痛，痛则不通！"

"应当非常全面。桌上放的这些资料，都已经准备了很长时间。"

在今天，政法机关总是高科技领航。审讯也不例外。

审讯"视听间"打开了。这是一套全新的数字审讯视频监控监听系统。就像打开了一台巨型电视机。审讯现场感特强。这"视听间"有两大效能：一是审讯时的"导演"功能，让所有"问话"既成为嫌疑人的必答题，也努力成为"拓展题"，收获更多的情况；二是观摩学习功能，给初涉审讯的新警提供"活教材"，让他们长长见识。"视听间"还有一大技术，就是外面可以看到里面的审讯，而审讯现场却不能看见"视听间"的任何情况，这一功能是为了避免嫌疑人提出各种质疑，影响审讯质量！

"隔壁都讲了，你为啥不讲？"

"不要跟我说隔壁。这是你们的惯用伎俩。它跟隔座山、隔条河没啥两样，凡是隔着的，都是诈人的嘴脸！我不会上你的当。要问，大家就一起来。"

"你嘴硬！"

张广友看完卷宗，对所长说："我去问？"

"好，你去撬开这张铁嘴！"

张广友问那小偷："你叫唐开心？"

唐开心："是又怎么样，不是又怎么样？"

唐开心两眼一闭，静听审讯发话。

张广友说："我说唐开心呀，你现在开心吗？从三十六行演化到七十二行，从七十二行又分成三百六十行，行有行规，业有业德，行业操守，自古亦然，可能你还不知道吧，你们偷盗这一行的祖师爷就是大名鼎鼎的东方朔。在西王母赠桃给武帝的时候，东方朔从殿南厢朱鸟牖中偷看。西王母看见东方朔之后，就对武帝说：'那个从朱鸟牖中偷看的人，曾经三次来盗我的蟠桃吃。'这个世界是透明的，你以为你不干净的行为就能够瞒天过海？但是，偷盗也应有个行规吧，至少也该讲究一个职业道德，我觉得你丧失了职业良心。都说'人穷起盗心'，可你'盗'的这一家，比你要穷上十倍！要说讨口要饭，这一家人更有资格。现在你开心了，人家却心酸了。世人会说，你是人面兽心，禽兽不如，你做何感想？心都是肉长的，你怎么就是石头做的呀！"

"你少撩拨人，该怎么样，你看着办。穷，他能穷到哪去，再穷也是一个国家干部，听说还是一个处级干部。再说了，我要是把千年蟠桃放在眼中，就不会把贪官蠹役装在心中。"唐开心鄙视张广友的这种说法。

这番话让张广友感到这是一个"知识型小偷"。他说："不错。你以为你进的是一个县级干部的家门，就有大量金银财宝等着你，你想得太天真了。他家里就他一个人拿工资。是全市有名的廉洁干部。不对，应当是一位榜样型的廉洁典型，叫钟清川。谁要是偷了他，就只能让他雪上加霜。他母亲瘫痪在床，半条命的半边身子，全都长了褥疮，整天呼喊着疼啊，哽咽哀号。他妻子因为代他去救助一名贫困山区的儿童，在虎跳岩摔成了残废，至今吃着低保，只能每天拖着瘸腿去拾荒，还不时遭人耻笑。漂亮的女儿是一名学霸，无奈只能辍学在家，每天三次跪在床前给奶奶换药，以泪洗面。现在，你又把这唯一拿工资的人给刺伤了，你说这一家人还怎么活下去？你要是有母亲，就想想你的母亲；你要是有妻儿，就想想你的妻儿。做事情，要是太绝情了，就不配做人，活下去都不配！"

听如此说，唐开心相信这是事实。因为他目睹了、见证了这一家的家境。内心一阵悲戚，鼻孔紧促，竟抽泣起来。他懊恼，他后悔……

那会儿，空气都潮湿了，时间都酸楚了。张广友稳稳地端坐在那里，用泪光注视着唐开心。唐开心把头转向一边，已经触动了良心。

"说吧，你为啥被抓住了？"张广友开始正式发问。

唐开心是小偷团伙头目。张广友问出此话，显然是辱没和小瞧了他所从事的"行业"。唐开心心想，我所从事的这份"行业"虽然不算高尚，但也绝对不是卑贱的工种，至少也算是人间正道。这天底下，如果你们是公开反腐，那么我这算是暗地打贪。你还说什么东方朔是我们的祖师爷，你这是将天比地。我们这一干人，不是神仙，也非流氓。反腐，你们大多时候停留在口头上，而我们全是落实在行动上。我们只是用了一种不恰当的手段而已，但它更干脆、更利索地解决了问题。

唐开心过去是一个做工程的老板。他给当地留下的口碑是"开心老板，放心工程"。有人说，做工程一旦驶上快车道，便会患上老百姓极为痛恨的"健忘症"：只要收到全部工程款，就会把这项工程忘得干干净净如同隔世，他们对工程不会有任何后期维护！但在滨江，人们永远记得当年有过一家"开心公司"。老板就是唐开心。他们的对外广告语是"开心人开挖沟槽放坡，开基业开山引水修路"。开心公司所做的工程全是终身负责制。工程交付后，持续有人跟进质量问题。当国家还没有提出工程质量终身制的时候，他们就开始履行这一要求了。终身责任，从未放弃，从不轻慢。公司被当地百姓誉为"最有社会责任和良心的企业"。可是，在水利电力局的一次三千万灌溉工程招投标中，他们竟被一家资质存在问题的公司给击败了。唐开心当时晕倒在开标现场，之后他躺在医院，盯着输液瓶，心想：我这样强壮，哪里有病，是官场有病了，而且病得不轻！开心公司一年内三次"榜上无名"，养活员工早已成为问题，就只好申请了破产。后来，他们了解到中标这家"问题公司"之所以能中标，是他们送了水利电力局副局长一件清代画作。此事令唐开心非常伤心。他特别不甘心。在他看透世道人心、人面兽心后，第一个念头就是窃取这个官员的"非法所得"。决心用这种形式阻止官场暗交易、潜规则。你让我不开心，我让你不得逞。唐开心找到一个"开锁匠"，问道："你们偷偷摸摸在电线杆、楼道口贴'牛皮癣'广告，'牛皮'吹得震天响，啥锁都能开，这是真的吗？"在唐开心步步逼问下，"开锁匠"才道出真情。唐开心对开锁匠"洗脑"后，二人决定联手共同担起"开赃物之锁，阻非法所得"的社会之责。用一种使命和担当纯洁社会生态，他们非常轻松地打开了那位副局长的家门，取走了清代画作。唐开心把这件价值二百五十万元的画作捐给了博物馆，拿到了十二万元的奖励金。他说："我也得养活人，画作原本就是流落民间的国有资产，是国家的，个人拥有的画作应当具备收藏的合法资格。你没有资格，就只能收回来，这叫物归原主，是天经地义的。我的行为虽然称不上光明正大，但也算得上是为国家效力。你用公权伤害公心，我用手段捍卫公正——这不过就是一个'猫鼠游戏'而已！"从此，唐开心成为腐败官员家中的"梁上君子"。为了做大"偷盗业"，他开始培养"职业神偷"。他手下的大量骨干都是腐败官员家中财产的"盯梢人"。

唐开心看到张广友对自己不屑一顾，终于正式张嘴说话了。他说："这么多年了，我从来就没有考虑过会被公安轻易抓住！"

"你就这么自信？"张广友问。

"这也算是一种自信。那是因为只要是我们认定的目标，报警概率就基本为零！"

"为什么？"

"一次报警就是牢狱之灾，还将搭进子女前程。这样的风险，愿干的人不多，必须排除得干干净净！告诉你吧，行动之前我们会做好各类风险评估，反复论证，量化指标。只要能够确认领导干部家中的宝物不是自己掏钱买的，或者那些玩意儿'污染'程度很低，就可以评定为低风险。但这种低风险也并不是马上就可以动手取得。要动手，还要对这家人的警惕程度、防范措施再次进行评估分析，确保万无一失后这才可行动。这是一个复杂的过程。没有这个过程，等于去送死。"

审讯中，唐开心逐一戳穿官员在非法所得赃物被盗后的种种心态。他说："通过我们的评估，具备这些条件的人家，一般来讲是不会报警的。这一条是肯定的。能够当上领导干部，都是权衡利弊、看清得失的'精算师'，他们会精算到小数点以后不知多少位，这不算夸张。他们更看重自己的存在价值和发展空间。一旦报警，就相当于向纪委监委自首了，他们拥有的什么空间统统都会被挤压成上了锁板的空间，狭窄得让他们难有一丝动弹。打死他们也不愿走这一步。当然，报不报警，这些家庭也会有一番内心挣扎、思想矛盾、纠结不安，也只有在做了权衡利弊得失之后，去选择隐忍放弃，不再愁肠百结，左右不定。不管怎么样，最终，他们会做出'宁可失财、不可丢官'的选择！"

"一切都无懈可击。第一次感受到这一'职业'的严谨性。你们是怎样识别和选择下手对象的？"

"途径很多！比如，我们有一部分入职人员是保安，进入小区之前，就会对他们进行培训。上岗后，他们一般要拿两份工资，在我们这里拿的要比小区物业那里高出一倍，否则他们不愿意干。其实，他们的任务很简单，也没有风险，就是获得值守地下车库和停车场的岗位，通过这些岗位捕捉上下豪车高档物品的信息。这些人要称得上是'绅士保安''面容和蔼'，都是暖男一枚。一般情况下，他们会主动热情讨好住户，主办干搬抬物品之类的活儿，总是冲在前面。他们只干这一件事情，举手之劳，没有心理负担。我们一般不会安排他们参与我们'开门取物'行动。否则，他们干不长久，容易丢掉饭碗，影响保安声誉！"

"看来你们有严格的纪律？"

"我们的纪律多了。概括起来就是'三路四定五不偷'。"

"说说看？"

"三路，一是摸准赃物的准确来路，不能偷错了；二是熟知官员日常行走的必经小路，不被撞上了；三是开辟攫走财物的隐形伏路，不要迷路了。四定，就是确定动手时间，确定使用技术，确定物品位置，确定藏匿地点。五不偷，不偷妇孺，不偷贫民，不偷民工，不偷商店，不偷公物。"

"的确很严格——不过，这次为什么失手了？"

"明知故问——上错楼层，撬错门，这一家确实不具备出手条件！"

"这两年，你们都成功进过哪些领导的家？"

"李平、陈大善、罗家成……"

"放存地点？"

"四个山洞！"

"走，带我们去！"

深夜。深山。深洞。灯光闪烁下，罗家成的"地球仪""中华大笔筒"熠熠生辉。

小偷还没将两件宝物变卖。

可以看出，他们也期待一个好价钱。

"这是罗家成检察长家里的，这是陈大善副市长的……"

唐开心指认赃物，脸上有一种荣耀，更有一种开心。

谁也不能否认，这有炫耀战利品的味道。

第二十六章　箍牢圈子

罗家成在悬壶楼坐着听了老茶客几个段子，就被单位上的人喊去开会研究工作。他很反感上级占用他的"细民茶话"时间。他一步三回头，断断续续地听出几句话来，怎么都觉得老茶客是针对他说的："风潮难挡，不测险恶。所以才有了'行子苦风潮'，才有了'干岸不沾湿（事）'，也才有了河神的观点：能给江水把脉的人，都是龙王的后裔。能守在干岸不肯下水的人，都是被水淹死过的水鬼！"

那罗家成还听出了什么叫"干岸"！据说悬壶楼里的那些老茶客们是这样解释的："置身事外，不被卷入风波潮汐之中。"跟楼下江水的船工相比，这些茶客喝着闲茶，谈着闲事，心无挂碍，这便是在干岸的最好状态。而人在干岸，还能饱看。可以手抱茶壶，惯看秋月春风，看尽鹅黄嫩绿。还可看出壮观美景——绝好江山谁看取？涛声怒断浙江潮。分明看见青山顶，船在青山顶上行！只要置身事外，何惧浑水！

迫切想要急流勇退的罗家成，想尽办法要站在"干岸"上来。不过，他没有悬壶楼的老茶客那样的好命好运和那份清闲清静。罗家成有不少圈子。圈子就是神力魔力，圈子也是生产力。当然，一个人只要进入一个圈子，对了可能就是一道光圈，错了也会落入圈套。罗家成说："很多时候，光圈和圈套还真的不好分辨。只有等到光圈戴头，或者圈套陷身，这才大彻大悟！"正因为如此，罗家成也就成了时下的"官油子"，他随时都在感慨："人在江湖，身不由己。圈中有套，知彼知己。借势打势，排除异己。有人监督，安分守己！"

告别"手机离手魂都没有"的尘嚣，罗家成再次来到"竹海桃园"。他要在这个手机信号全部被屏蔽的地方会见几个老部下。这是他众多圈子之一，他从来不让圈子之间有什么必然联系。他担心圈中有套。四年时间，他从阳平县培植了三任检察长。这些得意门生同样沾光于姚氏、得势于姚氏。他们通晓案情，既相处得水乳交融，又整日觥筹交错，乐此不疲。这三人，一个叫姚启，阳平县检察长；一个叫陆胜，东区检察长；还有一个叫王南，南区检察长。他们对罗家成俯首帖耳、忠心耿耿，已在滨江形成"铁三角"。罗家成自称"圈主"，他多次对这三人说："没有你们箍圈，我这个'圈主'就没有存在意义。没有你们圈外设圈，圈外套圈，越做越大，哪有现在这种'铁打的江山''稳定的局势'。都晓得，有人的地方就有圈子，有圈子的地方就有江湖。在今天这个世界上，能够守住江湖道义，那也算是一等的人品！"

"是的，是的，家成老大哥就是一等的人品，江湖上的这个！"姚启双手竖起拇指。

"别跟我扯这些！"罗家成瞥了姚启一眼，"你那口气，一听就是在姚世禄那里刻录下来的！"

"大哥，中国现时还没有刻录机，滨江的刻录机都是血脉生成机！”

血肉情谊可见一斑。

三人一坐定，罗家成就郑重地问："请问弟兄们，假如有一天我倒霉了，你们还能够在电话屏蔽的情况下，找到我吗？"

罗家成眼光逼人。

看惯这种表情的姚启陈词有力。他说："你与我们情同父子，岂可忧虑这些。父子是有感应的呀，电话不通心灵相通，心有灵犀一点通嘛。谁要是动了你一根手指头，都会像电波一样直达我们的神经，痛到我们的心尖！"

"你还是那张嘴，抹了蜂蜜！不过呀，我爱听。我请大家来这里，说几件重要事情。这第一件么，教育整顿进入关键时期，全省抽调纪检监察人员起底姚氏案子，扩大'伞网'范围，很多人都要拉来凑凑数。既然是凑数，有的人就要弄来作为小棋子，做出牺牲，不然中央指导组就交不了账。第二件事情呢，检察系统办案，大多都是公安机关侦查得来的证据。也有不少是我们自己侦查的，但很少，大多还是职务犯罪的。自己侦察，不是我们的主业。有一点你们应当明确，我们这里不外乎就是'一座桥'而已，让一些卷宗过过'桥'，就这么一点事情。不过如此，如此而已！我们能有多少审查的责任呀，你们要学会料事、虑事、处事，把控得好，就一点没有事。第三件事更重要，你们要始终记着，很多事情都是你们在具体办，我是不知道的，也不可能知道。当然了，就是知道，我也会说不知道的。这不是我要故意'甩锅'给你们。比如，有人说我曾经讲过'三个不诉'：存疑不诉、酌定不诉、法定不诉！这不是我讲的，这是文件里面讲的。作为我，落实上面的指示要求也有错呀？姚氏的案子，用了'存疑不诉'的政策，只针对赌博判了刑，在当时的历史条件下是没有问题的。有文件依据，难道文件也有错的？所以说，好多事情，既要想得开，也要想得清楚，更要想在前面。假如有一天我真的倒霉了，怕的是连一个看望你们家人老小的兄弟伙都没有一个呀，这就惨了！我不愿意看到这样的结局，相信你们也不愿意。圈主还在，圈子就散不了，你们看，这算不算大局呀？"

听如此说，那三人面面而视，心脏就像擂鼓一般。他们眼里发出疑惑的光亮：这都遇到哪种情况了呀？

山谷竹林的风，吹得大家双腿打战。窗外，成群的野兔在搬家，店家说："野兔搬家，山洪就要来了！"

动物界感知信息特别灵敏，它们同样有一颗不安的心。

此时此刻，这三人也很敏感。除了冷，他们还有别的滋味在心头。罗家成见到，每个人的眼球都在转动，这一个个窗户里面，全是一颗颗不安的灵魂——他们同样也是人中龙凤。何况自保是动物的本能，只不过人会掩饰而已。

罗家成扫视大家，卖了一阵关子，这才讲道："你们也不用害怕，至少目前我还在上面把一些事给你们罩着。要是哪一天，我都罩不住了，甚至连铁盖王那样的人都盖不住了，那就只好把哪个兄弟从检察长的'花名册'上删去，出现这种情况你们也不要大惊小怪，更不要张着嘴巴乱咬，那也很可能就是我的'大笔一挥'给划掉的。你们应当清楚，我既然有权力在这里把你划掉，也可以在别的地方把你的名字添上。你们要理解这事！把责任放在你们身上，保住了我，你们的家人和孩子也都会得到很好的关照。等这阵狂风吹过去，雷声消停，雨过天晴，你们再享雨露，茁壮成长！想想看，你们那点事还不是芝麻点大的事呀！所以，一事当前，不能先替自己打算，不能一点担当都没有。要是这样，我就错看你们了。也希望你们不要让我失望！"

大家相互看了看，觉得很有道理。跟了谁就认了谁，也就自然会被谁所顾念。在这个世界上，原本就是这样归类的！人不能背叛组织，更不能代表背叛组织上的人，否则就会"踢"出圈子。那些游离于圈子之外的人，都很失败，所以，还是圈中人有安全感！

罗家成言辞依然强势，他说："在圈子里面，别跟我谈什么格局、高度、态度、思路，统统都没用。要谈就谈如何建造摧不垮、炸不掉的钢圈子。圈子也得有护城河呀。北京故宫的外围，就是一圈护城河，它是一道人工河，是城墙的屏障。这是古人的智慧，一大防御手段。河墙相依，互为屏障，让水师和侍卫共守天朝，以防有人偷渡袭击。所以说，皇帝离京，就会非常自豪地跟人讲圈子。美女问他住哪里呀？他会说：'北京有个大圈圈，大圈圈中有个小圈圈，小圈圈中又有个黄圈圈，我就住在那个黄圈圈当中。'离开了黄圈圈，还是那个跑马圈，几个太监把绳牵！"

讲着这样的圈子，让几个小兄弟大开了眼界。罗家成接下来才说到正题："现在各类案卷翻了个底朝天。中央指导组驻阳平的工作人员在通过案卷捕获疑点，全省又调集了纪委监委系统的人也在那些案卷里捕获疑点。事实上，巡视组也在介入。几拨人，一件事，大有狂轰滥炸的味道。大家都在拭目以待。如果你们也是这种心态，那就错了。节目预告了好长时间，迟迟见不到表演，大家都等得不耐烦了。我的想法呀，就趁这个空当，你们是不是也可以去捕获一些疑点呀，找一找当年的瑕疵，看看我们该不该运用'三个不诉'，特别是'存疑不诉'，温故而知新，查漏补缺！"

陆胜说："这个事情姚启才能做！"

王南也说："是啊，我们连案卷都见不着！"

姚启则说："检察院的档案也只是保存起诉书和一些诉讼件，这些东西网络上都能查到。当然，也有不少配套材料，但当初一直认为是档案室的负担，就能减则减，'瘦了身、也失了真'，都是那时干的。大量的材料都在法院，源头的东西又在公安。检察院还真的就是一座'桥'而已。水流东西，车行南北。东西南北这么一过完，这里就最多留下一个痕迹而已。甚至，有的连痕迹都未留下，这就是检察院——一个接送'过客'的地方。"

"你的意思就这样听之任之、听天由命、任人摆布了？"罗家成说。

罗家成说："你怎么能这样理解呢？我的话，你们一定要慢慢去品。品嘛，就一定要品出你们该做的事、该说的话、该闭的嘴！"

"所有案卷，几个工作组轮流'霸'着审阅。他们也在赶时间。好多时候，办公楼里的灯光几乎通宵亮着。我们要查漏补缺，也只能趁他们晚上不在的工夫查一查！"姚启觉得很有难处。

"要查，一定要查！争分夺秒，抓住机会查漏补缺——'不方的地方修方，不圆的地方修圆'。不然，就是'瞎子过河，心中无数'！"

"这个问题是有点严重，如果不做点文章，我看就是'瞎子过索道——提心吊胆'！"

"是啊，是啊！"

罗家成送走这三人，来到里屋。陈大善还等着他进一步探究"官场避险"问题哩！这个话题似乎是二人永远说不完的话题。只要这个话题还存在，就有放心不下的牵绊。

避险，此间成了两个官员的心魔。

陈大善说："让这些人成为冲锋陷阵的士兵，可以让我们的阵地固若金汤！"

"有的人在冲锋陷阵中牺牲了，有的人负伤了，还有的人可能还会活着。这既考验着他们的为人、品性和能力，也评判着我们的识人、用人和运气！"罗家成说。

"珍惜身体吧，高潮时享受成就，低潮时享受人生。往后的日子，不，往后的仕途上，我们撞不到什么大运了！识时务、知进退、善其身！"陈大善说。

"不容易做到。特别是'善其身'，太难！听说，前几天，公安局破获了一起入室盗劫案件。指导组的干部都来参加审讯了。可审讯结束后，却迟迟没有将案子移交到检察院，这有点蹊跷！我心里一直有个心病，他们供出的到底有没有'地球仪''中华大笔筒'这些玩意儿呀？要是这些东西一旦曝光，将会败露许多事情，不仅不好收场，你我的脸都没地方放！"罗家成陷入沉思，眉心紧锁。

"今天呀，利用小偷反腐，利用小三追赃，看似剑走偏锋，没按常规，实际上这是独辟蹊径、出奇制胜之大招，论起糟蹋领导干部，没有什么比这更可怕的事情！担心呀！"陈大善说。

"小偷反腐，这只是一个旁逸斜出的路径而已，不是主渠道——还有很多路径、秘密手段，只不过我们感受了小偷反腐的杀伤力，就以为那是一片反腐的广阔天地，让办案人员大有作为！其实，并不完全是这样，关键是各个专案组就像搞比赛一样，他们有办案进度和成果要求。"罗家成有自己的判断。

二人在"竹海桃园"彻底醉了一场。

一觉醒来，他们为这里的野兔搬家而深感好奇。观察了好半天，陈大善说："规模越来越大，成群结队，哪里是三窟藏身，人类太小瞧它们了。你说，它们这是不是在大迁徙呀？"罗家成说："也许它们碰到了什么末日，才让逃亡如此悲壮、如此惨烈！"

兔子的悲哀有谁知？人的悲哀又有谁知。当时有人留言："兔界不谙桃园事，圣人难解三窟心。"

不日，突发山洪，这个怀旧山野变得满目疮痍。"竹海桃园"被夷为废墟，所有生活设施荡然无存。寻觅兔居何"窟"，已是迷失无考。此地多处成为汪洋，这也许就是兔界的亚特兰蒂斯。

第二十七章　创造判例

　　审讯，一旦在不易撕开口子的地方撕开了，接下来就是探囊取物。所有藏着掖着的东西，统统可以伸进口子，信手掏出。长江派出所的办案，是一种"旋风式"作风，大有风卷残云的味道。不给自己张嘴喘息的机会，犯罪嫌疑人也休想在喘息中闭嘴。他们连续攻坚，巧取智夺。"盗窃团伙案"的侦查审讯阶段很快告一段落，组卷入柜。大家伸伸腰，理直气壮靠枕呼呼去了。他们认为，这不是普通意义上的"盗窃团伙"，如何定性、如何处理，特别是如何运用该案的人证、物证、口供，推开和坐实其他案子的侦办，形成证据链，这却是一个系统工程，需要政策和策略。

　　"既然政策和策略，是党的生命。我们就必须用生命影响生命，用生命托举法律，用生命捍卫信仰。我们今天的这个会议，算是一个'生命讨论会'。"白尚良说，"我们的难题，往往是如何面对法律空白，需要通过创意法律去实施。但是，无论你有天大的本事，你都不可能及时地给予填补。因为每一部法律出台，不知要行多少次文，举多少次手，征求多少次意见。它是科学的、严谨的。法外之法，均有定法。无判例就无审判，这也是一个政策和策略的问题，它影响到党的生命。我们不能对党的生命不负责任呀！总是讲'引用判例'，无'判例'可引，难道就不能自己创造'判例'让别人引去？这是责任，也是使命。我们能拿起'赶山鞭'，总比甩起'牧羊鞭'让人更开眼界！"

接下来的会议，让中央指导小组出现了三派意见——

第一派意见是用清除害群之马这一"首位意识"来考虑问题。他们认为这帮小偷是不可低估的"反腐功臣"，他们只盯官员的非法获得之物，没有一人有过其他偷盗行为，不能当作普通意义上的小偷看待，完全可以作为法庭"举证人"去举证赵子腾、李平、陈大善、罗家成等人所构成的犯罪事实，他们掌握的"物证"非常具有说服力。离开了他们，旁证分量就轻了许多！

第二派意见则是用盗窃罪量刑标准来考虑问题。他们认为盗窃行为本身就构成违法犯罪，至于所供出的官员赃物问题，应当作为反腐线索提交纪委监委继续侦破，不可作为"立功情形"来对待。没有小偷的这些行为，那些赃物总有一天会浮出水面。假如不将他们作为小偷看待，这就助长了小偷的嚣张气焰。而社会上则只会把我们正规反腐力量贬得一钱不值、贬得非常无能。事实上，并不是这样，诸多专案组大量获取线索、取证，都有成熟的秘密渠道，也同样推动、深化了大量案子的侦破，案件质量办得非常高！

第三派意见则是站在"赏罚分明"立场上来考虑问题。他们认为应当分两步走：第一步，应当按照盗窃行为移交检察院量刑处理；第二步，则是根据"举报腐败官员"立功情形提出减刑或免刑"会商意见"。前后应当区别对待，有赏有罚，这样才符合司法要求。

讨论进入白热化，也有人提出了"判例"的问题，但没有深入下去。参加讨论的同志中，相当一部分是来自司法专业研究部门，他们特别在意有无"判例"。

白尚良把话题拉到了很远，说："党的十八大以来，反腐力度持续加大，巩固发展压倒性胜利传递出惩治腐败零容忍、不放松的强烈信号。小偷成为'反腐利器'，是这个时代的产物。我也承认这不是反腐主渠道，更承认有不同的'判例'供我们选择。可是，反腐败事关人心向背、关乎党和国家事业成败。还有比这更令人关注的事情吗？孰重孰轻，一目了然。虽然有少数同志认为他们不是功臣，可大多数人民群众却把他们视为功臣，拍手称快，大家如何看这个问题？只窃取腐败官员非法所得的那些'小偷'，给不少群众解了气，这是'制度反腐'的一个补充、是专业力量的辅助。鉴于这类小偷不同于一般的小偷，盗术难度大，老百姓也就给他们贴上了'反腐神偷'标签，当成一种美名。我们虽然不能把它作为一种美名，但至少也不能看成是种恶行！"

"他们都是一群乌合之众，有'案例'可选，却是无道行可尊！"有人如此反驳道。

白尚良说："此言差矣！盗跖曾经讲，干什么事没道呀？能猜测出哪个房子里有值得去偷的宝贝，这就是圣明；偷东西时带头进去，这叫勇敢；偷完后主动断后，掩护同伙，这叫义气；知道能不能得手，这需要智慧；分赃时平均分配，这就叫仁义。圣、勇、义、智、仁都有了，没有上述基本素质，当个小偷就不算是一个有作为的小偷！"

白尚良进一步阐述他的观点，说："小时候，我家遭过偷，也恨小偷。纵观偷盗这一职业群体，人们似乎从来没有对他们有过什么褒奖、说过什么好话。但是，在希腊神话里，普罗米修斯把火种从神那里偷到了人间，却被人类颂扬为'成全他人、牺牲自己'的'盗火者'，是他，让人类学会了用火。他因为偷，而成为我们心中的神。而人世间的事却不一样，从窃国大盗让政权失守，到荒野盗墓、海底捞宝、石佛遭窃等，上演的也是一出出偷盗大戏，你又持些什么观点呢？也就是说，我们有了一个是否'多数人'的认定标准，这个标准似乎早就约定成俗，甚至'约定成书'了，这样一来，为自己掩饰的就叫孔乙己，为大家谋利益的就叫大英雄。但是大家应当清楚，小偷也分三六九等呀，它是有'段位'的——古代称飞檐走壁、蹿房越脊、来去无声的飞贼叫'翻高头'。'翻高头'分两种级别：一种级别叫'上手把子'，他们不借助任何绳索、钩子等物件，就能轻身上房，在悄无声息中拿走屋里东西。第二种级别叫'下手把子'，他们要借助竹竿、绳索等物件，翻越皇宫高墙、偷走皇宫里的珍宝，即使皇宫戒备森严，他们也能蒙住无数双眼睛，来去自由，皇宫内称这种'下手把子'叫'夜燕'。从房顶上下手的叫'开天窗'。掘壁穿穴的叫'开窑口'。撬门行窃叫'排塞赃'。趁天未亮行窃的叫'踏早青'。大白天动手的叫'白日闯'。黄昏行窃的叫'跑灯花'。以乞讨为名先上门观察地形然后找机会下手的叫'铁算盘'。专门乘人不备窃取别人晾晒衣物的叫'收晒郎'。专门偷牛的叫'牵鼻头'。这些偷盗，大都有着职业行规，井水不犯河水。一旦越界，必遭诛杀。只有那些低级的小偷，啥都偷，为人所不齿。我们常说，职业间谍，就是职业偷盗。职业黑客就是座上宾客。但历史上从来就没有过专门针对官员的'反腐神偷'一说，如何对这样一些特殊人群进行鉴别？"

白尚良对小偷还有如此研究，这是大家没有想到的。

他给大家提出很有意义的话题，那就是他们是否可以作为"举证人"？如果按照"小偷偷大偷"的思维来判定，那层次也太低了，谈不上政治高度。

白尚良说："现在意见分为几派，我认为，无论哪一派意见，我们都必须正视一个事实，那就是赃物涉及的部分官员还在任上，仅就这一点就非常敏感！教育整顿的一项重要任务就是清除害群之马，这是我们的使命和责任！我同意把他们作为'举证人'来对待，从这一点出发，他们就应当算是'反腐功臣'。如果他们有其他偷盗行为，'反腐功臣'就不成立。它与普通意义上的偷盗最关键的区别是，他们只针对官员的非法所得，这一点非常重要。小偷通过自己的手段，获取了贪腐官员的非法所得，这与我们大量的'侦查窃取'虽有很大区别，但却让我们省去了很多工作量。你要是有拿不到台面上讲的借口，那是没有任何正式组织赋予他们职责、使命。我要说，是他们自己赋予的责任使命，是他们自己履行的一份时代担当。既然存在法律界定的争议区，我们就应'择其适者而用之'，而不应拘泥于所谓的'法律空白'。目前,省纪委监委组织的调查和我们指导组在阳平县工作组的调查已经进入深水区,一旦这两个方面情况汇拢,'举证人'的这些赃物,必将发挥重要的佐证作用,我们'打伞破网'就有了过硬的亮剑依据。我建议'盗窃团伙'的五十五人全部取保候审,不移交检察院,他们的案卷统统移交纪委监委,严格保密。如果连人带卷都移交给检察院,去走这样的程序,势必会大大影响'打伞破网'战果,会让我们眼睁睁看到一条条大鱼从网里溜掉。我知道这样做的风险,但根据我的判断,这五十五人放出去后,相当于我们布置了五百侦察兵,相信我们会有更多的意外收获!"

最后,白尚良强调:"不要担心他们会被'收买'或者'串供',他们考虑最多的,还是不在公安留下案底污点,好给他们的后人积些德,这一点对他们很重要!"

取保候审出来的"小偷"们果然成了"问题官员"的一块腥肉。一时间趋之若鹜、暗流涌动。"小偷"们大多与失主进行"秘密幽会",频繁接待"失主"。这些交际碰撞,让苦思冥想的办案人员固定了大量证据。

这一现象,全部印证了白尚良的预见,那就是"增加了一支不可多得的侦查力量"。

船到江心补漏迟。官员们丢失的赃物不但拿不回家,反而自身不知如何回家了。后来人们得知,大量的"失物"官员,都走了"自查从宽"的道路。

第二十八章　戏楼故事

稀缺的买卖就火爆，掩饰的实力才强大。

就在此间，滨江最火爆的地方竟是阳光律师事务所。该所大厅里的场面，大有天下信徒请神拜佛的大殿味道。可见，这里的"买卖"是多么的"抢手"。手持这里的"资格证"早已是"奇货可居"了。该所办公地点就在悬壶楼茶庄的斜对面。坐在悬壶楼喝茶，只要你转身探出头去，俯身下望，便可瞥见事务所楼上的那具广告灯箱。这灯箱二十四小时都闪烁着一行醒目的大字"阳光捍卫权益，只为心中阳光"。滨江官方媒体也曾报道过阳光律师事务所的事迹"代理民意，讨回公道"。

阳光律师事务所坐落的地方是早年唱大戏的老戏楼旧址。而今让律所占得这块风水宝地，说来说去他们拼的依旧是嘴上的功夫。这里原本就是一个"卖嘴皮子"的地方，相因相袭。有什么样的土壤就长什么样的庄稼。拾起记忆，回放过去，你便发现那历史不是走过来的，分明就是"变"过来的，跟魔方一样。就说早年的天水桥头，那是一片古建筑，旁边的戏台叫"舞榭歌台"。那些年，悬壶楼的茶客们一张嘴就不闲着，一旦遇到楼下有异样风光，也并非是烟云过眼不去顾盼的道理。他们坐在上面一边喝着茶，一边不时顺带饱饱眼福、控制不住了也会流点哈喇子出来——他们正着可看人群往来中的粉黛，斜着能瞧舞榭歌台上的花旦。用"悬壶济世"的视角看人间万象，最大的优势是居高临下、看得细致真切。人们熙熙而来，攘攘而去，一颦一笑，茶客们都可将楼下的人生大戏尽收眼底。这也算是作为茶客的一大收获。茶客们稍稍扭动一下身子，再看看"舞榭歌台"之上，粉墨登场，真君子不敢抛头露面，假人儿偏能借口传言。其实，这古老戏楼，只是供老百姓逢年过节使用，平时人们一般都会把它忘到枯林老沟里去的，就像那戏台从未存在过一样。但当地秀才们却不这样想，他们随时记挂着舞台两边巨大青石板上錾凿的那副匾额，觉得虽然直白如话，道理却深刻入髓，不时地玩味一回："愿听者听愿看者看听看自取两便；说好就好说歹就歹好歹只演三天。"遗憾的是，在修对面的天水桥时，早已残旧的舞榭歌台经不住炸岩放炮。雷管一响，就给震垮了。当时，两块石匾已无大用，只好让几个石匠将其挪到一边。不是大材，不堪大用，也就成了修房造屋的垫脚石。天长日久，风雨侵蚀，断裂碎散的石匾不仅拼接困难，而且字迹已模糊起来。如今只剩下铺在"阳光律师事务所"门口的那块石匾，还可让人清晰地看出字形模样来。走近一看，却原来是"说好就好说歹就歹"几个大字，遒劲有力，雕琢精细。就像哪位神仙专为在此营生的律师写下的"批注"一样。你说巧合也好，天意也罢，反正它正好就放在靠"卖嘴皮子"吃饭的这群人眼前。仔细想来，是不是觉得这里面有些意味深长呢！有人说，这里的律师每日行走在"说好就好说歹就歹"上面，他们的内心已经强大到无所畏惧的程度！也有人说，只要律师每日把这句话低头念上三遍，它不是在给代理人壮胆，就是在给当事人打气！否则，就是心虚！懂得了，你要是不怀疑公正是一片浮云，必定会怀疑人生就是一场大梦。好一个说好就好，说歹就歹！

很多人不愿探求往事。哪知道，古人不见今时月，今月曾经照"古人"。月亮还是那个月亮。阳光律师事务所的主事人乃是当年阳平县副县长卢伟。时间久远，历事无数，卢伟还是那个卢伟吗？

此人不仅早晚都行走在"说好就好说歹就歹"的青石板上，更重要的是，他还要行走在政法各单位的楼道里。人们说，如果说门口那块青石板无人去发挥、说叨点什么，那么此君成为政法办公楼里的"串客"却颇有些说叨的。作为律师，卢伟的最大优势是当过很长时间的司法局局长，政法院校毕业，擅长在法律的空隙中游走、穿行。有人说他能明辨红线、懂得底线、避得开高压线，关键地方还安有"眼线"，是上下左右都逢源的人物。在当今社会生态下，这样的人已经不多了——难怪他可以毫无惧怕地把"说好就好说歹就歹"踩在脚下，他有的是底气当好代理人、吃定当事人！

那日，一位悬壶楼资深茶客对卢伟编了几句谜语，让大家猜："金盆洗手，屎盆捞钱，火盆折枝，冰盆点燃。"悬壶楼的传统就是把老百姓的心事说开，有谜底就解了，那茶也就能喝得津津有味，否则你把壶盖刮得再响，总是觉得茶里面缺少了点什么。一时间，这四句带"盆"的谜语竟无人能揭开，这让店家只好群策群力，集中智慧反复琢磨，仍无结果后，便张贴于茶桌边"撒网求解"。茶客们发现，此言除了"金盆洗手"外，主要还是后面那三个"盆子"里不知寄物用意，喻示什么，玄机在哪？天黑了，想不出来，大家求解的念头也就跟那冰盆点燃后的袅袅青烟一样，消散得不知寄往了！就这么几个破盆子，在大家面前搁置了不到一天，遗憾的事情发生了，编造这谜语的那位老茶客撒手人寰了，喜欢打破砂锅问到底的老茶客们连砂锅都找不着了，这不能不说是一段难解的心事！好好的，为何突然退出了生命的行列呢？留下的那四句话，恐怕也只有他卢伟能说出端底来。

但卢伟能说吗？"跳出体制外"的卢伟不愿细究个中深意。

他常说一句话是："在体制内，我是自己把自己开除了的人。我乃边缘社会人士，未汲太多政治营养。平时也只是享用别人的说三道四、数短论长，但这一切于我无关痛痒！既然无关痛痒，大量事情就只能是我留不住的擦肩而过，就只能是我握不住的若无其事。你还能怎么样呢？大家看看是不是这个道理。"

而卢伟的阳光律师事务所之所以能够声名远播，唯一的资本就是它的"江湖口碑"——没有摆不平的案件，只有找不到的阳光。在边缘社会影响主流人群的生活。谁又能否认这一行业所聚合的隐形力量呢。踏过"说好就好说歹就歹"这块石板，进了那道门，就是一座与外界不相关联的城堡。他会守住这座城堡。

中央指导组到来后，卢伟依然很高调。他挂在口头上的一句话是："官员折腾官员，跟我毫无关联！"

此言让人觉得时下所有一切跟他不挨边，不同频，不搭调，无形中也就有了距离感。他需要这种无法丈量的距离感。距离虽然产生的是对立，但距离必然给他带来更多回旋的余地。军事常识告诉他，作战半径越大，击中概率就越低。那样做，拉开的是直线，巩固的是圆点！

期间，进入白尚良耳朵频率最高的词儿是"司法掮客""利益输送""中间皮条""利益分享"……白尚良说："这些人，抛弃了民心，抛弃了公理，但他们最不会抛弃的就是那点蝇头小利！他们可以理直气壮地挥舞胳膊慷慨陈词，那是因为他们的胳膊早就伸进了我们的灵魂，让我们的灵魂失去意识、陷入沉睡！这样下去，是多么的可怕。"

而卢伟的话有种直捣黄龙的味道。他鼻孔"哼"了一声，讲出的都是这些理由："什么'公权私用、牵线搭桥'，什么'利益输送、勾兑案件'，都是些屁话！替当事人代理，为当事人维权，帮当事人说话。拿人钱财，替人消灾。这是律师的天职，也是本分！"这话彻头彻尾印证了阳光律师事务所门口的那句话："说好就好说歹就歹！"

只有"好事者"才有可能成为事件的"演绎者"，否则，我们得到的所有信息都将是支离破碎、没有价值的。就在副市长、公安局局长李平被带走后，谁都可能寻思："李平背后的那些人将如何为他开脱？如何动用资源？如何调集费用？"

如果没有"好事者"历历编述，外面的人就永远观赏不到高超绝妙的幕后大戏。个中手法，你猜测不到，也想象不出。

许多时候，悬壶楼茶楼的信息之所以来得快，那是因为它不仅与"戏楼"接邻，还因为"戏楼"有时候堂子太小，演不了大戏，只好把舞台扩展到悬壶楼来。若是碰到此种情况，便是"大手笔"所为，是卢伟的巨制！

"好事者"们的编述称："有大决战就有大演习，有大演习就有大导演，有大导演必然就得有大脚本。"谁都知道，每一次"捞人"，上阵的大多是"父子兵"。兵强马壮还好说，如果"父子兵"势单力薄怎么办？那就只好想尽办法寻找援军，组成浩浩荡荡的联合舰队。"职业捞人"讲究的是职业品质。这样的"捞人"机构总是与众不同。他们会绘制工作流程图。他们经手的案件大多经历了"编写脚本——开展演练——组织实战"这样一个过程。这个过程让当事人因他们的专业化、职业化水平而接纳他们、信任他们。当然，最终"捞人"是否成功，导演的基本利益必须得到保障，否则一切免谈。

卢伟一般情况不会轻易上场。他一上场，就必有大戏。他会充当"总导演"角色，包下悬壶楼四个包间，扎下"蓝军""红军"两个营地，把门一关，留下两个服务员，就在包间里面把"脚本"讨论清楚。"好事者"们说："'蓝军'代表公诉人一方，'红军'代表辩护人一方。""蓝军"方面必须把专案组的意图研究透，把成员背景搞清楚，列出工作资源的清单，明确人际关系的调集；"红军"方面必须重温相关法律并将其找出来，整理同类判例，寻找法律空白，导入辩护律师。所有这一系列工作便是"职业捞人"最令人服气的做法。红蓝对决攻略必是无懈可击，滴水不漏。一旦确认列出"蓝军""红军"的各自具体打法来，他们便开始进入"纸上推演"。这一步往往被他们自我调侃为"纸上谈兵"。两军互为"假想敌"，全是纸上"拉锯战"。观战者看到，只有当"蓝军司令"越战越勇、"红军指挥"越拼越谋时，"脚本"便臻于完美了，将其记录下来，拿去跟当事人谈，开价就是几百万，甚至上千万。律所签完律师委托书、合同书后，也就自然获得了第一笔酬金。接下来的工作就非常具体了——阳光律师事务所"捞人"也要寻找"伞"在哪里，找到他们与代理对象的"利益共同体"，然后再去做"防止一损俱损"的工作。从这个意义上讲，阳光律师事务所早已成为"黑社会"和"保护伞"之间的润滑剂和纽带。他们一方面与"黑社会"谈妥巨额酬劳，另一方面拿出其中一部分给"保护伞"或者"保护伞"的同谋，其目的就是伪造证据或者串通一气，最终使案子无法公正判决。这个在政法机关办公走廊里来回奔走、让当事人"踩过""赞过"的过程，便是实战前的"调停"和"斡旋"中最重要的一步。他们只有到了法庭上，才可被称为真正意义上的"大决战"，而他们一般不会那么看重"大决战"。他们说，"大决战"一来，"红蓝双方"根本别去考虑是谁的奥斯特里茨了。其实，早就有了结果！

李平东窗事发，他的爱人吕秀梅第一时间找到卢伟。卢伟说："李平守土尽责，撑起了一方平安，我们不会让他蒙受不白之冤。当然，他这个级别的干部，我的影响也很有限，这方面的工作资源也够不上！但我会找一个能左右事态的律师当这场官司的'总导演'。还要组织一次'捞人'的'红蓝对抗'，我们'阳光'也可参与进来，争取联手出场，赢得这场官司！"李平的爱人问："费用呢？"卢伟说："费用取决于'捞人台本'的复杂性，以及你们要达到的目的。我知道的职务犯罪就有上百个罪名，他够什么格，能降到什么格，都不清楚。打官司是'打'出来的。要'打'，就会产生对抗。要想在对抗中赢得官司，就得反复模拟'打'的各个环节！打，还不完全是对抗。它包括了'打点托人''打通关节''打通堵点'等地下活动。所以说，从脚本到演练，这都是基础。否则实战起来就是听天由命！"卢伟答应代理李平的案子，前提是组成"联合舰队"。但是，那批"反腐神偷"取保候审后，他们中也有人来到阳光律师事务所请求法律援助，居然遭到了回绝。他们心灰意冷："阳光代理也是有选择地代理，普通百姓享受到的'阳光'是有限的。大家都清楚地看到了，当阳光投向利益的时候，他们身后的影子总是给人一种阴森、黑暗、可怕的感觉！什么阳光呀，他们不配，他们糟蹋了这个名字！"人们调侃阳光："那个地方过去原本就是唱戏的，没有碰到逢年过节，他们一般就不会出场的！平时，他们都在酝酿重要的'脚本'呢！"

这是非常荒谬的结论。

卢伟听后感受到了一种良心发现。他觉得此间"气候"有些反常。他深深懂得寒流专袭不沾棉的人，自己应当有所收敛。不消除这种影响，将会是一种后患。可是，卢伟消除影响的方式却显得特别怪异——他找人弄了几块地砖，将门口"说好就好说歹就歹"给盖住了。他说："门口的这句话，早晚要坏事——这都是从前唱戏的，说出的话，蛮横不讲理。它不过是戏子的戏言。放在今天，却是毫无原则。纵然巧舌如簧、金口玉言，何以说什么就是什么呢？是非曲直，自有评说。好就是好，歹就是歹。好歹不分，就是臭嘴，歪嘴，驴唇马嘴。律师与戏子，都是站台，可站的却是不同的舞台，怎可同日而语？一个是为了维权，一个是享受声色，怎么能扯到一块呢！"

　　阳光律师事务所"社会噪音"不断，这让中央指导组组长白尚良的耳根有种刺痛感："能把这里的律师怎么样？好歹都是一张嘴，这实在有些荒唐，又向荒唐说大谎，岂不是害人！"

　　他找到南书成、余琴，说："我不知这'江湖口碑'是好口碑还是烂口碑，但如果竖在人们嘴上的口碑，往往就比一块石头有影响力！我判断呀，阳光律师事务所，它并不阳光。得求证阳光背后有多厚重的阴影！你们来看看这些资料——"桌上的文件夹重叠着古老的故事。白尚良一边翻动，一边说："这个机构都做了些什么好事呢？全省'万案大评查'在滨江查出的问题中，大多都有阳光参与的痕迹，都是我们组上的人找来的蛛丝马迹。他们超越底线地替当事人周旋。从寻丝觅迹中可以看出，这些人喜欢行走在政法各单位的办公楼道里，影响了公正！评查人员以律师代理的案子为依托，溯源到一些地方存在着大量有案不立、压案不查、降格处理、徇私枉法、滥用职权等方面的问题，这无不与阳光牵线搭桥有关。无利不起早啊！至于他们如何非法牟利，牟利多少，我不会随意猜想。但大凡让公正受到伤害的时候，案子里面就存在交易，这是一个不争的事实！"

　　南书成说："都是倒查二十年冒出的问题！万案评查，大浪淘沙，洗髓伐毛，人心归向。可是有人说它是几家欢喜几家愁。在这个过程中，不愿意'拔病根'的不在少数！现在，医疗上有一种治疗办法叫与疾病和平共处，化敌为友。着急上火，急悔怨恨恼怒烦，只会加重疾病，对健康有害无益，于是就对倒查拔根总是持有暧昧态度！"

白尚良说："总有一天会想通。不过，这一番倒查，查得大家头都大了。也把案子的盘子做大了！这是好事，把事情搞大，并不可怕！'控增量、减存量'，不针对这种发泡了的面团。但是大家想过没有，只有把事情发泡了，才能在撑大了的细胞中看清里面到底长了多少病菌，有利于清除掉啊！核心是倒查的东西不能成为政法系统历史遗留问题。这不是杞人忧天。试想，如果把历史遗留问题当成击鼓传花的游戏'传'下去，那我们不仅会留下千古骂名，一些部门还将背着甩不掉的沉重包袱。你们想想，背着包袱行走的人，怎么可能奔跑得起来呀！"

余琴的话语同样直接："有什么样的胃口，就找什么样的食物。政法口上的个别吃货，一半来自没了底线的律师。那是一道不能缺少的'开口菜'。这同样是不争的事实！个别律师是影响司法公正的'幕后黑手'。长期以来，我们坚持提出加强党对律师行业的领导，但一些人总是在讲，律师的根本义务就是维护当事人合法权益呀！他们把律师的职责义务同加强党的领导对立起来，没有看到它的一致性。一些人为什么就是想不通，我们所做的一切，坚守的都是人民至上，这与律师替人作主、维护当事人的根本利益，这有何矛盾？如此对立起来，个别律师的精神境界能有多高尚，这就要打问号。我看啊，这样的事务所就像一辆公交车，送走一批乘客，又上来一批乘客。把人家送到站，还不知道乘客是哪等面目！他们就是那样干的，正是在为卖出点短途车票而起早贪黑！"

"你提醒了我。看来这个话题，我们不去听听公交车上乘客的观点，也得去听听悬壶楼茶客的高见。"白尚良猛然惊醒，他说，"别忽略老百姓，他们的话可能土得掉渣，但道理往往金贵得咋舌。这一点，我是有感受的！"

"这样做接地气，可以找到'掉渣'的道理！只怕是你一去，人家立刻都紧张起来，不'掉渣'了。不敢讲真话，不敢发表正常意见！"余琴说。

"嗨，碰碰运气如何？别把我们自己当成是个啥人物，特别是别把自己当成钦差大臣。人家早就说惯了'北京来人'，要么就是'北京人'。这么长时间了，人家没有把我们看成是'北京猿人'就谢天谢地了。既然都麻木了，还有多少人要在你我身上寻找兴奋点？走吧，没有几个认识咱们的。又不是毛主席上黄鹤楼，会把一个地方围得水泄不通。这里不过就是悬壶楼，一处江湖所在。我们闲情逸趣，江湖上行走一回！"白尚良大胳膊一挥，"走！"

"据我所知，在中央指导组身上寻找'兴奋点'，是持续的、长久有的！被人认出来，那也是不安全的，特别是像悬壶楼的茶客尤其是这样。他们不光喝茶，还要把新鲜事放进茶里喝！"

"那我们保持一点警惕吧！"

中央指导组几人步行往悬壶楼茶庄走去。

　　这里的江边绿道被芦苇掩藏着。远远望去，你会以为那条小径与悬壶楼不相关联，但它是唯一通道。出了门，只见江心有一串红点在移动、在沉浮，是一些顺水漂流下来的冬泳爱好者在挥臂击浪。他们每个人身后都有一个醒目的橙色气囊。人们都说那个东西是"跟屁虫"，里面是他们的必带装备。

　　余琴说："我们就像他们身后的'跟屁虫'，与组长形影不离啊！"

　　白尚良说："纯属笑谈——余组长这样'贵气'的人也会说出'掉渣'的话来！"

　　南书成说："话是'掉渣'的话，但怎么听都觉得生态！这种感受是坐在办公室里找不到的。所以还是要出来啊，当一回茶客，拥着杯盏，与别人聊天，哪怕似听非听也是一种存在感！"

　　路上，白尚良说："这不是一种存在感，我们去到那里，是我们拿出了'求解'的真诚态度，能'求证'点什么东西出来，也是一种收获。最近我才知道，那悬壶楼当年的格局，也不是今天这样简单纯粹、没有遐想空间。当年可不是这样，楼主把一个偌大的茶壶，直愣愣地悬在楼顶，让江水蒸腾的烟雾就从那茶壶下面悠然飘过去，似隐似现，缥缈虚幻，你能想象得出是多么美轮美奂！古人的想象空间并不亚于今人。古人昭示社会的用心更胜过今人。此楼记载的是一个久远的传奇——说的是东汉时有个叫费长房的人，在街上见到一位卖药老翁，悬壶于肆，兜售丸散膏丹。收摊的时候，这老翁摇身一缩，钻入壶中。那费长房看得目瞪口呆，此番戏法好神奇，就买了酒肉前去拜见。老翁也不推辞，便带他一同钻进壶内，让他领略壶内宛若仙山琼阁的美境。随后，费长房跟老翁学得医百病、驱瘟疫的方术，深得民心。民间郎中为纪念这个传奇，都在自家药铺门口挂个药葫芦。一句'不知葫芦里卖的什么药'，道出了'悬壶'的深意呀。那个被'江湖通缉令'追得不敢回家的胡深宙，祖上就与售药有关。他们修建这悬壶楼最原始的冲动，就是治病救人，悬壶济世。有了这些，才有了'壶'与'胡'的相因相生、相通相属和相得相逢的深层内涵。你们看，是不是这样的？悬壶济世——怀救苦之心，做苍生大医，不能小视葫芦里面的世界，那是老百姓病痛时的寄托和希望！"

听如此说，在场所有人眼里大放"惊叹号"。白尚良的这番话，真叫惊才绝艳。陪同他们到悬壶楼的还有一位当地干部，他说："我就出生在戏楼旁边，真是白活了！""我哪里知道悬壶楼还有这么深的学问。看来当年悬挂的大壶，的确是一只管用的大葫芦！"

正说着，这就到了悬壶楼。

一进门，便见茶客们聊性正烈。余琴一下呆住了：白尚良果真料事如神，有一桌人真的就在谈论"六大顽癥痼疾"哩，神一般的相通！白尚良说："到了这个份上，真的是民心即我心，融入了，就相通了，咱们就走到一块了！"

白尚良压了压礼帽。南书成正了正墨镜。相继坐在旁边一张空桌座椅上。他们即使轻轻落座，那竹椅还是被挤压得吱吱叫。也许正是这种声音才让楼堂伙计知道茶客的动静，判断出到底是上茶还是加水，如此了然于心。

这不，伙计听到声响就过来了。

"喝点什么？"余琴问白尚良、南书成。

"随便！"二人异口同声。

"三杯清茶，一杯柠檬！"余琴对伙计叫道。

冬日少有的暖阳照进悬壶楼，让茶客们异常兴奋——

"谁发明的'顽瘴痼疾'这个词儿，应当给他一个发明奖！你看瘴字，是毒气，是生态，讲的都是大环境，非常形象。生态恶化，改之不易，这就叫'顽瘴'。如果说'顽瘴'讲的是外部生态，'痼疾'讲的便是内部病灶问题。病得不轻，难以治愈。在今天，在滨江这样的外部环境生态下，产生了这样有问题的政法机关，百姓们最不放心的就是'张麻子'讲的那三件事：'公平，公平，还是公平。'要说痼疾，这便是！"

"哎，且慢！你就说对面那家'阳光'公不公平呀？别人开律师事务所，一年半载就得关门，可他们，一路火爆到现在！你知道为啥不？全是卢伟在那里主事啊！"

"卢伟有什么伟大之处呀？"

"不算什么伟大——当对了官，辞对了职，择对了业，还选了一个靠嘴皮子吃饭的戏楼旧址贩卖他的那张嘴。他除了当过副县长，之前还当过司法局局长，办案的人都是他的徒子徒孙。他何须勾兑上面，只是交代过去得了。法官的裁量'自由度'、检察官'起诉不起诉、起诉什么'，他给徒儿交代下去，就有人向他交上钱来。他要不火爆？舍他其谁也？"

"他那里，除了捐客，还有黑客，信息来得快、来得准，家里经常宾客盈门，法庭上便常常反客为主！"

"别说主啊客的，人家卢伟是辞了职的人。他早就跳出了三界外，又不是三丈外。离管他的人太远太远，随便他咋作，谁也拿他没办法！"

"三界外？你知道啥叫三界？三界说的是欲界、色界、无色界。欲界六天，色界十八重，无色界四天。超出三界外，是超出了生死轮回。那卢伟有这样的修炼境界，他就是一尊活菩萨。没有说管不着他的，他就是三丈外！"

"听说，这悬壶楼也是三丈外。前几天，卢伟又在这里弄了四个包间，几个操着外地口音的人一进去就没有出来，除了服务员给他们送饭进去，其他都隔绝了。有悬壶楼大堂茶客谈天说地的茶客们打掩护，他们可以放心地在里面搞事！"

"搞什么事呀？"

"听说搞的都是如何'捞人'的推演，在里面斗智斗谋，模拟官司！"

"现在'捞人'，就像把手伸进油锅一样，那不是一双手，那是铁叉子，是特殊材料做成的！"

悬壶楼大堂，一阵"哈哈"大笑……

白尚良、南书成、余琴几人悄悄离开茶桌。

他们满载信息回到宾馆。

白尚良说："都听出来了。那个阳光律师事务所影响不小啊！但不知道司法部门对律师行业掌握的情况到底如何？解读顽瘴痼疾，老百姓有自己的说道。整治顽瘴痼疾，老百姓还有自己的偏方。如果啥都靠着老百姓，这就涉及我们的担当和能力问题！担当靠信仰，能力靠学习。我白尚良前者做得到，后者却拿不准。真的要补能力之短，否则就会本领恐慌，让老百姓小瞧！现在，有的律师把自己职业称作是这个社会的'边缘地带'，那就算是吧。整治顽癓痼疾就应该扩展到这个'地带'了。放眼望去，这个'地带'真的边缘吗？不，它很宽广、很复杂、很中心，不是角落、不是远方、不是真空，中国执业律师六十多万人，他们就在我们身边。可是，他们的生态最容易被人忽视、被人遗忘。而他们对社会公正有着巨大的影响！正是这样，我们要深度研究对离职干警从事律师、法律顾问、法律掮客整治工作的方案，这一群人不能被教育整顿'边缘化'。目前这个情况，很有必要对这一领域进行全面的档案普查、走访排查、线索摸查。有了这些，就不存在'发现难'的问题。所有情况弄清楚了，就要重新审视现在的'自查从宽、被查从严'的政策对他们适不适用。然后，再去琢磨类似离任承诺、信息公开和教育引导的具体事项，后面这些都是机制性建设，也可以同时推开。"

南书成说："现在，一些单位推出了'建防机制'，非常富有针对性。比如，建执业台账、防底数不清，建共享平台、防信息错位，建预警系统、防违规代理，建报告机制、防交往不当，建会商机制、防监管脱节。所有这些工作都是回应悬壶楼茶客的操心事，现在我们需要明确的是，谁牵头、谁来抓、抓什么、怎么抓？"

余琴说："下一步，司法机关应当是重头戏，应当是责任部门。充当司法掮客的情况一般比较隐秘，要尽可能突出面上联动、线上延伸、点上切入。还是要抓好自查与说明相结合、网查与函查相印证、认定与评查相交织。对退休、离职法官、检察官人员信息要形成'动态数据库'，推出联合监督机制，共治共管！"

　　白尚良说："以症结为导向，尽快进入'边缘地带'的深水区，追根溯源、靶向施策，以铁的决心、铁的措施解决这些影响形象的问题。我们的工作可能堵点很多，但没有关系，只要拥有走不丢的初心，才能走通被堵的大路。仍然要靠信仰，要真信，有定力，假不得。打自己的耳光事小，哪天被人打进地狱事大。我们有的共产党人，自己不信还要求人家信，自己落实不好还要人家落实，自己不主动接受教育却强制别人接受教育。这跟电信诈骗的种种表演又有什么区别？自己信才能要求人家信，自己做到了才能影响别人。一开始就安排各级讲党课，非常必要。讲党课，讲的是灵魂，捧出的是一颗真心！"白尚良进一步表明："就在这期间，公安厅、法院、检察院、司法厅的一把手，要专程来给本系统上党课，他们会把整顿顽瘴痼疾拿到党课上讲，推动行业的集中整治！市委书记秦天定更不用说了，他也要去上专题党课，相信他会出来讲这个问题，这样一来，很多事项就真的落地有声了！"

　　"党课，应当成为解决顽瘴痼疾的破冰之课！我们务必拿着本子听好每一节党课，记下这里的每一个动作，看看他们如何带着大家走进初心，如何提高政治判断力、政治领悟力、政治执行力，如何以严的基调、实的举措、新的底色、细的作风推动教育整顿工作。"

　　不久，"白尚良手记"录下了党课经典金句。

他说："最成功的党课是给人以哲理的思考。最失败的党课是空洞的说教！"

正是这样，白尚良记下了党课中"回答灵魂的叩问"，他说这些话值得终身铭记——

公安厅厅长吕梁："灵魂的残缺必然带来公正的伤害。补上残缺，才拥有一颗完整宝贵的灵魂。要鲜明'五种导向'，让教育整顿更加触动灵魂。"

省法院院长周天义："我们时刻被人注视，用党心把大家的目光集中在自己身上，是一种功夫；用公正把大家的目光从我们的身上分散掉，这又是一种功夫。不要把自己当成一块吸引苍蝇的臭肉，做一个受人尊重的共产党人！"

省检察院检察长雷正锋："如果你拒绝了贿赂，你失去的是风险。如果你失去了自由，你便失去了一切。掮客在发端拉拢你，在中间介绍你，在末端葬送你，把自己交给组织才是最安全的你！"

省司法厅厅长郝为国："在这个世界上，没有人把脚镣看成金铸的饰品，也只有金铸的饰品才会让人戴上这脚镣。不管鸟笼如何精美，但夜莺宁可生活在荆棘丛林！"

滨江市委书记秦天定："党课，它属于昨天的初心，更属于明天的故事，想要连接昨天和明天，必须在今天操起利刃，把侵蚀政法机关的毒瘤剥离开来！"

每一次党课，总是给人深度的思考。

第二十九章　好歹有根

经常令人不安的就是那些"无主题汇报会"。你纵然口若悬河、应答如流，也不敌主官点石成金的三言两语。他们即使为你撒上几滴甘露，也注定令枯木发芽、咸鱼翻身。你得服气，站位决定地位，眼界决定境界。这天，中央指导组召开专题会议，就集中整治六大顽瘴痼疾问题进行讨论。市公安局局长章锋、检察长罗家成、法院院长陈胜、司法局局长李永亮参会。市委政法委书记阳正到会主持。

终于等到用利刃对行业问题进行解剖的这一天。

解剖，有不同的刀法。自己解剖是敞开胸膛的衣服，别人解剖是豁开肚子。司法局局长李永亮说："还是自己主动解开衣扣吧！"律师行业的管理在司法局。会上，李永亮决定重点介绍阳光律师事务所的情况。李永亮早已获知"阳光"是教育整顿的焦点，被认为是"司法掮客"的重灾区。正反材料准备、挨批心理准备、处理办法准备，应有尽有，成竹在胸。

李永亮不紧不慢打开足有几寸厚的档案袋，从中取出几个鼓鼓囊囊的卷宗夹，抬起头来对大家说："请允许我先为'阳光'摆好，因为许多人享受过他们的'阳光'。再说阳光背后的'阴影'，因为许多人被'阴影'所困！"

在场几位领导都相视点头。

李永亮说："我这样一说，大家认为我的话很矛盾。但我要说，这原本就是一对矛盾。这个律师事务所总共有五十四名律师，是卢伟副县长辞职后组建的。卢伟的辞职，有人说是受工作所累，也有人说是受贫困所累，还有人说是受案子所累。到底是哪一种'累'法，现已无从查考。反正一个副县长，就那样下海了。后来我们发现他开办的律师事务所，直接受益的还是政法机关。他带的队伍干得最多、最漂亮的事情，就是为政法队伍维权。大量的公益活动让当事人深受感动。政法干警身陷舆情危机、权益受到伤害，都是他们第一时间站出来，主动亮剑出击，无偿为当事人抚平创伤、捍卫权益！对于'阳光'那些年的奉献，我说第一件事——"

李永亮翻开卷宗内页——蓝草坪酒廊事件。那些年，经典的酒廊攒的都是年轻人多余的热血和豪情。那天晚上，蓝草坪酒廊里的热血和豪情比往日更加奔放。鲜花与笑脸相映，音乐与舞姿融汇，歌声与笑声齐飞。这时，乐队奏起《永浴爱河》，音乐像述说一般动听。都说"好听"。一位先生异常沉闷，他说："乐队可以奏恩爱的颂歌，也可以奏悲伤的哀乐！"星光闪烁、霓虹灯影之下，女服务生小李为客人送酒，突然晕倒在地。她患的是急性阑尾炎，男服务员小张见状，丢下手中的活儿，将她背送到出租房。这男服务员在背这位女生的过程中，经不住女生身体摩擦的诱惑，一步步引发欲火，不断升级，送到出租房时，就已控制不住了。他把女服务员放在床上，就给奸污了。哪料完事后，小李很快丧了命。小张非常后怕，趁机逃逸。次日，女服务员家族数百人围攻蓝草坪酒廊，打砸抢烧。二十一名维护秩序的民警伤痕累累，仍然坚强地挺立在现场，真叫金色盾牌、热血铸就。阳光律师事务所卢伟第一时间带了二十一名律师到公安机关。他为大家打气伸张正义："向执法者挑战，就是向法律示威。我们二十一名律师义务为二十一名受伤民警代理，为正义代言！"那一阵，受伤公安民警特别感动。那些年，卢伟为执法者维权，率先喊出了最经典的话："向袭警者亮剑，为执法者护航。"非常难能可贵！

李永亮说："那些年，是阳光律师事务所守护了一大批民警正当权益。"

讲到此，公安局局长章锋说："政法干警身处一线，是各种社会矛盾的调停者、化解者，同时他们也受到矛盾的冲击，甚至伤害。言语侮辱、肢体冲撞，这些大家可以忍，忍一忍就过去了。前些年，全国多地连续发生政法干警被暴力袭击伤亡的恶性事件，这才增加了袭警罪！但是，政法干警执法维权的需求还在路上，法律支持和法律援助仍然稀缺！"

李永亮继续讲第二件事——骚扰女审判员事件。一个刑满释放人员刚一出狱，没去与父母见面，就直奔一位女审判员的家。他堵在门口，恶狠狠地说："就是你这个拿着法槌的魔女把我敲进了监牢！"并扬言，"你把我敲进监牢，我把你送进地狱！"此人持续对这位审判员威胁——用陌生电话恐吓，发短信疯狂骚扰，在半路拦截辱骂。所有这些，意在摧垮这位审判员的精神。女审判员一次又一次用隐忍的态度面对这丧心病狂的出狱人。后来，阳光律师事务所一位律师在路上碰到女审判员受到那人骚扰，立即拨打"110"将那人带走了。当揭开事情真相后，也是阳光律师事务所义务为女法官维权代理，让那个刑满释放人员再次受到审判。

李永亮讲第三件事——检察官险遭喂鱼。三个犯罪嫌疑人均系滨江公职人员。涉嫌职务犯罪。社会关系复杂。检察院刘玲刚刚接到此案，就有一名被告人家属委托检察院一位同学前来说情："你那么认真干啥，给自己留条宽路不行呀，假如有一天你也涉嫌职务犯罪，你还可以多一个'送零食'的朋友，这不很好吗！"刘玲说："这三人就是贪了别人的零食才走上职务犯罪，我会垂涎一点零食吗！"刘玲核实固定关键证据，厘清证据间的矛盾，在形成了完整的证据锁链后，写出了一份长达三十页的审查报告。那三人获刑后，认为是刘玲一把把他们推进了监狱。三个犯罪嫌疑人的家属对刘玲怀恨在心，预谋要把刘玲扔进长江喂鱼。报复行动很快实施。为那三个犯罪嫌疑人做代理的是阳光律师事务所。他们觉得凭他们的力量已经阻挡不了犯罪嫌疑人家属的违法行为，便把"预谋报复"的情况汇报给检察院，共同努力将事态控制在发端，让报复计划无实施可能！

李永亮说："像这样的律师事务所，政法机关没有不欢迎的。但是，地球在转，人也在变。这些年他们变了，变成了陌路人。对他们的态度如果还刻舟求剑，最终都会归于失望。社会上传说的'金盆洗手，屎盆捞钱。火盆折枝，冰盆点燃'，这四句话，颇有来头——金盆洗手说的是卢伟其人，这不用解读；屎盆捞钱说的是捞不干净的钱，意在什么黑钱都拿；火盆折枝说的是火中取栗，让美女为当事人冒险，此句来于'莫待无花空折枝'；冰盆点燃就是把不可能的事情变成可能、无事变有事，在操纵舆情中获利！他们属于'职业捞人机构'，从脚本到演练、从组织到实施，给人'高端精妙、名声在外'的味道。时下，最火爆的是他们的'代言发声'机构，被誉为'神手乾坤'。实际上，这是一个'事件'操纵策划部门，实施职能有三个：一、研究为当事人在舆情中获得更高回报的路径；二、研究'扫黑打伞'的法律冲突、政策矛盾；三、研究官场圈子政治与经济犯罪的法律空白。这些职能，看似课题研究，实际上是他们在寻找各类打法、路数，是攻击政策、法律的隐形路数！"

白尚良说："律师属于当事人。更应属于社会良知。如果律师只为金钱而奔走，只为金钱而呐喊，这就变味了。我突然记起美国十九世纪著名律师吉尔顿说过的一句话：'如果律师事务所仅是一种挣钱的方法，一种尽可能方便而又甘冒任何风险的挣钱方法，那么律师就堕落了！'律师只为金钱而挖空心思去寻找法律的空白或漏洞，甚至曲解法律，那绝对不是律师应有的本色，他们的这些做法只能使这一职业蒙羞！对不起，打断了，李局长你继续讲下去——"

李永亮说："他们擅长编故事，编冬天的童话，把普通事件炒作成热点事件，把敏感事件炒成政治事件，让不明真相的群众和网民跟进，煽动对政府的不满情绪。一位美女在4S店修完豪车，开出店来便遇到了她的一位朋友。此人是汽车配件商。他一眼就看出车上配件不是原装货。'美女，你的脸丢大了，你看这车灯、保险杠，不知降了几个档次呀！'这位美女脸色大变，又将车开回 4S 店讨说法。4S 店店主否认说：'你怎么认出的？哪里有配件商标？'这位朋友听到对方反驳，便下车打开手机电筒，通过识别码戳穿替代配件真相。他拿着电筒一一指认，光亮照射的每个细节，都让店家哑口无言：'你看看，虽然都是同一旗下生产的，但显然驴唇不对马嘴！'店主一跳三尺高，说：'这都是保险公司让这样干的！''那好，请把保险公司叫来！'保险公司业务员很快到场。女车主质问保险公司业务员：'车辆受损，我向你们报备，从来没有提出可以用替代品！这叫偷梁换柱，欺骗顾客，你保险公司为谁保险？信誉何在？'旋即，保险公司又与 4S 店怒怼起来，推卸责任，叫骂不断，互毁声名。那个配件商站在一旁，全程录下了这场对白。他把视频交给了阳光律师事务所。这个律师事务所的'代言发声'机构无数次拿到这种买卖，每代理一次就会攒得一大笔。阳光律师事务所向车主承诺：'我给你维权，保证 4S 店赔偿的价格远远超出你的车价。但是，赔偿超出部分我们将要与你平分。'这位美女车主同意了，并写下'委托代理书'。接着，这个律师事务所把那段视频通过他们自己培养的网红播了出去。很快，4S 店、保险公司都陷入舆情危机。一时间，网络骂声一片，一浪高过一浪。数百辆同款车辆开进 4S 店，他们也要讨个相同的说法。阳光律师事务所'代言发声'机构迅速启动实质性运作，组织三家谈判。最终达成秘密协议：'维持修理现状，店商与保险公司一道向车主赔偿四百万元，车主负责挽回舆情影响。'而公开报道是'一场误会，已达成和解，补偿两万元，三年内免费换机油'。最终，阳光律师事务所通过网红平息了这场危机。他们策划的这起舆情的劳务所得实现了二百万预期。"

李永亮继续讲道："利益最大化，是操纵舆情的动力。这是阳光律师事务所'代言发声'的社会贡献。他们说，既然'扫黑打伞'是一个时代课题，那么律师就得向这个课题发起挑战，寻找法律存在的软肋。全面研究政策依据和法律冲突、法律矛盾，这样才能'做好律师代理人'。能够给当事人打气，向检察机关发难，这是一种本事！他们代理的每一起案子，在法庭上都有一场唇枪舌剑的激战。他们有一整套倒卖法律知识和法律技艺的歪理邪说。这套歪理邪说，在一些律师机构非常盛行。他们在研究官场圈子政治与经济犯罪这些环节上，更让人感到他们已经演变为法律贩子！"

政法委书记阳正说："我看'阳光'值得研究，卢伟值得怀疑！律师代表当事人利益，对另一方自然针锋相对，必然导致另一方的不满。有人说，律师的辉煌是由荆棘编成的。赞赏与非议共存。这跟医生一样，是一种社会担当。医生贵有'但愿世间人无病，何妨架上药生尘'，律师贵有'无讼息争''定分止争''使民不争'，于是便有了'法无明文禁止即可行'。于是就探索'法无明文禁止之路'，这便费人思索了！"

南书成说："查纠问题攻坚战，一些地方久攻不下的是一些打不赢的人情仗，好像我们输了理似的。人们说得最多的是，假如政法机关处理了阳光，便是一种'卸磨杀驴'的做法，让人拉不下情面。我认为，六加一，律师行业是重要的'一'。

不能浪费了这个自选动作。个别人可以认定是'卸磨杀驴'，但对伤害一方来讲就是'感恩戴德'。现在，至少要列出两个清单——司法行政系统顽瘴痼疾清单、法律服务行业顽瘴痼疾清单。目前，聚焦离任人员从事法律执业情况底数不清、跟踪滞后、监管缺位等问题，要制定严格管理离任工作人员从事法律执业规定，探索整治离任人员违规从事法律执业、违规干预过问司法案件、搞利益输送充当'司法掮客'的做法，把司法公正还给老百姓，还给天地良心！"

白尚良说："讲了这么多，大家忽略了一个关键性话题。这就是卢伟是姚氏案子的重要办理人，还有比这个问题更大的么？在这里，我没有定调的义务，也没有定调的权力。这事应当请专案组的同志调查后定调。我们不过是教育整顿的经营者。发现问题，自然不能回避问题。之所以今天拿出来讨论，是希望大家不能忽略了行业乱象。一些教育整顿单位还要专门研究配偶、子女及其配偶经商办企、参股借贷这些方面的问题，要能全面出效果、出经验！教育整顿不能出现'瘸腿现象'，如果触及的领域出现残缺，必将导致系统性残缺！事实上，比起一颗聪明的头脑，我们更需要一副善良的心肠。把刀落在灵魂肮脏的人手里，比落在谋杀者手里还可怕！"

次日，卢伟接受行业调查。二十天后，转为立案侦查。

悬壶楼茶客说了："阳光律师事务所那门口，过去一直是'说好就好说歹就歹'几个字铺在地板上的，提醒他们'谨开言，慢开口，是非不会往家走'，顺风顺水的，不知他卢伟身上哪根筋出了毛病，怎么能找几块地砖，说盖就给盖了！他也算是个聪明人，怎么就没想到，是不是可以请个大师来瞧一瞧、算一算呢，现在一盖上，这不就倒霉了嘛——说好就好，说歹就歹，好歹全盖，家门衰败。现在，说好说歹都无用了，这就是宿命。好歹有根，有什么办法呢？"

第三十章　归案有道

白尚良约请梁剑喝茶。

挺温婉的举动，很可能蕴含着直抵灵魂的碰撞。马到难处莫加鞭，人到难处莫加言。处世哲学，寻常百姓原本就是这样奉行的。这世上，不是有"温柔一刀"的说法吗？凡是有灵性的东西，就不能用粗野的办法去走近它。更何况，梁剑根本不知白尚良请他喝的到底是什么茶。

白尚良放下盖碗茶，和着氤氲的香气开言道："大律师卢伟最有名的谦虚，就是称自己的那个地方是'边缘化的角落'。现在不一样了，整治顽瘴痼疾，这些所谓的'边缘地带'全部被'中心化'了。那些人自诩边缘、自甘荒芜、主动遗弃的心态，已经荡然无存，消失殆尽。今天，我们终于算是闹明白了，对体制外那些影响司法公正的群体，不能不说他们过去一直就在惊涛骇浪中讨生活，可他们在河里拉屎撒尿、偷偷排污，天长日久，这就让老百姓感到这岁月之河，流淌的不完全是清水。清澈度遭到质疑，大浪淘沙，洗刷一下河床，清理一下污泥，算是应该的，也正当其时呀！如果这个事情做彻底了，你我在政法机关继续待下去，存在的潜在风险也都少了许多。说心里话，人生，都讲一个安全感。那个卢伟也算是一个双商俱高的人，就是这样一个'人中精英'却也醒得太晚了，不能不说这是一大遗憾。眼下，把'边缘地带'变成了'中心地带'，这个时候，我反而认为过去的'中心地带'缺少了点什么。中央一再强调队伍的纯洁性。如果'保护伞'没有清理干净，'做局'的人还在搞事，队伍哪里谈得上纯洁性。现在，直觉告诉我，这里还是有不干净的地方！不知你考虑过这个问题没有？"

梁剑诧异地问："你咋会有这样的感觉？"

白尚良说："这段时间，赵子腾断断续续地讲了一些东西。"

梁剑问："赵子腾不疯了啊！"

白尚良说："他女儿赵娜的一封信起了作用。但赵子腾讲的东西，也是零碎的、片段的，综合起来还很困难。"

梁剑说："他是一个活脱脱的'话痨'，千万不能让他讲话'打点滴'，要让他一股脑儿说下去！"

白尚良说："我会把你的这句话转给专案组。赵子腾在里面说过一句话，姚氏的案子在公安机关里他只给李平说过。这话是在他清醒的时候说的，应当没有问题。但案子又是阳平县公安局侦办的，当时的所有材料，包括组织、领导、参加黑社会性质组织，以及聚众斗殴、故意伤害、寻衅滋事、敲诈勒索、强迫交易、行贿等的罪证材料，非常全面，我不敢说这些罪证都非常可靠，可是公安机关向检察院移送起诉卷时，却只起诉了并不起眼的赌博一罪，你说蹊跷不蹊跷？谁在里面做了手脚？现把李平抓了，也把杜欢欢抓了，但他们不是干这种具体事情的人，明明知道是错的，为啥就没有人站出来扛事！"

梁剑说："这是一个值得思考的话题。当初李平阻止我介入这个案子。我是从旁边了解到的情况，还给阳平县公安局打过电话，提出了许多质疑！但是后来听说是一些问题是按照'矛盾不上交'来解决的。而检察院又提出了'三个不诉'的理由，这又说明很多材料又到过检察院。不管是'补充侦查'也好，'存疑不诉'也罢，总得留下点痕迹！没准呀，就在那个时候，正好碰到赵子腾干预案子了，他们干脆就利用这个空当，既不补充调查，也不移交全面起诉材料，他们自己把它'吃'了，这就变成了以后那个模样，那就只能往'赌博'上靠吧，那一干人也就跟着'赌了一把'。当然，所有这些东西都没有文字记录，这仅仅是我的推测。"

白尚良思忖良久，这才说："那个'阳光'的门口有句话，叫'说好就好，说歹就歹'，后来我才知道，还有上句，那上句蛮有意思的呢，叫'愿听者听愿看者看'。许多案子重新'起底'，也是这样的。如果大家都是那种'听看'两便，无所作为，队伍就真的不干不净了！"

梁剑说："我会记着这个话题。明天公安机关升旗，请你过来参加如何？升完旗，我们继续到会议室讨论，把它说透……哎呀，好难受，你这茶真的不好喝，太苦！"

白尚良说："明天我一定来，喝你的茶！"

一夜风雨，把滨江洗刷一新。轻风拂面。蜀山日丽。

梁玉走在上班路上。她要路过市公安局门口。里面的警察整装列队，口号山响。公安局举行例行的升旗仪式即将开始。六名穿着礼服的警察，英姿帅气地护送国旗来到旗杆下。国歌唱起，激越澎湃。像三江潮水，涛声磅礴。

梁玉本能地立定，向缓缓上升的国旗行注目礼。她知道，站在前排的队列中，还有她的丈夫梁剑。她相信此刻的梁剑跟她一样，心情激动，血液中涌动着自豪、英勇和无畏。

梁玉把这一兴奋的感受带回家里。

她对梁剑说："平时都在忙碌着。只有升旗的那一刻，才知道我们对祖国的感情，才知道我们该向国旗说点什么。"

"你想说点什么呢呀？"

"我要说的是，人要是生病了，可以到医院来找我们。灵魂上的疾病，又该找谁去啊？"

梁剑一阵迷茫。

"正在升旗的时候，你们公安局门口停了一台'邮政直通车'，那两名辅警就在驾驶室里与邮递员结算费用！"

"什么费用？"

"二十元返八元。三千多份身份证快递。两万多元，升旗时的交易，让人觉得肮脏不堪，让国旗蒙羞！"

"有这事？"

"都说水至清则无鱼。但是，你们那潭水——也太浑了呀！"

"这不是水清不清的问题，而是水有没有毒的问题！底线就是底线，绝对不能碰。一旦碰了，必须严惩。哪怕他是办理户籍的劳模，也同样！这是不能容忍的事！"

梁剑眼里满是愤怒。

次日，他来到户籍窗口。

"告诉我，你们组织'邮政直能车'邮寄身份证，有没有拿回扣呀？"

"没有呀。怎么可能！"窗口民警矢口否认。

"到底有没有？讲出来，还可列为'自查从宽'处理。"

梁剑递上一把梯子，可是无人从这把梯子上下来。

"没有！根本就没有！"民警两唇相碰，非常有力。

"我说啊，你们的内心强大到混蛋！那好，我也不客气了！我的原则性，也会强大到混蛋。"梁剑掏出手机，对窗口民警说，"快把直通车邮递员的电话号码给我！"

梁剑打电话给邮递员，结果，过来的是一位邮递员的老婆。是窗口民警故意给错了电话号码。梁剑大发雷霆，现场就让那个窗口民警停职检查！

梁剑一追到底。

窗口另外一位民警递来"邮政直通车联系电话簿"。

"打电话。现在！马上！把所有'邮政直通车'邮递员全都给我叫来！"

邮递员全部到齐。

真相大白，是户籍窗口人员与邮件快递员勾结吃钱！

"我瞎眼了，养了一群蛀虫。马上清理这种乱象！"

邮政直通车是"缩短办证时间"的产物。是得民心、赢民意的事。可窗口民警违背为民初心，过多宣传、规劝群众采取"邮政直通车"寄送证件，变相从中获取劳务费，涉及全市所有区县近百名民辅警。梁剑说："办证时间缩短了，跟百姓距离拉远了！靠老百姓对我们的好感，长久不了！"

　　梁剑征得章锋局长同意，所有警种部门负责人被通知到现场。他们都不知道发生了何事！

　　所有叫来开会的人看得非常真切，梁剑的胸膛急促地起伏着。他不停地扫视大家，久久不说话。好半天才问大家："怎么啦？我要讲话，没人整理队伍？那好，我来整理，大家面向我，成四列横队——立正，向右看齐，向前看！向前看，要看着我，看着我的眼睛——"

　　现场全是一双双发亮的眼睛。

　　梁剑在队前讲道："是户籍窗口的民警不给我面子——那我也对不起了。只好在这里召开一个现场会！我们曝光的不是一个窗口，曝光的是一颗颗见不了天的灵魂。灵魂出窍，脱离信仰，受到污染，非常令人痛心！过去讲，宁在直中取，不在曲中求。直通车一开通，他们既在直中取，又在曲中求！让正义蒙羞，底线失守，让我的心滴血！"

　　梁剑再次"亮剑"："户籍窗口只是一个缩影。遮遮掩掩，机关算尽，攻守同盟。我们这队伍中的个别领导，没有什么区别。你以为组织上不知道？我们是在等你，给你一个自救的机会！如果你失去了机会，你就对不起组织，也对不住你的家人。不要把机会浪费在你的沉默、你的侥幸之中。告诉你，沉默不是金子，侥幸不是幸运。组织上的耐心是有限的——向民要利、在企得利、以权获利的干部就在现场。就在现场，就在此刻对你实施留置处理，我也决不会抓错你，也决不会冤枉你……组织上可以把你往后拖一拖，那是给足一种关爱，但是，最终不会饶过你！"梁剑沉吟了一会儿，继续讲道："我，我还是给你和家人一个商量的机会吧，但是这个期限不能太长，我等不起。明天晚上，好不好，就在明天，零点之前，主动报来。否则，我们就提请组织研究采取'被查从严'政策！"

会议戛然而止。

显性、隐性的行业乱象很快暴露开来。向民要利的民警主动做了登记。在企得利的民警交出了违规所得。

更重要的是，法制支队长周文科终于主动投案自首了。

原来，白尚良等的就是周文科"报到"。

白尚良再次请梁剑喝茶，就为一句话："钢铁的冶炼过程就是除掉杂质，'四个铁一般'的队伍容不得杂质！"

早些年，周文科受人摆布，在他担任阳平县公安局法制大队长时，对审核姚氏兄弟案子"用心良苦"。在合法性、合理性上含糊其词。起诉文本到了他那里，居然没有发现任何瑕疵。有人说，他之所以屈服于姚氏，完全是因为他的懦弱。那日傍晚，姚世禄的"跟班"盯着周文科下班，追踪尾随，确认跨进家门后，姚世禄的弟弟姚世福才上楼敲门。姚世福见到周文科后，急忙递上一条烟，说："里面是十万，姚世禄案子审核还要过你的手，请多关照！"周文科一口拒绝，坚决不收。姚世福很不甘心。他让那个在虎口岩龙啸潭边的"忠诚"考场上考"砸"的老九去送。老九立功心切，迫切想要脱离杂役差事，回到"大刀队"，就请老四、老五配合。他想，能把十万元送到周文科手中并能办妥当，这也算是老九对姚世禄的一片忠心。老九腋下藏着大刀，老四、老五身上带着"三节棍"。三人敲门叫出了周文科。就在一瞬间，他们展开三节棍、亮出大刀。

周围的一切仿佛都要被这三个人吞噬。老九对周文科说："劝你还是把这条烟收下，若是不收，我们只好非礼了！"周文科哪里见过这阵势，吓得双腿发抖，头皮发麻，全身出汗。他不仅一口答应下来，还请面前的棍棒刀手在家里喝了茶。当时，周文科也觉得退后一步天地宽，何苦那样认真。他记起谭力局长对姚氏案子跟他暗示过的话，"关心姚氏都是些大人物"，感到这"谭老板"也注定收过钱了，眼下无须推礼。他望了望那条烟，说："这个东西就不要了，事情照你们说的办！"老九说："你要是不收下，我们交不了差事！"就这样，周文科收了十万元钱。

周文科的自首信这样写道："这笔钱太重，压得我直不起身来，长期折磨着我，现在交出了它，就像搬走了一座大山，可以直着腰板走路了！"

有关记载称："周文科受到从轻处理。"

暖雨晴风初破冻。赵子腾能开口说话，赵娜是激活密钥，算是一大功臣。而她离开了陈天歌，更算是一大幸运。有人说，赵娜离开陈天歌是因祸得福。滨江的官场谁人不知，陈天歌与姚二妹的父辈就是因为陈天歌结婚有子，这才有了陈大善与姚世禄的"干亲家"一说。现在陈天歌"耍单"了，哪一天姚二妹神差鬼使地来到陈天歌面前，没准寂寞中的陈天歌照常动心，也照常揽美入怀，没准也在情理之中。陈大善最担心的就是陈天歌会不会碰上那只"无头苍蝇"的姚二妹。要是姚二妹在陈天歌面前重提"干亲家"，更会坏了大事！陈大善多次给陈天歌打预防针："不能跟姚世禄家族任何有关联的人往来，沾不得，碰不得，否则就是一场灾难！"

但非常不幸的是，一位匿名人士给陈大善的手机发了一组信息，是陈天歌与姚二妹的一段不雅视频。时间、地点、场景、声效、尺度，全都有了。在这个非常时期，陈天歌干出此等丑事，在常人看来这是在使暗劲将一家人推入罪恶的泥潭。这岂止是与犯罪嫌疑人瀣泄一气可以概括的，分明就是同恶相济、如蚁附膻、蛇鼠一窝、朋比为奸，具体描绘出来，要多难听有多难听！

一再想尽办法撇清与姚氏家族关系的陈大善坐立不安。

陈天歌这一行为，再一次惹怒了陈大善。

平时，陈大善总是要求别人遇事要冷静，可他碰到这种事情再也冷静不了，拿起电话便打给了陈天歌："苟且之事，也不作一选择——你就是一条狗也要选择什么品种的母狗交配呀！什么样的母狗你都会动心，你跟野狗有什么两样！全世界都知道那姚二妹是官场公共情人，一辆公共汽车，谁都可以上下！你既不知这个女人的底细，又不知这世上还有廉耻的存在，你还不如死了算了！"

陈大善不容对方有任何辩解，直接挂了电话。

接着，他想尽办法要调离滨江市，想通过这种形式远离这个是非之地。市委书记秦天定对陈大善说："要走哇，你跟罗家成两个哼哈呼噜王一块走才干净呢。也行吧，在一个地方待久了对你们的发展也不利，我来给你们协调！"

陈大善已经习惯了隐忍。随你咋讲，能把我调走就行。

市委书记秦天定打电话给省委组织部一位副部长，他说："陈大善任职时间过长、符合调整要求，他本人也希望这次能够调整！"

秦书记以为还会磨一阵嘴皮，哪想到电话另一端一口就答应了。

那位副部长放下电话后说："秦书记帮了个大忙，我们正愁如何调整陈大善，他竟主动提出这样的要求，为我们分了忧，是一位顾大局的好同志啊！陈大善调整不出去，纪委监委就调查不下去，中央巡视组也把账交不上去！这下，嗨，这解不开的'扣'终于给解开了。"

次日，陈大善如愿拍屁股走人。

这陈大善想得太天真！怎么可能走了就解决问题了呢？一走了之，一了百了？那是不可能的事。"新官不理旧账"已经成为"过去时"，想用这种侥幸心理来抹掉陈年烂账怎么可能？他更不知道，"旧账"有专人在理，你在一个位子上坐久了，就必须抬一下屁股让人家看一看那位置上是否干净！这些年来，纪委监委对好多案子推不动了，就常常让官员以"抬屁股"的方式进行！这陈大善的屁股是主动"抬"的，他没考虑臭不臭的事儿，他觉得只要自个儿捂着鼻子走人就万事大吉！

陈大善到广宁市当副市长去了。他那难兄难弟的检察长罗家成竟一时陷入寂寥孤独之中。据说市委秦书记也为罗家成协调过岗位，可一直找不到合适的位置。现在，再也没有知心人跟罗家成探讨官场避难问题了，罗家成反而觉得岁月静好。

第三十一章　相交经纬

忙时顾盼左右，闲时审视自己。

中央指导组终于有了片刻的闲时。他们没有放弃审视自己的机会。这个靠党性武装起来的临时机构，有十多项针对自己的工作机制，从未示人，告之社会。而每一项机制下面至少十多条细则，他们坚持温习，铭记于心，行动上从不游离。他们手中的明察暗访清单、每个环节的效果评估细则、验收实施进程等，全都标记在会议室那面带有密级的墙上。就像一面精细的"作战地图"一般神秘。

此刻，白尚良出门，就像一头森林之王。他要去洞悉外面的世界。就在会议室一隅，另两位核心人物则彼此凝视着。他们觉得自己的思想也没有必要隐藏在这片密林之中。把目光集中在自己的身上，检视评价一下隐藏在密林中的这个团队又有何妨。于是有了一番对话了——

"一只老虎领一群羊，羊变成了老虎。一只羊领一群老虎，老虎变成羊。洛克菲勒忠告自己的女儿，获得巨大成功的领导者常常是极其优秀的教师，因为他们善于发现和调动学生的潜力。我倒是认为，白尚良不像是政法部门的一位领导干部，倒像是一位优秀教师，是他领着大家，不，是领着一群羊，让他们变成了一群老虎！"南书成讲这话时，嘴里满是赞赏。

"我呀，刚刚拔了牙，要说我在白尚良的影响下，脱却羊胎本质，修成虎体，那也只能算是一只拔了牙的老虎，没了虎威。再加上我的悟性不高，不可能有老虎那样飞腾扑打的机敏。非常惭愧，非常惭愧！像张广友这样的年轻人，那可就不一样了，点石成金，用信心和定力活跃在不同点位上。这小子往高处走，堪称上山虎。朝低处行，却如下山虎。总是来去生风。这些天来，使了虎劲、扬了虎威，在我们的眼里就是一个虎小子，你看是不是呢？"余琴不停地演绎。

"是啊，正是有了他的穿梭往来，不断奔走，让一些不宜在会议室、手机上、纸质文件中传递的信息，硬是靠一双脚板给走出来了！他算得上是丛林的秘密使者。"南书成说。

这时，房间轻微震动，饮水机水桶激荡出声响。

"地震了！"

"我也感觉到了！"

面对地层深处那些不安分的拥挤，你要是稳不住，就只能栽跟头。阳平县地处地震活跃地带。抬头便是崇山峻岭，怪石嶙峋。稍遇小震，绝壁便有大石滚落，声震山谷。通往阳平县的养路工人被称为最痛苦的"清道夫"。而这一带的民警则被称为爬起来就战斗的"机器人"。

张广友在这次 4.7 级地震中腿部被岩石砸伤。他们说，即便张广友是一只老虎，也难回避来自地层深处的隐形力量。滨江市公安局副局长梁剑带队赶往受灾地指挥抗震救灾，发现张广友倒在一片乱石之中。抬眼望，百丈悬崖之上，便是大自然刚刚留下的创伤，从未见天的泥土味弥漫四野。

"这块石头，在汶川地震中，没被摇下来，却让4.7级给摇下来了。宣告这个震级的，都是靠感觉。说高了，你会惊慌。说低了，你不服气。干脆以后就别说了，说一次被人骂一次，何苦呢。能把这块石头摇下来，怎么也不能说是这个震级。"现场一位救援人员说。

"我告诉你，这个好说得很——一次摇松，二次摇滚，三次摇垮，四次摇卦。那么，接着下来呢，就咚咚咚地摇头晃脑势不可当地掉下来了。"

"有意思，那为啥叫摇卦呢？"

"摇卦，就是测算运气，看会砸着谁。拿一竹筒摇啊摇啊，最后，里面的竹签蹦出来一根，要么上上签，要么下下签。不过呀，现在地震播报，那也确实没个准头——汶川地震开头说7.8级，之后修定为8级。芦山大地震时，说法也很多，最后定为7级。我看呀，刚才那一震，至少是6级！"另一位救援人员说。

"这一带煤矿太多，地下被掏空了，都是姚世禄那些人对大自然欠下的债。他们挖到哪里，就把债欠到哪里。挖了多深，债就多重。你们想想看，他姚世禄那些年追债都那样残忍，还斩人手指，大自然向人类讨债，摇动几下、滚几块石头下来，这就够温柔的了。再说，它也没有成心砸哪一个人！砸着了，那是你运气不好。你说是不是这样的？"

"没有科学依据！不过，刚才一位正在悬壶楼喝茶的朋友打电话说，悬壶楼有点错位了！"

"悬壶楼早该修缮了，一百多年了！"

张广友被救出后，一觉醒来，发现自己躺在救护车里。眼前的一切渐渐清晰起来，看到了医生、护士，还有输液袋。车里除了梁剑副局长，还有杨兰兰。他把目光停留在杨兰兰身上。

"我好像在哪里见过你？"张广友问。

"当然见过，我还挨过你的骂呢！"杨兰兰说。

"怎么可能。骂你什么？"

"断臂维纳斯！"

"哦，是你！我那是赞美你呢！"

"当时，最大的忌讳就是断臂。"

梁剑说："你们都与死神共过舞呢！"

张广友说："不一样！她是在大刀下面舞蹈，是一场白刃战！"

救护车像被一阵狂风吹到了滨江市医院。

白尚良跑步上前，抓住正在下车的担架。他一边帮助推送，一边说："这几天，太不平静了！"他突然提高嗓门，对张广友吼道："要是痛，你就给我喊出来，这样就好受一些！"

果然，张广友像一头狮子咆哮起来，"啊"的一声大叫，两眼喷泪，脸色一下红润起来，心里一下子好受多了！

杨兰兰说："天哪，当初为啥就没人给我支这一'招'，让我成了忍者神龟！"

医生则以专业的角度，一言破解："受到疼痛刺激时，张口大叫，可以增强呼吸时的氧气量，有一定的止痛效果！"

闻听此说，大家眼里发出惊诧的目光。

这天，"举报热线"再次接到神秘电话，杨伯告要带几个关键人物见白尚良组长。

"在医院见。通知记者到场。邀请政法委书记阳正参加。"白尚良在电话记录本上写道。一段时间以来，凡是要见他的人，他总是喜欢把记者和政法委书记叫到现场。他说："要给老百姓以惊喜，主要领导要有说法。如果你在老百姓面前迟疑，老百姓就会给你一个果断，送走你这头温顺的大象！"

杨伯告带着原"阳光水泥厂"承包商随笑天、原"南山煤厂"厂长赵尔充、发出"江湖通缉令"却迟迟没有"到案"的胡深宙，整整齐齐地来到医院。

白尚良指着负伤的张广友，说："你们看看，就是他为了找到你们，腿都被砸成了重伤！你说你们至今还在东躲西藏干什么？你们究竟还怕什么？难道他们能张着大口把你们一口吃掉不成？"

杨伯告说："我们是他们眼里拔不掉的钉子，现在仍然受到匿名电话的威胁！我担心哪一天丢的不是手指，而是一条性命，谁负责？你们说刀刃向内，我们连刀都没有见着！"

白尚良不禁一怔，觉得问题严重。他转身对政法委书记阳正说："这几个被姚氏兄弟迫害的重要人物全部到齐了，记者也来到了现场，看来滨江的'岁月'不是那么'静好'，你得给大家一个承诺，给电视机前朋友们一个承诺，也好让大家回去睡个好觉，至少他们几个不要再东躲西藏了！"

阳正感到非常突然，也非常自责。他对大家讲道："长期以来，由于政治生态不尽如人意，我们的司法公正遭到质疑，我们的执法公信力遭到质疑，让你们受苦了！请几位受害人放心，请社会各界放心，我们会把失去的社会公正找回来，我们会把失去的司法公信力找回来，真正把六百万滨江人民的重托扛在肩上、记在心上！"

杨伯告上前讲道："我们相信你们！接下来，请记者回避一下，好不好？"

现场记者一阵茫然。

但看到杨伯告很神秘的样子，也就离开了。

杨伯告看到现场还有很多人，再次说道："我们只给领导说事，都离开吧！"

杨伯告凑近白尚良，说："最近，两个人物的背后有新动向。一个是陈大善，一个是罗家成，这两家人搬运出的东西都不正常，我们都有目击者，他们晚上收拾财物，雇人投放长江，渡船已经打捞起了不少物资……"

"谢谢你，你们算得上是功勋侦查员！"

白尚良通知公安局章锋、梁剑与他一道巡视长江。他要目睹被陈大善、罗家成投进长江的是何物。打算查看完后，再去悬壶楼茶庄"喝茶"。路上，白尚良问梁剑："梁局长，你是专家型领导，我记得过去有一个'销赃罪'，现在怎么不提了呀？"梁剑说："'销赃罪'已经改为'掩饰、隐瞒犯罪所得、犯罪所得收益罪'。构成窝赃、销赃罪要明知所窝藏、转移、收购或者代为销售的物品是犯罪所得的赃物。对于事实上窝藏、转移、收购或者销售了赃物，但确不知情的，不构成犯罪。'明知'是构成这条罪行的基本要素。犯罪所得的赃物是指通过盗窃、抢劫、诈骗、贪污等犯罪行为获取的公私财物，包括金钱、物品这些，都会涵盖在里面！"

白尚良说："学习了，专家就是专家！"

按计划全部巡查长江完毕后，正要往悬壶楼赶，车辆路过梁剑的家门，梁剑说："这就是寒舍！"

白尚良问："到了你家门口，还去悬壶楼干吗！走，到你家喝茶去，你总是说我的'茶'苦，我看到了你们家，能喝出什么滋味来！"

南书成说："折腾了好半天，真的想喝口水了！"

梁剑说："那就上楼！"

一进屋，中堂下面玻璃罩里两块弹片特别引人注目。那是父亲给梁剑留下的遗产。这份遗产成就了梁剑的人生。

侧面墙上，挂着两幅作品：一幅叫《让爱不再遗憾》，是一位穿着军装的父亲抱着拿着口琴的儿子！另一幅是六人合影照，背景是惠州客家围屋。白尚良动心了，他说："油画《让爱不再遗憾》多次获得各类金奖，挂在这里很有意义！但这幅照片，我说梁局长啊，你也太不地道啊，你把我家老爷子请到你们家来镇风水呀！"

梁剑怔住了，他说："老照片了。这是我父亲跟他的那些战友的合影，除了我父亲，里面那些军人一个都不认识，难道你认识？跟你有多大关系——你，你在这照片里都发现什么了呀？"

"我家也有这张照片，是父亲部队驻惠州时跟几位战友的合影。"

"这世界还有这样巧的事，不知咋说了！"

白尚良说："你还不知咋说？我父亲原是四野的。这张照片，是入朝时的合影。你们看，这是我父亲。他们参加了金化战役，打得非常漂亮！"

"我父亲，梁大山！"梁剑指着自己的胸口。

白尚良说，"你父亲是梁大山？别觉得多光荣。你我都一样！有人把父辈当成光环，有人把父辈当成资本。其实，父辈只是让我们懂得了生活，看见弹片、口琴、军帽，你烦躁的身心就能得到平静，杂乱的思绪会放慢节奏，想不通的事情你就一下子会豁然开朗，在人生低谷的时候，想着这些，你会明白自己缺了什么！"

梁剑说："说的也是啊，生活就是一种距离。现在跟过去的距离，相见与别离的距离，战争与和平的距离，守望与平安的距离，无论这些距离是拉长了，还是缩短了，都不要迷失自己、找不到方向，更不要走着走着被人牵了牛鼻子，也不要走着走着让灵魂落在了身后！"

第三十二章　守住桌牌

冬天来了，寒气紧逼悬壶楼。

店主把烧着天然气的烤火炉放在茶房正中。茶客还是那些茶客，话题还是那些话题。小到饮食男女，大到国计民生、世界局势，全在茶庄的一杯杯清茶当中。

有好事者对悬壶楼做过一个统计，在这个楼内出现最多的词是民心，谈得最多的话题是官场，让大家最揪心的事情是疫情。没有哪个地方的居民像滨江百姓那样关心社会、洞察世界。

有人指出，美国把太平洋看成是自己家门口的池塘，而滨江人至少会把脚下的长江看成是小溪流。他们分析美国总统竞选情况，竟能发现选票遗漏的问题；赞赏中国战"疫"的成就；对处理官员的情况却是"一口清"。他们叹息国际社会对疫情的无奈，还准确预测了谭德塞面临的一系列困境。这就是悬壶楼那些茶客们的格局。所有这一切，桩桩件件，似乎都是让他们格外闹心的事。

白尚良对这个茶楼很是依恋，想再去一回。

"又去碰运气？"南书成说。

"没有公事。我会成为悬壶楼的常客。那个地方，才是我想象中的江湖。壶中乾坤大，茶里有人生！"白尚良说。

几位北京客人来到了悬壶楼茶庄。

悬壶楼正在修缮。但不影响接待茶客。白尚良得知，此次修缮起因是前不久的那次地震。但不仅仅是修缮，滨江文物保护部门决定将那大壶重新悬于楼顶，决定向世界彰显"悬壶济世"的核心要义。

白尚良问老板："这悬壶楼有从前的建筑图纸吗？"

"有哇！你看，全都描在墙壁上了。许多茶盘上也都刻的有呀。一看这个图案，大家都非常怀念，有一种悠悠的思古之情！"

"哦，原来是这样。我把它拍下来，我要造一座这样的楼。"

"啊？"

"是模型，是模型！我哪有这样的实力！"

北京客人刚一坐下来，就听到茶客又在谈论教育整顿的话题。但不是上一次那些内容，这让二人有了再次充当"坐听茶客"的浓厚兴趣。

"减存量、控增量、防变量，看来中央早就有数了！"

"大家听听，这都是中央的声音：各省要挂牌一批案件线索，形成案件线索查办攻坚强大态势。中央督导组提出异地、交叉、提级办理、领导包案等意见。有了这个动作，想捂也捂不着了！"

"隐瞒不报逃避处罚的必究，避重就轻蒙混过关的必究，毁匿证据负隅顽抗的必究，包庇纵容沆瀣一气的必究，谁还敢马虎？"

"对全市已结案和在侦的六起涉黑涉恶案件，全面复核，刨根究源，我说呀，这个动静大了，深挖幕后'保护伞''关系网''害群之马'，扩源拓线，恐怕又有好多人跑不脱了！"

白尚良颇有一些得意，他说："各位同人，听见没有，讲的全是咱们的事情，至少有两点感受：第一，我从内心里讲有成就感，我相信你们跟我一样，也会有。第二，不难看出教育整顿深入人心啊！老百姓从公开信息中也有了自己的判断，而且都是些准确的判断。第三，下一步动作有数了。我这就告诉大家，我与省纪委监委沟通了，他们同意与市纪委监委就在今晚统一行动，这一次，可是带有'扫货'性质的！做到小鱼小虾一个不漏。再不这样做，很多鱼儿真的就养成鳄鱼了。我们拿不住，到时后悔就来不及了。唉，这几天好紧张啊，啥都凑到一起了，市委政法委还安排我明天去上党课呢。行动一落实，好多人就听不成我的课了，这真还有些遗憾。这咋整呀，我可是准备了好长时间呢，太可惜了！"

"按计划进行吧，该听的人不会耽误！"南书成说。

"没能听的，耽误的却不仅仅是一堂课。所以还是遗憾！"白尚良说。

"是啊，那是政治生命！"南书成说。

白尚良的党课题目是"谈共产党人的初心与明天"，全市政法系统副科级以上干部参加听课。

白尚良坐在那里，习惯性扫视下面的每一个座位。

看着看着，觉得不对劲。怎么回事？下面有好多座位居然空着。白尚良感到有点奇怪，几步走下台来，仔细查看这些桌牌的名字，一阵惊愕："哦，罗家成，市检察长，一个裸官；谭力，阳平县公安局局长，搁平大事的鬼才；姚启，阳平县检察长；陆胜，东区检察长；王南，南区检察长；周扬，南区公安局局长，阳平县护'黑'功臣。这么多呀！不过，我可以负责地告诉大家，如果广宁市委此时也在开会，那么刚刚调去的陈大善恐怕也会给那个会场留下一个空桌牌。我们不希望会场上有这么多的空桌牌呀！可惜呀，以后这些名字再也不会出现在会场上了。他们因涉嫌为黑恶势力充当'保护伞'，从昨天晚上开始接受组织调查！这些人被拿了，来不及通知办会的同志，不算工作人员的失误。他们灵魂背叛肉体，闹得魂不附体，真的令人痛惜！我希望在座的同志，都看好各自面前的桌牌，守住桌牌，人民给了你这桌牌，真的不容易，不要魂不守舍，要坚守好自己的灵魂！"

白尚良几步跨上讲台，讲道："这是一场较量，旷日持久的对决。大家看到了，正义和邪恶在斗法呀！如果因为我们的善良和不忍而向邪恶妥协，那么，这个世界上将永远没有正义可言。大家还看到了，正义可以输无数次，但代表党心、民心的力量，只要赢一次，邪恶便永无翻身之日。大家更看到了，没有初心的国家是没有前途的国家，没有初心的党也是没有前途的党。百年大党，百年苦难。我们用历史的伤痕、历史的警示、历史的教训，凝聚成了这样一个坚如磐石的大党，他们几个小丑，越底线，闯雷区，背离党心，践踏民心，为了自己那点蝇头小利，与党斗法、与民斗法，违纪违法，别忘记了，我们有刀刃向内的刀法，仅就这一招，你的什么'法'都是目无王法、不足为法，必将绳之以法、严刑峻法，你注定会败得血淋淋的，你永远不是赢家。暗斗越激烈，受伤越惨重，这就是滨江官场的定律和法则！"

掌声如潮。有人做过统计，这堂课总计鼓掌十四次。人们仿佛听到了三江涛声。

第三十三章　命运失控

陈大善接受组织调查时，总结自己是"一怪二堵三别"：一怪父母没有给他取好名字，陈大善听起来就像"撑大伞"，属于挨打的对象；二是令他心堵的是已调离滨江怎么还要算他的"旧账"，而且这一算要算他"二十年"，他觉得这种做法不妥，认为追究调离官员有失官场潜规则；三是他写了一首叹别诗，希望能够转告他的同僚。"白天文山会海，晚上喝酒倒拐，感谢组织审查，总算告别苦海！"陈大善留置后传出的这些情况被滨江官场传为笑谈。

铁盖王一直有种不祥的预感，觉得自己早晚要成为"问题官员"。特殊的身份、特别的权力、特别的背景、特别的情感，铸造了这样一个特殊的人物。此刻，他情绪低落，惶恐不安地来到他无数次释放激情的游泳池。他想把这个世俗眼里藏污纳垢的地方收拾干净，也好在"落马通报"中抹去一段个人私生活糜烂的笔墨。今天，偌大的更衣间仅他一人。姚二妹早已联系不上了。他心情格外糟糕！当然，即使姚二妹还在更衣间等候，铁盖王同样也不会有什么好心情。一场相遇，悄然离别，再见渺茫。他非常看重在这里的每一次游泳。游泳，就是一种仪式，就是一场盛宴，就是一次轰轰烈烈的感官体验。姚二妹每次游泳时都有一套崭新的泳装裹在身上。那上面标着当天的日期。每套泳装都留下了相约的纪念，每次相约都有一段难忘的呢喃，而每一段呢喃释放的都是难舍的欲念。姚二妹是罂粟花结出的果实，她那里有男人戒不掉的毒瘾。那瘾的依赖总是漫长的。三年时间，一百四十四件记载日期的泳装挂在那里，像亭亭玉立的鲜活生命。铁盖王用一种独特的方式，收录着他跟姚二妹每一次的亲密体验。铁盖王尽管如此占有这个女人、珍爱这个女人，却并不清楚这个女人比他更会享受。姚二妹最厉害的手段是摆平了两个互不知晓、关系又特别铁的男人。铁盖王能"盖"许多见不得人的事，也把姚二妹给盖住了，这就是他铁盖王最悲哀的地方。当然，姚二妹能忙活得过来，那也是因为她对这两个男人有着高超的掌控能力。铁盖王把姚二妹所有的泳装全部装进四个纸箱，打电话叫来了司机。他找不到地方倾诉，只能含泪告诉司机："姚二妹失踪了，一切都结束了。当年，她的一段《美人鱼》舞蹈，把我的身心都融化了。跳完之后，她这条美人鱼一转身，就轻盈地进了水里，让人不能忘怀。美人鱼，为爱甘心被搁浅，而今音容两渺茫，她最可能的归宿就是长江。这些泳装只能由她收藏。趁没人的时候，就在三江交汇的地方投下去，让她带走吧！"

司机把四个纸箱全部拿走了。

铁盖王脱下衣服，跳下游泳池。他那一副劳筋苦骨之态，已经没有多余的精力劈波斩浪了，游了一圈便上得岸来，穿上衣服，款款走出"浪情运动馆"。

当晚，铁盖王不知去向，有人说他收到一纸调离任命，有人说他是到省城待职安排。但有一点是肯定的，他乘夜幕离开了滨江市。在车上，他问司机："那几箱东西是在什么地方丢进水里的？"司机给他指点了一下具体位置。接着停车。铁盖王沉沉地下车。伫立岸上，凝视良久，艰难挥别。

麻绳厂老板冯玉辰揣测铁盖王早晚会出事，急急忙忙跑到滨江。他要接走八十六岁的魏老爷子。可魏老爷子不在家里。几天没找着，冯玉辰便到街上闲逛，竟在"浪情运动馆"的街对面邂逅了老人。几十年了，这个老板竟一眼认出了魏老爷子。他兴奋地喊了一声"福爷"。正在"透视"对面窗户的魏老爷子，眯缝着的眼一下子睁得像铜铃。"福爷！"一个久违了的名字、一个令他自豪的名字，如同隔世，现又有人拾起它深情叫出，这不由得让魏老爷子一阵惊喜，问："你是谁呀？"冯玉辰说："我是辰辰！就是用推车推着父母，要住进你家讨饭吃的那个冯玉辰！"魏老爷子老泪纵横，说："哎呀，是你呀！"见到魏老爷子，冯玉辰得知，另一位老人是公安局原局长李平的父亲，叫李淮海。这两位老人，深知街对面的一切。一有空，就相约坐在这里，守望这栋迷宫一样的建筑。他们用一种特殊的形式，帮助后人守望底线、守望红线、守望绝对不能碰的高压线。他们也知道，这种"守望"的力量何等微弱，但是，有总比没有强，即使杯水车薪，却也聊胜于无！于是，过往行人见到二老最多的状态，就是叼着烟斗，吧嗒几下，眯着眼睛，似看非看。然后就是"随身听"里发出的正义之声。多年前，冯玉辰从魏老爷子手中接过了麻绳厂。他把麻绳工艺品做到了极致，在欧美国家一些知名酒店供不应求。他对魏老爷子说：

"福爷啊，你的儿子要到很远的地方做事，不便带你去。当年的麻绳厂，有你的福利。我们修了一个医养水平上乘、有着花园式环境的'绳情医养中心'，在那里将会给你提供最好的房间、最好的服务。麻绳厂的创始人，人人有份，你拥有更足的一份！"魏老爷子说："不能太奢侈，你要是弄成'南山会所'，等于是把我往阎王殿里送！"冯玉辰说："哪能呢？你是麻绳厂的功臣，你去的地方，如果让你有半点不舒心的，我都会被天诛地灭！"魏老爷子说："如果是这样，我去倒是天经地义。那就去吧！'绳情医养'，应该不负其名喔！"

有人见到姚二妹疯了，直叹此女有命无运，累及官员，无人再去搭理她。她衣衫褴褛，精神恍惚，却不时造访滨江市的一些地标场所。这天，她来到山上有名的英雄墙，望着雕像中的一位女英雄，发出一串笑声，说："你怎么还在这里？"不日，长江下游打捞起一具漂浮的女尸，身上还有两张房卡：一张是"浪情运动馆"的；一张是市公安局局长李平午休房的。

第三十四章　悬壶济世

珍惜灾难带来的机遇，末日过后是新生。

滨江老百姓说："如果没有地震，也不会修缮悬壶楼。"

就在中央指导组即将离开滨江时，悬壶楼终于修旧如旧，巍然立于江边。光影之中，颇有几分梦幻。楼顶之上，烟涛浩渺，轻舞缦卷。雾掩飞檐，波涌悬壶。壶肚上"悬壶济世"四个大字，唯有仰而能视，蔚为壮观。白尚良与秦天定一道赏楼，登高阁，踏旋梯，观斗拱，像过盛大节日一般兴奋。

白尚良说："修复之后，这楼跟我想象的差不多！"

秦天定说："这叫焕然一新！"

接着，白尚良让工作人员抱出他自己设计的在滨江陶瓷厂烧制的"悬壶楼"。大家这才发现，白尚良居然还有制作陶艺的手艺。现场也有行家，都围了过来，有人评价说："一看这工艺，便知是采用了汉代绿釉陶制技法！"白尚良说："不知是啥技法，我是一边向师傅讨教，一边按图施工，只要没有走样，这就得了！"他对秦天定说："没有什么留给你们，拿去做个纪念吧！"秦天定接过"悬壶楼"，口中念道："悬壶济世，良苦用心啊！"

第三十五章　尾声悠长

故事讲到这里，似乎就该差不多了。可是有朋友打电话说："你讲的东西确有些动人之处，就是觉得好些人物没有见到结局，实在让人牵肠挂肚。有的故事只是开了个头，讲下去竟没有下文了。有的人物讲到结尾都是一个谜。这味道太长了，你老兄总得给人一个说法，不能让人睡不着觉呀！"

这个电话让我十分害怕。原来是书稿发错地方了，贴到一个群里去了，覆水难收。好在都是些读书人，他们拿着它只会干好事，对我不会造成伤害。我接着若无其事地问："你能不能说得具体一点呢？"

这位朋友说："你说的那个铁盖王是个啥地位、啥身份的人呀？最后神神秘秘到啥地方去了呀？那个姚二妹，你说是从长江里面把她捞起来时，身上还有两张房卡，一张是李平午休房的，另一张是'浪情运动馆'的。姚二妹还跟陈天歌搞到一起去了，需要求证一下，这是怎么回事呀？抓了那么多人，会场上一下子空了那么多桌牌。这些人突然'失踪'后的隐情究竟有多深？这一切，我们都想知道。还有，就是那个没有白告的杨伯告，现在不告状了，他吃啥子呀？跟他一块告状的，还有随笑天、赵尔充、胡深宙，他们最后都干什么营生去了？一些闹访缠访，并非都是无理之访。他们还是'四海为家'呀。"

　　这位朋友的疑问非常具有代表性。于是，我决定到悬壶楼跟一些茶客喝茶，打听一下滨江这些人物的命运沉浮。悬壶楼号称是"信息中心"，应当能找到一些线索。我在很远的地方就能看到房顶上大茶壶上面"悬壶济世"四个硕大的字，就像是一个指路牌一样。老板还是过去的那个老板。他一见我，就拿出一张白尚良的照片给我看。其实，那是茶庄老板从网络上下载的。他竟自豪地介绍说："这位是北京来的钦差大臣，多次来我们这里喝茶。"我说："太可惜，这位钦差大臣没能与你留下一张合影呀。"他说："这位领导还会再来的！"此话当然不假，因为白尚良说了："两年后，他还会再来验收一次教育整顿的成效。"后来我一琢磨白尚良这话，感觉到可能还有动作，没准这位"钦差大臣"要在那时杀一个回马枪呢！

　　我在茶庄坐了一阵，闻得室内各类陈设的古木原味、古漆幽香浸泄出来的感觉。举目四望，只见朱漆梁柱、飞檐斗拱、柚木窗门、黑木屏风、紫檀茶盘全有通透之感，悬壶楼果然是修旧如旧。这时有几位老茶客谈论起大家关注的几个人物。

　　"听说铁盖王走了，就没有下文了？"

　　"那些年，他盖住了那么多人，而今还找不到一个方式把自己盖住的呀？真是笑话。他既然是一个神秘人物，也会神秘地消失。适当的时候，不，气候土壤一变，没准他又神秘地出现了。"

　　"懂你的意思了！"

　　"其实，姚二妹并没有死。你想想看，专案组从来没有'留置'她，也从来没有哪个人去逼她。从一定意义上讲，她也是一个受害者啊。她为陈天歌跳江寻死，根本不可能，恐怕另有隐情。父辈都是同一条船上的人，下辈人更应风雨同舟。但是，陈大善竭力要撇清与姚氏的关系，这就注定让事情变得复杂起来！复杂到什么程度，你我哪里可能知道！"

"你说姚二妹没有死，但我分明在电视里看见她被打捞了起来。这是我亲眼看到的新闻，怎么可能会假呢？你这是睁眼说瞎话。"

"现在的媒体，抢新闻是一种生存方式。你没看到，有的媒体都'抢'出了群体性事件，'抢'出了人命案件，'抢'出了永无休止的家庭纠纷！你们根本就不清楚，那姚二妹送到殡仪馆时，美容师朝她脸上一打粉，就奇迹般睁眼说话了。当时就把美容师吓了一大跳！民间有人说，那姚二妹的祖上是陈塘关人，打从哪吒闹海的那个年代开始，当地人就善水性，大概生命中就附有三太子的神力，所以那个地方出来的人，从来就没有淹死人的情况！"

"不管怎么讲，滨江已经找不到姚二妹了！"

"找不到姚二妹也很正常。她出了那样的事，任何一个女人都不会继续待在滨江丢人现眼！换个地方，隐姓埋名，结婚生子，过正常人的生活，这也是有可能的！"

"我倒是认为，这个女人有些不凡，命很硬。说不一定哪天又冒出来了，而且就在这个悬壶楼出现！"

另一桌茶客也在讨论这几个人物的命运。

"你知道杨伯告在干些什么事呀？"

"我告诉你，杨伯告已经变成了打官司的知名专家了。他对一些法律条款，倒背如流，运用稔熟，熟得要命！还懂得司法程序，积累了大量政法系统人脉，'实战经验'丰富。他非常轻松地通过了律师执业资格考试。获得了执业资格证后，这老兄就在阳光律师事务所的旁边，开了一个皓华律师事务所。有一种与卢伟的那个'阳光'对着干的意思！他在大厅搞了一个'皓华展示'，用了卢伟'说好就好说歹就歹'的上一句作题旨，叫'愿听者听愿看者看'。这个展示，也有两个部分：'愿听者听'是一段他赢得官司的视频讲述，'愿看者看'是几组各级领导主持公平正义的图片。更重要的是，这一部分还有他与白尚良的照片，这就很珍贵了，这是'镇所之宝'。听说随笑天、赵尔充、胡深宙这一干喊冤人也在跟着他干。他们的优势就是他们的经历，他们的经历就是他们的饭碗，你说有意思不？"

"我说呀，那胡深宙就该过来经营这悬壶楼，这楼本来就是他家的！这小子是丢了西瓜拾了芝麻。"

"当年公私合营时，这楼是他们家主动放弃的。而且都是签字画了押的。爷爷辈放弃了的，孙辈怎么拿得回来呀？痴心妄想！几代人过去了，更加跟他胡家没啥关系了，都变成城南旧事了。楼里有他祖上的名字，不过就是留给后人的一点念想，如此而已。那胡深宙要想重振祖业，除非壮大马蜂养殖业，一些大药房还是把这个恐怖的小动物作为稀缺药材来收购。你说，这是不是一条很好的路子！"

"胡深宙爱好广泛，有朋友说他在研究佛教。听说那个唐朝和尚从西天取经回来后，有一本经书至今无人能准确翻译出来，这小子没事了就啃这本经书，还不时跑到普渡寺找行云大和尚一块探源溯流，寻找真谛。他是想填补佛教研究空白呢！"

听到悬壶楼茶客这些闲聊，我才突然发现："好多故事真的才刚刚开始！"